聖守護天使
御光聖奈
催眠NTR地獄
小説 筑摩十幸
挿絵 ちうね

登場人物紹介

Characters

ベリアル

サタンに次ぐ最強の堕天使、七大魔王の一人。聖奈たちに凶刃を向ける。

御《み》光《ひかり》聖《せ》奈《な》

天界から人間界に舞い降りた元エリート天使。名誉挽回のためメシア候補の警護任務を行う。

乾《いぬい》優《ゆう》斗《と》

人間界の救世主、メシア候補の少年。

州《す》器《き》以《い》蔵《ぞう》

悪魔の力を手に入れた非常勤講師。

第零話　美少女天使華麗に登場す

「ちょっと先行しすぎましたかしら」

薄暗い川の畔《ほとり》を一人の少女が歩いていた。

そこは天国と地獄の境界にあるアムレスの川。常に戦い続ける天の軍勢と悪魔軍との最前線であり、一歩踏み込めば魑魅魍魎《ちみもうりょう》が徘徊する危険な場所だ。周囲に立ちこめる濃霧の向こうで、怪しい気配が蠢《うごめ》いているようにも見える。

「そもそも、他の皆さんが遅すぎますのよ」

上品な言葉遣いとは裏腹に、生意気そうに唇を尖らせる金髪碧眼《へきがん》の少女。

頭を飾る光の輪、その光を受けて輝く金髪のツインテールが身体のサイドに流れ、背中から伸びた一対の白い翼を華やかに飾る。そう、彼女は人間ではなく神々しくも愛らしい天使なのだ。

切れ長の碧眼はサファイアのように煌めき、それを囲む長い睫毛《まつげ》は気が強そうに上に反っている。スッと通った鼻筋には高貴な血筋が垣間見え、僅《わず》かに口角の上がった花びらのような唇も気品に溢れていた。

身に着けた白の軽装服は天使スクールの制服だ。シンプルなデザインの中にも、V字に開いた胸元や風に舞うスカートの裾などには、少女から大人の女へと移ろう一瞬の魅力を引き立てるデザインが施されており、生徒たちからもとても人気があった。一見無防備にも見えるが聖なる力に加護されており、ミスリルの鎧にも匹敵する防御力を有している。所々に配された蒼いラインは防御用の青石が縫い込まれ、ウェストなどを引き締める革具の茶色もアクセントとなって凜々しさを増している。

その胸元を押し上げる二つの膨らみは、少女天使の年齢にしてはかなり豊かな方で、Fカップはあるだろう。まだ熟れきってはいないが、ツンと生意気そうに上向くバストラインは新鮮な果実の魅力があった。

ウェストは砂時計のように見事にくびれ、その下のヒップラインに綺麗に繋がっている。スカートの下は見えないが、僅かに裾を持ち上げるお尻の丸みは十分に女性的だ。

そこから伸びる二本の太腿は神殿を支える大理石の御柱のように、白く強くしなやかでスラリと長い。鍛えられた筋肉とそれを包む皮下脂肪との絶妙のバランスは、神が設計図を引いたかのような機能美を誇っていた。

「あら？」

しかしその可憐な天使に危機が迫っていた。

「グルルル……天使だ……」

「一人で地獄に入ってくるとは……何のつもりだ？」

「まだガキじゃねえか」

彼女を狙う黒い影たちの正体は悪魔の群れである。河原の岩陰に身を隠しながら、ジリジリと包囲の輪を狭めていく。その数およそ百。いかに実力があろうとも、その戦力差は絶対的に不利な状況である。

「ふふっ、それで気配を消しているつもりですの？　バレバレですわよ」

だが少女天使は隠れるでもなく、撤退するでもなく、タンッと地面を蹴り、河原で一番目立つ大きな岩の上に飛び乗った。そして……。

「わたくしは御光聖奈《みひかりせな》、十万十七歳の超エリート美少女天使よ！」

両腕を組んで仁王立ちし、開口一番、悪魔共を眼下に見下ろして高々と名乗りを上げたのだ！

「父も母もセラフという純粋血統！　天使スクールを初等から中等部まで全学期学年首位で駆け抜け、来春から飛び級で一流天使大学に進学！　そこも次の年には首席で卒業し、宇宙の平和を守る天使軍の上級士官になってみせますわ！」

壮大な話に悪魔たちが傍観する中、聖奈の自己紹介は続く。

「そして地獄の魔物も堕天使も一匹残らず討ち滅ぼし、神に牙剥く悪魔王サタンの首を取ってあげます！　このわたくしこそが、太古から無限に続く天国と地獄の闘いに終止符を打つ天に選ばれし極上天使！　そしてその偉大な功績が認められ、憧れの大天使ミカエル様やガブリエル様とキャッキャッウフフな毎日を……ああ、お二人から同時にプロポーズされたらどうしましょう？」

「黙れ、妄想バカ天使！」

「ふざけるな、クソガキめ！　お前ごときがサタン様の御名前を口にするなど、無礼千万だ！」

「その生意気な舌を引き抜き、手脚を千切り、生首を晒してくれるわぁ！」

あまりのビッグマウスにぶち切れた悪魔たちが一斉に飛びかかった。

ドカドカドカァァァッ！

何十本という槍や矢が美少女天使に殺到し突き刺さる。かに見えたが……。

「ふふんっ、なんて愚かなの」

仁王立ちのまま、聖奈は一歩も動いていない。にもかかわらず、すべての攻撃が当たっていないのだ。美しくたなびく金髪も、流麗なスカートの裾にも、整えられた指先にさえ、掠《かす》りもしない。まるで見えない壁に弾かれるように、悪魔の攻撃は消失していた。

「な、なぜだ⁉　なぜ当たらない？」

「なぜならばっ！　わたくしが美しすぎるからですわっ！」

キュオンッ！

聖奈の両手に聖なるオーラが収束し、白銀に輝く小振りな剣と、十字の模様を彫り込んだ円形の盾が出現する。

「あなたたち下等な悪魔の攻撃など、わたくしの美の前にはゴミも同然！　一切通用しませんのよ！」

「な……なんだって……美……？」

「ど、どういうことだよ？」

わけがわからず、ポカンとする悪魔たち。それを見下して聖奈は哀れむような眼差しでフッと鼻で笑った。

「はぁっ？　わたくしの美しさも理解できないなんて、なんて哀れで惨めな存在なのかしら。さあ、愚鈍にして無知、醜悪にして邪悪なる者たちよ、全員まとめて滅菌消毒ですわっ！」

輝く光翼をはためかせ、天使が高々と飛翔した！


「お母様、ご用件は何でしょうか」

聖奈が学園長室の扉を勢いよく開けると、淡い光に包まれた部屋に女性の天使が一人、優雅に紅茶を飲みながらソファに座って待っていた。美しいロングのブロンド、整った顔立ち、切れ長の澄んだ青い瞳は聖奈とよく似ている。

「ここでは学園長と呼びなさいと言っているでしょう」

表情は変わらないが、口調は厳しい。彼女は御光樹利亜《じゅりあ》、聖奈の母親であり、天使学園の長でもある。

「あ、御免なさい、お母……学園長。ところで大事なお話というのは？」

「聖奈、貴女は本日付で停学処分です」

「は？」

一瞬何を言われているのか理解できず、聖奈は青い瞳をパチクリと瞬きした。そしてすぐさま、明晰な頭脳で仮説を打ち立てた。

「イヤですわお母様ったら、冗談なんて……今日は四月バカではありません事よ」

「停学です、無期限停学、実質退学」

「えええ――――――――――――ッッ」

くらくらっと目眩を感じてよろめいた。それは彼女の順風満帆人生で感じたことのない衝撃。初の挫折であり蹉跌《さてつ》なのだった。

「ど、ど……どうして……わたくしが……」

「これを見なさい」

学園長室の照明が消え、カーテンが閉ざされ、黒板の前に白いスライドがスルスルと降りてきた。そして映像が浮かび上がる。

「あ、これはわたくしが大活躍した先日の悪魔討伐実習ですわね」

「黙って見なさい」

映像の中、聖奈は百匹の悪魔たちに取り囲まれていた。

しかし怯えや恐怖は皆無。それどころか愛らしい美貌には微笑みすら浮かんでいる。

『さあ、掛かってきなさい、醜く穢らわしい弱小悪魔共。この美しき御光聖奈が、まとめて滅菌消毒して差し上げますわ！』

父から贈られた聖なる剣をかざし、母から贈られた光の盾を構えて攻撃態勢を取る。ギンッと煌めく碧眼は、視界の中に敵の姿をロックオンしている。

『ギイィィッ！　ガキ天使の分際で。生意気だぁぁぁっ！』

『やっちまえぇぇっ！』

一斉に飛びかかる悪魔の群れ。それはまるで黒い津波であった。

『神の聖なる裁きを受けなさい！　てっりゃあぁぁぁっ！』

太陽を背に受けて大きく振りかぶった後、聖剣ファルシオンを振り下ろす。

ガッ！　ガッ！　ガッ！

光り輝く槍が悪魔の群れの鼻先に撃ち込まれた。が、命中したわけではない。

『なんだ？　外しやがったぞ』

その間に、次の光槍が今度は悪魔群を飛び越えて後方に突き刺さる。

『また外れだ。口先だけかよ』

『防御はともかく、攻撃はからっきしだな』

悪魔たちの嘲笑に構わず、聖奈は剣をさらに振り続けた。ガッガッガッと連続で放たれた槍は円周状に悪魔の群れを囲む。

『それはどうかしら』

キュイィィンッッ！

光杭から青い光が立ち上がり、それは障壁となって悪魔軍団を閉じ込めてしまった。

『ウフフ、これがわたくしの美しい方程式の解ですわよっ！　くらいなさい、今必殺の、エンジェリウム光線ッッ！』

七色に輝くファルシオンの切っ先から……。

ブッシュウウウゥ～～～～～～～～～～～～～～～～ッ！

『げぇぇぇぇぇっ、なんだこれは！　ガスだとぉぉ！』

『光線じゃねえし！　い、息ができねぇっ』

『おおおお……ど、毒ガスだぁぁぁぁぁっ！　ぎぎゃあああっ！』

『ぐわあぁ……だ、出してくれぇっ！　サタン様、お助けぇぇぇぇっ！』

「オホホホホッ！　その結界の中で神の裁きをたっぷり味わいなさい。少しばかりスパイシーな味だと思いますけど。オホホホオッ」

嘲笑と共に白い煙が悪魔軍団を包み込み、そこは阿鼻叫喚の地獄絵図と化した。地獄だけに……。


「はい。ここまで」

「何か問題でも？」

「天国地獄協定第二条、大量殺戮兵器に関する天界条約、その他色々二十数件の違反……そもそも、なぜ聖なる剣ファルシオンから有毒ガスが出るんです？　なぜ天使に相応《ふさわ》しい聖なる力で闘わないのですか？」

樹利亜の声が微かに震え、こめかみがピクピク痙攣《けいれん》している。

「なぜって……最も合理的かつ効率的な方法を選んだだけですわ……それに……成績優秀なわたくしが停学なんてあり得ません！　これまでも、わたくしがクラスで一番多くの悪魔を倒してますわ」

「いくら成績がよくても、内容が悪すぎます。貴女は栄光ある御光家の一人娘なのですから、それに相応しい闘い方をしなければなりません。お父様亡き今、御光家の跡を継ぐ貴女の責任は重大なのです」

「ううう……お母様……御免なさい……そ、それじゃやっぱり停学に……」

ガクッと膝から崩れ落ちる聖奈。脳内で描き続けた夢のプランがガラガラと音を立てて崩れていく。

「ですが、私も鬼ではありません。貴女にチャンスを与えましょう」

スッと眼鏡の位置をただし、感情を押し殺した流し目が娘を見る。

「補習を受けてもらいます」

「補習?」

「そう、今から人間界に降りてもらい、ある人間を警護してもらいます」

「……人間の警護……?」

明らかに不満そうに表情を曇らせる。エリート街道を走ってきた彼女にとって、人間界は左遷に等しい辺境なのだ。

「ただの人間ではありません。将来人間界の救世主、メシアになる可能性がある人間です。当然悪魔も狙ってきますから排除すること。ただし周囲に被害を出さないように。一人でも人間を殺したら即失格ですから」

「じ、十人くらいはいいんじゃありません？」

「ダメです。あなたの力は間違った方向に強大すぎるのです。少しは力を抑えることを学びなさい」

「うう……人間なんて百億もいますのに……お母様のケチ……」

「やるんですか、やらないんですか？」

「や、やります！　やらせて頂きます！　御光聖奈、全力でメシアを警護し、御光家の汚名を挽回してみせますわ！」

ビシッと敬礼。多少の不満はあろうとも、これを乗り越えればエリートへの道へ復帰できるのだ。気力が乗り移った白翼がパタパタと羽ばたく。

「名誉挽回ですけどね、さあ、いってらっしゃい！」

ぱぁぁんっと背中をはたかれた瞬間、

「きゃあああっっ！」

床に穴が開き、聖奈の身体は地上目がけて真っ逆さまに落ちていった。

「さて、どこまでやれるかしら」

聖奈がいなくなった後、樹利亜は眼鏡を拭きながら呟く。候補者が実際にメシアとして覚醒する確率は数百万人に一人であり、ほとんどの場合徒労に終わるのである。非常に分の悪い賭けだと言えた。

「このまま用済みとなるのかしら」

引き出しを開ける。中には銀色のタバコケースがあった。家族の前では吸わないようにしてきたのだが……。

「でも……彼女なら或いは……」

しばらく思案した後、そのままパタンと引き出しを閉じた。

「え～と、ここね。乾優斗《いぬいゆうと》……順位二五六番目の候補というのが気になりますけど、まあ、この際何でもいいですわ」

古アパートの部屋の前に立ち、勢いにまかせてピンポンを十六連射した。

「というわけで！　今日からあなたを警護することになった……」

「…………」

自己紹介の途中、ヌッと顔を出したのは五十代と思われるランニングとブリーフ姿のずんぐり肥え太った中年男だった。禿げ寸前の頭に未練がましく頭髪をバーコード状に張り付け、ダサい黒縁眼鏡の奥に細い目が澱んだ光を浮かべている。

「……御光……聖奈……ですわよ……」

「…………」

「だから……あなたがメシアとして……わたくしと契約を……」

「…………」

「〜〜〜〜〜〜〜〜〜〜ッッ」

「…………」

無言のまま、聖奈をじ〜〜〜っと見つめる。脂ぎった浅黒い身体からは饐《す》えた汗の匂いが押し寄せてきて、どんなに抑えようとしても胃の底から嘔吐《おうと》感を呼び起こす。

「こんなの無理！　無理無理無理無理無理無理無理無理無理無理無理ぃぃぃっ！　チェンジッ！チェンジですわッ！」

踵《きびす》を返して外に出ようとしたとき——。

「はあっはあっ！　待って天使たんっ！　はあぁぁぁ、てぇ〜んしちゃぁ〜〜ん！」

どういう仕組みなのか。ジャンプした瞬間、シャツもブリーフも脱ぎ捨て、中年男は全裸になっていた。

「きゃあああぁぁぁっ！」

予想を超える動きで背後から抱きつかれて、さすがの聖奈も対応できない。二人はもつれるようにおんぼろキッチンの床に転がった。

「待っていたんだよぉ、君のような可愛い天使が押しかけてくるのをっ！」

「ちょ、ちょっと、お待ちなさいっ！　何をしますのよっ！　あなた本当にメシアですのっ？」

上にのしかかったまま、尖らせた男の唇が急接近してくる。その姿は、まるで巣に掛かった蝶に襲いかかる邪悪な毒蜘蛛だ。さらに勃起《ぼっき》した男根がスカートを捲り、太腿の辺りに擦りつけられてくる。

「いやあああぁぁぁぁっ！　穢らわしいっ！　この変態っ！　消毒ですわぁ！」

無我夢中で振り上げた膝が男の急所を直撃した。

「はうあっ！」

グシャアァァッと妙な音がして、中年男の顔色が緑色に変わる。

「からのっ、アークバスタァァァァァァッ！」

ザシュゥウゥッッ！

怯んだ隙を見逃さず、聖なる光に包まれた渾身の手刀が、中年男のイチモツを根元から切断した。

「くおおお……なんというご褒美ぃぃ……っ！」

男は白目を剥いて絶叫するが、なぜかその顔は歓喜に満ちていた。

「ハアハア……下等な人間の分際でわたくしに触れるなんて、万死に値しますわよっ……って……あれ？」

だが高貴なエリート天使の光刀の威力はそれだけでは収まらない。ピキピキと頭から股間まで亀裂が走ったかと思うと、男の身体はハムのように左右に分断され、ドォッと真っ二つになって崩れ落ちる。

「ひいっ！　ま、待ちなさいっ！　今のは正当防衛。ノーカン、ノーカンですわぁ！」

フワフワと、今にも飛び去ろうとする男の霊魂をガシッとつかむ。

「と、とにかく生き返りなさい！　ホーリーライトォォ！」

魔法を唱えると、醜い男の身体は一瞬にして元の状態に復元された。

「うりゃあっ！」

その胸の上に霊魂を置いてズンッと踏みつける！　魂は肉体へと戻り、見る見る肌の血色もよくなっていく。どうやら蘇生は間に合ったらしい。

「ふう、こんな男がメシアとは思えませんわ……きっと何かの間違い……」

疲れ切ってフラフラと部屋を後にする聖奈。

「ンンンッ？」

閉じたドアの表札を見て二度見する。そこには『州器以蔵《すきいぞう》』と書かれていた。

「え……人違い……？　じゃあ、本物のメシアは？」

慌てて周囲を見回すと、隣の部屋の表札が目に入った。

「あ……」

「気を取り直してっ！　今日からあなたを警護することになった守護天使、御光聖奈ですわ。十万十七歳の超エリート美少女天使よ。みすぼらしい人間のあなたを守ってあげるのだから、ありがたく感謝して契約なさい」

「えええ……」

いきなり土足で侵入してきた少女に宣告され、乾優斗は食べかけのカップ麺をこぼしそうになった。その間に少女はズカズカと上がり込み、制服の生徒手帳を確認している。

「ふむ……乾優斗、清風学園二年生。間違いなく本物っ……中肉中背、顔も普通ってとこね。まあいいですわ」

生徒手帳を用済みとばかりぽいっと放り投げる。

「今からここを対悪魔の前線基地とします！　とりあえずお腹が減りましたし、兵站の確保が急務ですわね」

「はあ……そうですか」

（これは夢？　それともドッキリ？）

優斗は目を擦っては瞬きを繰り返す。何が何やら、さっぱりわからなかった。いきなり現れた金髪碧眼の少女が、意味不明なことを喚《わめ》き散らしている。美人なのは間違いない。だがおかしな人物であることも間違いなかった。

見た目は自分より若干年下に見える。頭のリングや背中の翼は、確かに彼女が天使だということを主張している。だがしかし、単なるキ……いや勘違いコスプレイヤーという可能性もある。

（警察に……いや救急車を呼ぶべきだろうか……）

「何をぼーっとしてますの！　わたくしがお腹が減ったと言ったら、食事を用意するものでしょう。はあ、やっぱり人間って使えない下等生物ですわね。言っておきますけどわたくしは超エリートの美少女天使ですので、そんな犬の餌のようなモノは口にしませんから、さっさと何か作ってきなさい」

色々考えていると自称少女天使がキャンキャン喚き始めた。腹をすかせたスピッツとかこんな感じだろうか……。

「いや、急に言われても何もないよ」

「あなたは脳みそ空っぽなのかしら？　なければ買ってくればいいでしょう」

わざとらしく溜息をついて、哀れむような視線を優斗とカップ麺に送りつける。失礼とか不作法とか、そういうレベルではない。彼女は何かが根本的に欠落し、ズレている。

「そもそも……なんで僕が君の世話をしなくちゃならないんだよ」

「……あなた、口答えをしましたわね……エリート天使のわたくしにっ……下等な人間の分際でぇ……ッ」

ピクピクとこめかみの血管が脈打ち、碧眼がギラリと煌めく。

「懲罰をくらいなさい！　はあぁぁっ、アークバスタァァァァァァッ！」

「あ……」

パシッと平手が振り下ろされ、優斗の手からカップ麺をはたき落とす。カップはナイフで切ったように綺麗に両断され、琥珀色のスープやネギや麺がスローモーションのようにゆっくりと派手に飛び散った。

「ホホホッ、ご覧になりましたかしら。これぞ正義の鉄槌……」

「こらぁぁぁっ！」

「ひっ！」

「ダメじゃないか、食べ物を粗末にしちゃぁ！　女の子でも、ゆるさないぞ！」

思わず大きな声で怒鳴っていた。普段はそんなことはしない優斗なのだが……。

「そんなに怒らなくても……あ、ああ……っ」

急にふらついたかと思うと、そのままゆっくりと倒れ込む。

「ど、どうしたのッ!?」

慌てて優斗が抱き留める。顔色が悪く、頭のリングがピコン、ピコンと明滅していた。

「お腹が!?」

「あうう……お腹がすいて……もうだめ……力が……抜けて……」

「わたくしたち天使は……地上界では大量のエネルギーを……必要としますの……ハアハア……ここに来るまで……モンスター（?）と闘って……消耗してしまったの……ハアハア……だから早く……」

ピコン！　ピコン！　ピコン！　ピコン！　ピコン！　ピコン！

「わ、わかったから、待ってて」

急かすように点滅が速くなり、台所へ飛んでいく優斗。冷蔵庫を物色してみたが、あいにく卵くらいしかない。

「仕方ない、これでなんとか……」

そして三分経過。

「ごめん、こんなのしかできなかった」

湯気を立てる黄色い厚焼き卵がテーブルの上に置かれている。

「クンクン……あら……いい匂い……」

ほんのり甘い匂いと鮮やかな黄色についた茶色い焦げ目が食欲をそそる。ヨロヨロと起き上がった聖奈だが、箸の使い方がわからない。

「うう……なんですのこれは……？」

「それは箸だよ、こうやって使うんだ」

教えようとしたけれど、聖奈はすぐに箸をポロリと取り落としてしまう。

「もういいから、あなたが食べさせなさい」

アーンと、ひな鳥のように口を開けて待っている。

「仕方ないな」

一欠片《ひとかけら》口に運んでやると、パクッと飛びつくように食べる。

「ん……む、む……なに、これ……」

「卵焼きだけど。口に合わなかった？」

「んむ……タマゴ焼き……ふむっ……庶民にしては……はむっ……まあまあ……ぱくっ……

……ですわね……もぐもぐ」

文句を言う割にはどんどん食べる勢いが加速していくので、優斗はせわしなく箸を動かしてせっせと卵焼きを運んだ。そしてあっという間に卵三個分の厚焼き卵は消失した。

「ふう、エネルギー補給完了ですわ」

「口に合ったようでよかったよ」

「むっ……そ、そんなことありませんわ。に、人間の食べ物なんて天国料理に較べれば……中の……上くらいよ」

「ハイハイ。そうですか」

面倒くさそうなので突っ込まないことにする。

「とりあえず、食料も確保できましたし、今後も安心ですわね」

「え……それはどういう？」

「フフフっ！　罠に嵌《は》まりましたわね！　乾優斗！　では、これで契約成立ということで」

さっきまでの衰弱がウソのように、天使少女はリングを輝かせてニッコリ微笑んだ。


「えと、御光さん……だっけ？」

ちゃぶ台の向かいに座った少女をしげしげと見つめる優斗。

「聖奈で結構ですわ。ではここにサインをしなさい」

「なんで料理作らされたうえに、契約までさせられてるんですかね……」

「天使の高貴なる唇に、初めて地上界の料理を食べさせたのですから、当然責任を取ってもらいますっ」

「えええ……っ⁉」

「あなた方の法律にも、一度飼うと決めた生き物は最後まで責任を持って飼育しなければならないと書いてあったはず。フフフ、これが知略というものですわ。オホホホ」

鬼の首を取ったように勝ち誇る天使少女。それはペット用の規則なのだが……。

「まあ……本人が気にしてないみたいだから、いいのかな……？」

渋々契約書にサインをしようとしたとき、ピンポーンと呼び鈴が鳴った。

「こんな時間に誰だろう？」

闖入者のこともあり、いぶかりながらドアに近づく。

「ッ！　優斗、いけませんわッ！」

何かを感じ聖奈《せいな》が立ち上がるが……。

「どなたですか？　って、うわぁぁぁぁっ！」

ザンッッ！

いきなり目の前でドアが真っ二つに切り裂かれ、尻餅をつく優斗。

「そなたがメシアか」

玄関には漆黒のビキニを纏《まと》った銀髪赤眼の少女が、巨大な鎌を構えて立っているではないか。

「妾が直々に始末してくれよう。有り難く思うのじゃ」

ギンッと赤い瞳が鋭い光を放つ。唇の端からは小さな牙が、愛らしくも凶悪に伸びているのが見えた。

「お待ちなさい、この薄汚い悪魔！」

「おや、守護天使がおったのか」

金髪の天使を見つけてニヤリと微笑む。無垢で無邪気な笑顔の裏には、それ故の残虐性が潜んでいる。

「天使狩りのついでに寄ってみれば、思わぬ余興じゃな」

コウモリのような翼をふわりとはためかせると、そこから何か黒い塊がドドッと転がり出てきた。なんとそれは血も滴る天使たちの生首であった。

「う、うわあああぁぁっ！」

優斗は胃液がこみ上げるのを感じて口を押さえた。苦しみか痛みか、生首の顔はいずれも歪みきり、この世のすべてを呪うような恐ろしい形相である。この残虐行為を、目の前の可憐な少女がやったというのだろうか。

「う……これは……力天使……？」

無駄に自信に溢れていた聖奈の顔が僅かに引き攣《つ》る。力天使と言えば聖奈たち普通の天使より遥かに格上の存在なのだ。

「そやつらでは喰いたらんでな。デザートにメシアでもと思ったが、そなたのような生娘天使を喰うのも悪くないのぉ」

　ペロリと唇を舐める少女。短い銀髪ツインテールは洋犬の耳のように愛らしく、その根元には赤い角が左右一本ずつ生えている。漆黒のビキニが包む身体は胸も平坦で、くびれの少ない腰には鏃《やじり》のような黒い尻尾が生えている。身長はかなり低く、腕や太腿も華奢《きゃしゃ》で、幼げな印象は聖奈よりも年下に見えるのだが、ただ者ではないのは明らかだ。上目遣いに見つめてくる赤い瞳は、明らかに聖奈を挑発している。

　そして身に余るほど大きな鎌は赤い刀身を鈍く光らせ、すべてを切り裂く凶悪なオーラを纏っていた。

「メシアには手を触れさせませんわ。この超エリート美少女天使、御光聖奈が返り討ちにしてくれます。わたくしの輝かしい未来のために、醜い悪魔は滅菌……」

「フンッ！」

　構わずビュンッと鎌を振り下ろす銀髪少女。血を塗ったように赤い刃が、優美な光跡を描いて少年の首へと迫る。

「人の話を聞きなさいっ！」

　最大加速で二人の間に突っ込み、凶刃を盾で防いだ。

「う、うわぁっ！　聖奈、な、何、これ!?」

「逃げなさい、優斗！」

「ほう、思ったより速いな。少しは楽しめそうじゃの」

コケティッシュな笑みを浮かべる幼い悪魔少女。陶器のように白い頬には、温もりや血の気がまったく感じられない。

「フン、余裕ぶっていられるのも今のうちですわ、光戦フォームッ！」

キュウンッと頭のリングと翼が輝きを増す！　聖奈の手に光の粒子が収束し、一瞬にして聖剣が出現した。

「悪魔なんかわたくしの敵ではありませんのよ！　すべての悪魔を切り伏せ、メシアを守る、それがわたくしの使命ですの！　てりゃあああっ」

ビュンッッッ！

横なぎに一閃するが、銀髪悪魔少女の姿はもうそこにはない。床に後頭部がつくほど背中を反らして、あっさりと回避。

「我は七大魔王が一人ベリアル。見知りおけ」

「ベリアル……!?」

「そうだ。天使もメシアも神も、すべて殺戮する！　見習い天使風情が、妾と邂逅《かいこう》した不幸を呪うがよいッ」

ザッシュウウウッ！

その体勢のまま、大鎌の斬撃が伸びてきて、聖奈の脇腹を斜め下から切り裂く！

「ぐぅあっ！」

「せ、聖奈ッ!?」

強烈《きょうれつ》な鎌の一撃に、鮮血が迸《ほとばし》る。突然の惨劇に優斗は足がすくんで動けない。

「もう終わりか？　つまらぬ。さて次はメシアじゃ……」

確かな手応えを感じたベリアルが鎌を引こうとした時、

「うう……ま、まだですわぁっ！」

今度は聖奈が、振り向きざまにシールドをベリアルの側頭部を狙って叩きつける。

ガキィィンッ！

鎌で攻撃を弾いたベリアルが、黒いパンプスをキュッと鳴らしてバク転し、天井に張り付いた。

「まだ反撃できるとは楽しませてくれる、小癪《こしゃく》な天使めが」

「ハアハア……御光家の名にかけて……絶対に……負けられませんのよ！　わたくしはっ！」

渾身の一撃を繰り出す聖奈だが、あっさり空振り。

「フフッ。止まって見えるわ」

ベリアルの脹《ふく》ら脛《はぎ》を包むレッグガーターの外側装甲がガパッと展開し、そこから膨大な魔力が噴出する！

「今度はこちらからいくぞっ」

嘲笑と共に凄まじい加速を開始。ベリアルの姿が一瞬にして五人に分裂した。

「くっ……分身!?」

「愚鈍なりっ！　魔刃烈波ぁっ！」

ズバババババァァァアッッ！

五体の悪魔少女が繰り出す紅い斬撃が、額、首、胸、胴、太腿、脹ら脛にジグザグに刻み込まれる！　まさに細切れと言った恐るべき必殺の技だ。

「きゃあぁ～～～～～～～～～～っ！」

「聖奈！」

吹っ飛んだ聖奈が壁に叩きつけられ、もんどり打って倒れた。

「フフン、やはりこの程度か。では首を頂くとしよう……む？」

勝利を確信していたベリアルだが、愛らしい眉をピクッと跳ねさせる。

「はぁはぁ……ウフ……ウフフ……ッ」

なんと全身血まみれの聖奈が立ち上がってくるではないか。しかもなぜだろうか。血に濡れた口元には、笑みが浮かんでいるのである。

「ククク……アッハハハァァアッ……ベリアルゥ！」

「聖奈……大丈夫なの……？」

「むう。直撃させたというのに……気でも触れたか？」

優斗は呆然《ぼうぜん》とし、ベリアルは少しいらついたように首を傾げる。

「ハアハア……あの悪魔王ベリアルの必殺技をまともに受けたというのに……この程度っ！　まったくのかすり傷っ！　ウフフッ……やっぱりわたくしは天才ですわねッ！　オ

ホホホホッ！」

高笑いを続ける聖奈だが、出血は決して少なくない。流血で顔面が朱に染まっていく。

しかしキラリと光る碧眼は、むしろ鋭さを増していた。

「防御結界か、超再生か……その秘密、暴いてくれよう。今度こそおぬしをバラバラに切り刻んでなぁっ」

「それは無理ですわっ……なぜならあなたは、今日ここで死ぬのですから……ハアハア……さあ、消毒の時間よッ！」

高々とファルシオンを掲げると、青白い聖なるオーラが翼からゴォッと噴き上がった。

「ほう。これまでの闘いの中で、闘気を高めておったのか」

「美の方程式により、解は導かれましたわ！　さあ、神の裁きを受けなさい。必殺のぉ、エンジェリウム光線ッッ！」

ドカドカドカッ！

光の杭が次々に射出され、ベリアルの周囲を取り囲む。張り巡らされる強固な結界は、必殺技へのプレリュードだ。

「小賢しい。死ぬのはおぬしじゃっ」

パキィィインッッ！

だが悪魔少女も尋常ではない。光の壁を鎌の軽い一振りで粉砕してしまった。

「まだまだぁっ」

好機とばかり聖奈は突貫を仕掛ける。砕かれた光の破片を囮にして、魔鎌の刃圏の内側に飛び込む。神聖力を溜めたファルシオンがベリアルの心臓を狙って突き出された。

「あまいわッ」

紅鎌をクルッと反転させ、柄の石突き部が突き出される。そこには鋭い隠し刀が仕込まれているではないか。

「聖奈、伏せてっ！」

「ッ⁉」

ズドォォオッッ！

隠し刀が聖奈の眉間を抉《えぐ》る寸前、とっさにしゃがんでやり過ごす。そこからカエル跳びでジャンプしながら剣を突き上げた。

「はあぁぁっ！　とりましたわ！」

予想外の反撃がベリアルの愛らしい顔に迫った。

「フンッ！　なめるなカトンボ！」

だがさすがは七大魔王の一人ベリアル。剣先をガキッとくわえて受け止め、そのままベキベキッと聖剣を噛み砕いてしまう。なんという悪魔の底力か。

「たわけめ。そんなことで妾を倒せると思うたかぁ！　うおおぉぉっっ⁉」

ブッッシュウウゥゥゥゥ〜〜〜〜〜〜〜〜〜〜〜ッッ！

折れた聖剣から噴き出す謎のガス！　顔面をモロに直撃され、ベリアルは聖奈を掌底で突き飛ばして飛び退《の》いた。

「ぬうう……バカな……毒ガスなどと……なぜそんなモノが……」

ダメージ自体は大したことなさそうだが、愛らしい美貌に浮かぶ屈辱の動揺は隠せない。

「ハアハア……い、いかがかしら……聖なる神の裁きは」

ニヤリと嗤《わら》ってみせる見習い守護天使。強がってはいるが、掌打のダメージだけで全身の骨が軋んでいる。

「味なマネを……これでは埒があかぬ。これ以上は時間の無駄じゃ」

双方決め手を欠く膠着《こうちゃく》状態に嫌気が差したのか、悪魔少女が鎌を背中に収めた。

「今日はこれくらいにしておいてやるわ。いずれ決着をつけてくれるぞえ」

「お、お待ちなさいっ」

聖奈が追いかけるよりも早く、ベリアルは窓をガシャンと突き破って夜空に飛翔する。

「これから妾の配下の悪魔がおぬしらを狙うであろう。妾と再会するまで生き抜いて見せよ。フハハハ」

不遜な笑みを残して、悪魔少女の姿は闇の中へかき消えた。

「ふ、ふん……大悪魔ベリアルと言っても……全然たいしたこと、なかったですわね」

不敵に笑う聖奈だが、額からダラダラ出血していた。

「あの……こ、これを……隠した方がいいんじゃないかな……」

顔を背けながらバスタオルを渡してくる優斗。それが何を意味するのか一瞬わからなかった聖奈だが……。

「きゃあああっ……ちょっと、どこ見てますのっ！」

先程の掌打で聖衣が細切れに吹き飛ばされ、ほぼ全裸になっていたのだ。慌ててバスタオルを身体に巻き付けた。

「ごめん、ごめんっ！」

優斗も慌てて台所へ逃げていく。

「もう、今度見たら目を抉りますわよ」

「わ、わるかったよ……ところで、なんだったの、今の？」

不思議なことにあれだけの大立ち回りの後なのに、部屋はいつも通り整然としている。血痕などは見当たらないし、あの生首もいつの間にか消えていた。

「アイツは、あなたを狙ってる悪魔ですわ。しかもかなりの大物よ」

聖奈が何やら呪文を唱えると、全身の傷が見る見る消えていく。

「大物悪魔？　彼女が？　あんな小さい娘が？」

「見た目で判断してはいけませんわ。ベリアルは地獄の七大魔王の一人、サタンに次ぐ最強の堕天使ですのよ。わたくしがいなければ、あなたは死んでいたでしょうね」

さらには着衣も元通りに復元されていく。

「そ、そうなのか。それは……あ、ありがとう。それにしても……本当に天使や悪魔がいたなんて……」

　僅か数時間のうちに起こった常識外の出来事。しかしそれを受け入れなければならないことを彼は本能的に悟っていた。

「そう言えば、あなたさっき……」

「うん？」

「いえ、何でもありませんわ。とにかくこの超エリート天使御光聖奈がいれば、どんな悪魔がきても安全安心、大船に乗った気持ちで……って、あれ……？」

　急に聖奈がふらつき、ガクッと膝から崩れ落ちる。

「聖奈！　どうしたの？」

「ああ……お腹が……すきすぎて……あうう……し、死にそうですわ……」

「ええ、またなの？」

　ピコン！　ピコン！　ピコン！　ピコン！　ピコン！　ピコン！

「わ、わわっ！　すぐ作るからっ！　待ってて！」

　こうして優斗の冷蔵庫から食料がすべて消えたのだった。


「はい、アーンして」

「はあぁンっ。美味しい、生き返りますわぁ。あなたってば料理の天才です」

　卵焼きを放り込むと、パクパクと心底幸せそうにニッコリと微笑む。

（十万十七歳って、どうなんだ？）

遥かに年上のハズだが、こうしてみるとごく普通のクラスメイトの女子と変わらない。

「こんな簡単なモノしか作れないけど……美味しいと言ってくれると、嬉しいよ」

「そう言えば御両親は？　人間は家族で生活するのではありませんの？」

「……僕は両親がいなくて……ずっと施設で育ったんだ」

「そうでしたの……」

「いいんだよ。学校もバイトで働きながらだけど、それはそれで楽しいし……食事もできるだけ節約して自炊しているんだ。まあ、そのおかげで料理がそこそこできるようになって、少しは君の役に……」

「く～～。く～～～～。スヤ、スヤァァ……」

「えええっ、もう寝てるし！」

よほど疲れていたのか（話に興味がなかったのか）食事を終えた少女天使は早くも寝息を立てていた。その寝顔はもちろん天使のように愛らしい。

「仕方がないなあ……」

押し入れから毛布を引っ張り出して掛けてやった。

「ムニャムニャ……絶対に、メシアを……守ってみせますわ……」

寝言を漏らす唇は花びらのように可憐で愛らしく、何も塗っていないだろうに、艶々と健康的に光っていた。優斗も思わず見とれてしまう。

「これからどうなるんだろう」

散らかった台所を片付けながら、漠然と考えるが、相手が天使や悪魔では、まったく今後の想像がつかない。

とりあえず卵の買い出しに行こうと心に決める優斗だった。


そして奇妙な共同生活が始まった。

「ここが人間の学校ですのね」

優斗の横でキョロキョロと辺りを見回す聖奈。三日ほど部屋にいたのだが、飽きて学園にまでついてきたのだ。

「お世辞にも優美とは言えませんわね。でもこの制服は気に入りましたわ」

スカートを翻らせてクルリとターンする。白を基調にしたブレザーとプリーツスカートの組み合わせ。足元は濃紺のハイソックスと革のローファーという、オーソドックスなモノ。今朝見た女子生徒のモノを魔法でコピーしたものだが、聖奈にもよく似合っている。正直言って可愛い。

「でも僕は狙われているんだよね。普通に学校に来てていいのかな」

「悪魔たちも人目の多い所では滅多に襲って来ませんし、むしろ学校は安全地帯ですわ」

「ふうん。ところでそれはいいの？」

天使の輪と白い翼を指さして困惑する優斗。

「他にも転校の手続きとか大丈夫なの？」

「リングや翼は一般人には見えませんの。その辺りは魔法でチョチョイのチョイですわ」

自慢げに立てた人差し指をクルリッと回して微笑んでみせる。すると……。

「御光さん、おはよう」

「おはよー、聖奈ちゃん」

歩いていた生徒たちが次々に挨拶してきた。翼やリングを気にしている様子はない。

「すごいな」

「ウフフ、いかがかしら。なんと言ってもわたくしは超エリートの美少女天使、御光聖奈よ……ん？」

気がつくと聖奈のすぐ横に、むさ苦しい中年男が並んで立っていた。

「なっ、あなたはっ⁉　どうしてここにいますの？」

なんと三日前退治した、州器以蔵ではないか。

「…………」

明後日の方を向いたまま質問には答えない。その手に提げたカバンが、少し口を開けているのが見えた。

「ッ！　まさか⁉」

素早く手を伸ばし、カバンを毟《むし》り取る。有無を言わせずチャックを開け放って逆さに振りまくった。

「うわああ、や、やめてくれよぉ」

州器のカバンから転がり出たのは小型ビデオカメラだった。

「スカートの中を盗撮していたのね、この変質者っ！」

ドカァァァッ！　しなやかな脚線が、バレリーナのように垂直に伸び上がる！　見事な爪先ハイキックは州器の顎《あご》に真下からクリーンヒットしていた。

「げはああぁぁ！　し……し……白だった……」

死にかけのゴキブリのように仰向けにひっくり返り、手脚をヒクヒクさせている。しかしその顔は今日も嬉しそうだ。

「あなたのような男は、いつか地獄に落としてあげますわ！」

怒りにまかせてカメラをグシャッと踏みつぶす。

「聖奈！　に、逃げよう！」

さすがに周囲がざわつきだしたのを見て、優斗が手をつかんで駆け出す。

「魔法でどうにでもなりますのに。というか、アレは何者ですの？」

「アイツは非常勤講師なんだけど、理事長とコネがあるらしくて色々面倒なんだ」

「ふうむ。あんな気持ち悪い男を雇ってるなんて、どうかしてますわ」

おぞましい記憶を振り払うように聖奈はスピードアップする。今度は聖奈がリードする形だ。

「わ、わぁ……速い、速過ぎるよ！」

手を繋ぎ、中庭を駆けていく二人。それをジッと見送る州器以蔵。

「うふふ……聖奈たんの……愛を感じるよ……ムヒヒ」

鼻血を垂らしながらむくりと起き上がる。顔面血だらけなのに笑っているのが不気味だ。

「な、何あれ……キモい」

「盗撮だって。もう、死ねばいいのに」

それを見ていた女生徒たちが、逃げるように去っていくが、州器はあまり気にしていない。いつものことだからだ。

「だが、あのガキ……ボクと聖奈たんの邪魔をするヤツは……ゆるさないぞぉ」


お昼休みの屋上。

「やっぱり所詮《しょせん》は人間の学校……もぐもぐ……レベルが低いですわね……ぱくぱく」

優斗が用意したお弁当をぱくつきながら、愚痴っている。しかしその表情はとても楽しげだ。

「はいはい。喋ってないで食べてね」

せっせと口に運ぶ優斗。箸の使い方を覚える気がないので手が掛かって仕方がない。一度スプーンを渡そうとしたが、飼い主の義務として拒否された。

（まるで幼稚園児みたいだよ）

とは言え、物理の授業では黒板一面を未知の方程式や関数で埋め尽くして教師を唖然とさせ、英語も一瞬で理解してぺらぺらと喋り出し、科学では謎の錬金術でカエルを金塊に変えてみせたのだ。

（そう言えば三日くらいでコッチの世界の情報はあらかた吸収したらしいし、自称天才エリートってのも伊達《だて》じゃないのかな……）

「そうそう、宇宙が爆発で始まったとか……もぐぱく……あり得ませんわ……ククッ……手品じゃあるまいし……ムフムフムフッ」

肩を揺すって笑っている。よくわからないが天使にとって最高のジョークらしい。

「お……思い出しただけで……ムフフ……んむ……んぐぐっ！」

「はい、お茶お茶」

ペットボトルを差し出すと、ゴクゴクと一気飲み。そんなこんなで、あっという間に二段重ねのお弁当箱が空になる。見た目の可憐な姿からは想像もつかない大食漢である。

「さてと、お腹もいっぱいになりましたし……」

立ち上がってスカートのお尻をポンポンとはらった。

「ちょっと行ってきますわ」

「え、どこに？」

「悪魔が来てますのよ」

「ええっ⁉　ここには襲ってこないんじゃなかったの」

キョロキョロと辺りを見回す優斗。しかし彼の目には普段の平穏な学園風景しか映らない。

「ただの斥候でしょうね。心配しなくても、この御光聖奈は無敵のエリート天使よ。すぐに片付けて戻りますわ。先生には適当に誤魔化しておいて」

言葉が終わる前に背中の翼をはためかせ、ドギュンッとまるでロケットのように急上昇していく。

「聖奈……」

あっという間に、雲一つない晴天に少女天使の白い姿が溶けていった。


放課後。

「聖奈は大丈夫だろうか……」

日が沈み始め、少し涼しくなった中庭を抜けて校門へ向かう。校庭の方からクラブ活動のサッカー少年たちの声が響いてくる。

「………」

そちらを見ないようにしてコンクリートの門柱をくぐった。そのとき……。

「優斗」

「あっ、聖奈！」

「もう遅いわよ。待ちくたびれましたわ」

疲れているのか不機嫌なのか、聖奈が腕を組んで壁にもたれている。

「ごめん、って大丈夫だった？　怪我はない？」

「わたくしが悪魔ごときに後れを取るハズがありませんでしょう。フフフ、軽く蹴散らしてあげましたわ」

軽口と裏腹に制服のあちこちは破損し、頭上のリングも輝きが落ちている。激闘だったことは間違いないだろう。

「無事でよかった……あ、そうだ。お腹すいてるんじゃない？　購買で買っておいたんだ」

「あら、いい匂い。これはなんですの？」

「アンパンっていうんだ。はい」

「ふむっふむっ！　これはまた、甘くて美味しいですわね！　水分が欲しくなりますけど」

アンパンを千切って渡すと口いっぱいに頬張り、モグモグほっぺたを膨らませている。食べるにつれて頭上のリングが輝きを増していく。

「あの……ごめん、僕のせい……なんだよね」

「ん？　あなたが謝る必要なんてありませんわ。これはわたくしの使命なのですから」

夕焼けに染まりつつある天空を青い瞳が見つめている。その眼差しはいつになく強いモノに感じられた。

「ねえ聖奈……僕に何か手伝えることはないかな」

「え……そんなの無理に決まってますわ。天使と悪魔の闘いで、人間ができることなんてあるわけがないでしょう」

「そ、そうだよね。でも……でも僕はあの時……見たんだよ」

「………」

優斗の言葉を聞いて少し聖奈の表情が強張った。

「何を見たのか知りませんけど、それは気のせいよ。そうありたいという願望が生み出した錯覚ですわっ」

ピシャッと冷たい言葉が優斗を遮る。

「そもそもあなたは、わたくしがエリート天使として学園復帰するための教材でしかないの。それ以外の意味などありませんわ」

「それでも……僕は……何か僕にできることを」

「自分がサッカー部で挫折したからと言って、それをわたくしに何かすることで取り戻せるなんて、大間違いですわよ、バカ優斗」

「え……？　な……なんでそれを……」

「帰宅部のくせに日に焼けてガッシリした下半身はかつて運動部に所属していた証拠。踵の減り方に左右の差があるのは怪我の後遺症でしょう。そしてサッカー部が活動している運動場をさけて、わざわざ中庭を通って校門まできた。おおよそ見当がつきますわよ」

「く……そんなこと……僕の気持ちなんてわからないよ、エリートの君には！」

思わず声を荒らげてしまう。完全に言い当てられ、情けない自分を見透かされたようで、恥ずかしく惨めだった。

「やっぱり……何も見えてないじゃない」

「え？」

「あなたは食事を用意してくれればそれで十分よ……って、なに⁉」

その時、周囲の景色がセピア色に色褪せて、聖奈たち以外の人影が完全に消失する。

キィィィ〜〜〜〜〜〜〜〜ンンッ！

「聖奈、これは……？」

「悪魔の結界ですわ。一日に二度も来るなんて……」

悪魔は襲撃する時周囲に結界を張る。それをしないとエネルギーの消耗が凄まじいからだ。

ズドンッッ！

「あぶないっ」

優斗をかばった聖奈のツインテールを黒い弾丸が掠めた。

「なっ⁉」

回転して身をかわす聖奈を追いかけるように、次々とアスファルトに穴が穿《うが》たれる。天使の動体視力でも捉えられない、見えない弾丸である。

「く……狙撃されてますわ。物陰に隠れて！」

「わ、わかった」

優斗はとりあえず街路樹の陰に身を潜めた。長距離から狙われているのだろうか、悪魔の姿はまったく見えない。

「くっ……一体どこから撃ってきますの？」

その間にも聖奈は追い込まれていた。どこに隠れても銃弾は正確に聖奈のいる場所に撃ち込まれてくる。死角がまったくないのだろうか。

「ええい、これならいかがかしらっ？」

聖奈は自分を囲むように、四方に光の壁を発生させた。

ドキュンッ！

「うっ！」

だがまたしても銃弾が肩を掠め、聖奈は呻く。

「つまり……上からですわねっ！」

頭上にも光壁で封をする。これで完全な安全地帯だ。

「ハア、ハア……後は敵を探し出すだけですわ」

ゆっくりと外の様子を探っていると……。

ドンッ！

「きゃうっ！」

脚を撃たれてバランスを崩し、その場に転倒する。

ドンッ！　ドンッ！　ドンッ！　ドンッ！

そこにこれまでにない密度で銃弾が降り注ぐ。自ら造り出した壁で逃げることもできない。

「くぅあぁぁぁぁっ」

絶対の防御を持つ聖奈といえども、これだけの攻撃を防ぎきれるものではない。一発命中すれば、ハンマーで殴られたくらいの激痛と衝撃が走る。

(これは、罠ですわ)

敵の作戦を推理して行動していたつもりだったが、それを逆手に取られ、逆に罠に誘い込まれていたのだ。

「聖奈!」

「来ないでっ! あうっ! これくらいなんともありませんわ……光戦フォーム!」

翼をはためかせて脱出しようとするものの、続けざまの銃撃がそれを許さない。

ドンッ! ドンッ! ドンッ! ドンッ!

「きゃあぁぁぁっ!」

何発もの銃弾を受けて白い羽がパッと散った。上昇しかけた身体は失速し、地面に叩きつけられてしまう。

ピコン! ピコン! ピコン! ピコン! ピコン!

ついには天使のリングが明滅を始めた。

(負けたくない……わたくしは……まだ……)

「くそ……どうなってるんだ……どこから撃ってくるんだ？」

四方も上方も囲まれた、いわば密室の中で、聖奈は銃弾を浴び続けている。何が起こっているのかまったくわからない。

「落ち着け……僕には見える……見えたハズなんだ」

ベリアルの時のことを思い出しながら、目を凝らし意識を集中させる。

(僕は、彼女を……聖奈を守りたいんだ！)

強く念じたとき、眉間に温かい光のようなモノを感じた。そして……。

「聖奈っ！　下だっ！」

「ッ！」

優斗の声で我に返り、一瞬で足元に障壁を張った。

そして見た。土の中をまるで魚が泳ぐように移動しながら、こちらを狙撃してくる悪魔の姿を。

「見つけましたわっ。ハアァァアッ！　エンジェリックウゥウゥッ！　メガアァアァアッ！　ドリィィィルッ！」

ドギュオオオォォォォオンンッッ！

掲げた聖剣が、巨大なドリルに変化し、超高速で回転する。それを地面に突き立て、残ったすべての力を注ぎ込んで掘り進んでいく！

「くっ、我が術を見破ったかっ」

聖奈の特攻に気付いた狙撃悪魔が退避しようとするが、もう遅い。

「逃がしませんわ！　うおぉぉぉぉっ！」

背後からドリルが心臓を貫き、さらに深く抉り込ませる。多重の結界を打ち破り、魂までも串刺しにするのだ。

「このまま地獄にお帰りなさいっ！」

「おのれ天使め……ギィエエエエエェッッ！」

聖なる力とマグマに挟み撃ちで焼かれて、悪魔は消滅した。


ピコン……ピコン……ピコン……ピコン……。

「ハアハア……な、なんとか倒しましたわ」

地上に戻った聖奈は膝に手をついて疲れ切った息を吐く。制服はボロボロで、身体中痣だらけ。持って生まれた防御結界で致命傷はないものの、満身創痍だ。

「やはり……ベリアル直属の部下となると……手強いですわね……天国で闘っていたときとは……まったくレベルが違いますわ」

もう力が残っていない。ふらりと前のめりに倒れ込む。

「聖奈！」

そこへ優斗が駆けつけて、抱き留めてくれた。

「……優斗」

「聖奈。やっぱり僕も闘うよ。駄目な人間だけど、君のためなら頑張れる」

「……でも……とても危険よ」

「わかってる。だからさっきは止めようとしてあんなことを言ったんだよね」

抱き締める手から温もりと同時に強い意志を感じる。

「バレてましたのね……ねえ、優斗……わたくしも……本当はエリートなんかじゃありませんの……落ちこぼれてコッチの世界に……」

「うん、それもなんとなくわかってた」

あっさりと言い切った後、ニコリと笑う。

「なんだ……やっぱり『見えて』ますのね。ウフフ。バカ優斗のクセに生意気なんだから」

ひとしきり笑い合う二人。悪魔の結界が薄れ、夕日が鮮やかな色を取り戻す。

「それに飼い主が最後まで責任取れって言ったのは君だからね」

「……わかりましたわ。その代わり、しっかり飼育してもらいますからね」

そう言って聖奈は呆れたように、だが楽しげに微笑んだ。

第一話　美少女天使夕闇に散る

そして一ヶ月が過ぎた。

「聖奈。そこだ、眼が弱点だっ！」

「わかりましたわっ！　てりゃあぁぁぁっ！」

ドカアァァァァァァァアン！

巨大な黒竜の姿をした悪魔が、断末魔の絶叫を残して、爆発四散した。

「聖奈……」

「優斗……」

二人は抱き合い、そして……。

「優斗、起きなさい！　遅刻ですわよ」

「ン……あ……あれ……？」

目を擦りながら身体を起こす。目が開けられないくらい眠い。

「夢か……ううむ」

昨夜は、聖奈のテレビゲームに付き合わされた。よくあるアクションRPGで、なかなかラスボスを倒せないというので手伝ったのだが、聖奈はレベル上げやアイテム収集を面倒くさがるため苦戦し、クリアしたのは明け方近くだ。

「それであんな夢を見たのかな……」

「ほら、ボサッとしてないで朝食の準備！　飼い主でしょ」

「わかりました」

フラフラと起き上がり、カーテンを開いた。差し込む朝日が眩しい。


その頃、地獄にあるベリアルの居城。

「ベリアル、君ともあろう大悪魔が苦戦しているようだね」

「その軽薄なしゃべり方はフォルネウスか」

ダイオウイカの頭部を持つタキシード姿の悪魔。それがフォルネウスである。地獄の大侯爵であり、七大悪魔王にも迫る能力を持つと言われている。

「メイドちゃん、どれくらいあの見習い天使にやられたのか、教えてくれないかい？」

「我が方の損害は……男爵級五、子爵級二、伯爵級一となっております、フォルネウス様」

ベリアルに仕えるメイド悪魔の報告に、フォルネウスはヒュウッと口笛を吹いた。最下級のただの天使に伯爵級悪魔がやられるなど前代未聞である。

「フフッ。つまりは中位クラスにまで育っているということじゃ」

だがベリアルは余裕の表情で天使の血のカクテルを飲み干し、ニンマリと嗤う。

「御光聖奈には悪魔の技がほとんど通用しないっていうじゃないか。その謎は解けたのかい？　まさか彼女が『古きリンネル』だとでも言う気じゃあるまいね」

「リンネルかどうかは知らぬが、対策は立てておる。じゃが……どうにも興が乗らんでな」

「何を悠長なことを言ってるんだい。サタン様だっていつまでも寛容ではないよ。まあ僕のように誰からも、敵からも愛されるキャラだと話は別だけど、君は無愛想だからねぇ」

からかうように白長い触手をうねらせる。

「そこでおぬしの出番というわけだ」

「僕の？　ウガァッ！」

ベリアルの手刀がフォルネウスの鳩尾《みぞおち》に食い込み、心臓を抉り出す。フォルネウスは血飛沫《しぶき》を上げてその場に倒れた。

「そろそろ、食べ頃かのぉ」

返り血でルージュを塗ったように紅く輝く唇を、可憐な舌がペロリと舐め回した。

「いけませんわね、神のことを悪く言ってはっ！　エンジェリックスライサーッ！」

トゲの生えた棍棒に変化した聖剣が悪魔の頭を直撃する。

「ゲエ～～～～～～～ッ！」

グシャッと音がして頭蓋が砕け、血と脳漿《のうしょう》が散った。

「やりましたわ！　今回も楽勝ですわね」

翼をはためかせ、スタッと着地してポーズを決める聖奈。

退けていた。

共同生活から一ヶ月。二人の息はますますピッタリ合って、次々に襲い来る悪魔たちを退けていた。

「う〜ん、スライサーっぽくないし、天使っぽくもない気がするけど、まあいいか。ハイ、お疲れ様」

優斗が苦笑しながら水筒片手に聖奈に近づく。悪魔による結界が消え、辺りは普段の平穏な学園生活に戻っている。

「ありがとう。優斗もなかなかメシアらしくなってきましたわよ」

「え？　メシアらしく？」

言われても今ひとつピンとこない。

「悪魔の攻撃をバッチリ教えてくれるじゃない」

「そう言われれば、勘が少しよくなったかな」

「勘じゃありませんわ。あれこそメシアの能力、未来予知ですわよ、きっと」

聖奈はとても嬉しそうである。彼女がエリート天使になるには、優斗がメシアであることが絶対条件なのだから、無理もない。

「ふうむ、そうなのかな」

「間違いありませんわ。そうそう予知夢とか見ませんの？」

「夢……」

そう言われれて、昨夜の夢を思い出す。夢の中では二人は協力して強大な悪魔王を倒し、そして結ばれたのだ。

二人は抱き合い優しく唇を重ねた。その温もり、柔らかさは今も唇にハッキリ残っており、夢とは思えないほどのリアルさだった。

「優斗、どうかしましたの？」

「いやいや、夢なんか見てません！　全然、まったく、一度も見てません！」

真っ赤になって両手を振り回す優斗。

「んん、なんだか怪しいですわね。エッチな夢でも見ていたんじゃありませんの？」

「ちがう、絶対にキスなんかしてない！」

「キス？　キスってなんですのよッ！　まさか夢の中でわたくしに？　謝りなさい！　今すぐに謝りなさい！」

「うわわぁ」

聖奈に胸ぐらをつかまれてガクガク揺さぶられていると、

「おいおい、見せつけてくれるじゃねえか」

「ラブラブですってか」

ガラの悪い不良生徒が五人、絡んできた。上級生のようだが面識はない。

「なんですの、あなた方は」

「誰だっていいだろぉ！」

「学校でイチャつきやがって、気に入らねえんだよっ！」

「ちょいと、裏庭まで付き合ってもらうぜ」

不良のリーダーと思われる少年が聖奈の腕をつかもうと手を伸ばす。

「ふざけないでっ！　はあぁっ！」

その手首をつかんで捻《ひね》り、そのまま流れるような動作で投げ飛ばす。

「あなたたちに付き合うほど暇じゃありませんのよっ！」

「ぐはあっ！」

「ぎゃあっ！」

肘、膝、トドメのハイキック！　あっという間に五人を叩き伏せた。

「聖奈、あれは……」

「え？」

昏倒している不良少年の首筋に、小さなフジツボのようなモノが付着している。

「これは……悪魔の使い魔ですわね」

気がつけば周囲はセピア色の風景へと変わっている。悪魔の結界に学園全体が取り込まれているようだ。

「じゃあ、悪魔に操られているってこと？」

戸惑う間に不良たちがユラリと起き上がった。意識はないまま、身体だけが動いている感じで、まるでゾンビのような不気味さだ。

「彼らを相手にしても意味がないわ。念波を辿って元を叩きますわ！」

「待ってよ、聖奈」

　脱兎の勢いで駆け出す天使少女を追って、優斗も走り出す。

「やあ、聖奈たん、ボクに会いに来てくれて嬉しいよぉ」

　体育倉庫の中にソイツはいた。非常勤講師、州器以蔵。明かりのない、暗室のような真っ暗な倉庫なのに、州器以蔵の容姿は赤い燐光を纏ってクッキリ浮き上がって見えた。

「あなたが……？」

　強力な悪魔が待ち受けているかと思ったら、醜い禿げの中年デブ男である。

「悪魔に憑依されてるのね。はあ、拍子抜けですわ」

「むふふ……ボクは君に相応しい男になったんだよぉ」

　何の脈絡もなく、いきなりズボンを下ろす。デロンとナマコのような肉棒と重たそうな陰嚢《いんのう》が垂れ下がっている。

「きゃああっっ！　なんてモノを見せますのよっ！」

　慌てて顔を背けて目を隠す。直視はしていないが、人間とは思えない巨大さ、そこから漂う闇のオーラは、悪魔がそこに取り憑いていることを示している。

「はあっはあっ！　聖奈たん、大好きだぁぁぁぁっ！」

　下半身丸出しのまま、猛ダッシュ！　クネクネと怪しい動きで飛びかかってくる。

「聖奈、油断しないで」

「わかってますわよ。こんなヤツは滅菌消毒ですわっ！」

光戦フォームに変身し、聖剣を構えて迎撃しようとする聖奈。

「うおおおっ！　マジ天使だぁぁぁっ！」

興奮した州器の股間から、ペニスが槍のように伸びてきた。なんという下品な攻撃か。

「穢らわしいモノ、近づけないでっ。アークバスター！」

スパアアァァァァッ！　鋭い斬撃がペニスを縦一直線に切り裂く！

「うひょおおぉぉっっ！　聖奈たんのご褒美っ！　最高ぉぉぉぉぉっ！」

ぶっしゃあああぁぁっ！　どびゅどびゅどびゅううぅっ！

「きゃあっ！　イヤアアァァァァァァッ！」

血液の代わりに噴き出したのは白濁した粘液である。それをまともに頭からかぶってしまい、全身が異臭粘液でベトベトになってしまった。

「もう、変態すぎっ！　なんですのよ、これはっ」

「もちろんボクちんのザーメンだよぉ。聖奈たんのために、一週間オナ禁していたからねぇ、たっぷり溜まっているんだよぉ。うひ、うひひひっ」

狂ったような嗤いを浮かべながら、ジリジリと近づいてくる丸出しの中年男。

「よくもわたくしに、そんな汚いモノを……って、あれ？」

反撃しようとするが、粘液が粘りついて身体を自由に動かせない。そればかりか、エネルギーが急速に失われていくではないか。

「ぐぐっ、動けない……ど、どうして……こ、これしきの事で⁉」

「うひょぉぉっ！　聖奈たんは、ボクのお嫁さんなのだぁ！」

二本に分かれた触手ペニスが、鞭のようにしなって伸びる。

ビシッ！　バシィッ！　ピシィッ！

「うあっ、きゃあぁっ！　やめなさいぃっ！　あうっ！」

白い肌にミミズ腫れを無数に刻まれていく。ダメージもあるが、打撃のたびに不潔な先走り汁を塗りつけられるのが屈辱的だ。

ピコン！　ピコン！　ピコン！　ピコン！

エネルギーも吸収されているのか、早くも頭上のリングが明滅し始める。

「聖奈！　あぶないっ」

ドカァァァァッ！

助けようと飛び込んだ優斗だが、鞭の一撃で軽々と吹き飛ばされてしまう。

「はい、ザコぉ。うひひっ」

黒縁眼鏡を光らせて、優斗に優越の嘲笑を浴びせる州器。

「よくも、優斗に……ッ！」

それを見た聖奈の碧眼が大きく見開かれた。怒りのあまりツインテールが逆立ち、全身からゴォッと噴き出した闘気で、へばりついていた白濁粘液が吹き飛ばされていく。

「何を言っているんだい、聖奈たん」

ササッとゴキブリのように素早く床を這《は》った州器が、優斗を背後から羽交い締めにする。その手には大きめの肉切り包丁が握られていた。

「ボクはこの勘違い野郎を殺して、聖奈たんを助けるんだよぉ」

「ふざけないで！　勘違いしているのはあなたでしょうッ」

「ンン……かわいそうに……こいつに騙されているんだねぇ……洗脳？　それとも催眠かなぁ？」

州器の眼にギラリと狂気の光が宿る。歪んだ口元からは歪んだ妄想と共に、涎が垂れ流しになっている。

「その呪縛から解き放ってあげるよぉ！　救世主であるボクがねぇ！」

振りかぶった肉切り包丁を優斗の首に振り下ろした。

「させませんわっ！」

ザシュッッ！　一歩早く踏み込んだ聖奈の剣が、州器の腕を斬って撥ね上げた。絶叫と共にどす黒い血が大量に噴き出す。

「ぐぎゃあぁぁっ！　う、腕がぁぁぁっ！　せ、聖奈たん……ハアハア……どうしてぇ……うごご……ボ、ボクという恋人がいるのに……どうじて、そんな男にぃっ」

負傷した腕を抱えて床を転がり回る変態教師。血まみれの身体からは血液だけでなくおぞましい闇のオーラが毒の沼のように広がってくる。取り憑いた悪魔に魂まで完全に侵食されている証拠だ。

「あなたはもう人ではなく悪魔。ならばッ、汚物は消毒してあげますわ」

ファルシオンを構え距離を詰めていく。フッと息を吐く。青い瞳は静かに、激しく怒りの炎を灯している。

「ひ、ひいっ！　ボクを殺すつもりぃ⁉　恋人であるボクを！」

「お黙りなさいっ！　はぁぁぁぁっ！」

ザンッッ！

剣から放たれる聖なる光が、州器の身体を袈裟懸《けさが》けに切り裂く！

「くはぁぁっ」

白目を剥いてドォッと仰向けに倒れ、手脚をピクピク痙攣させる。

「憑依した悪魔だけを斬りましたわ。その腕の傷は悪魔に魂を売った罰として心と身体に刻みなさい」

あっさりと片付けて、優斗の方に駆け寄ろうとした時……。

「優斗、大丈……うぐっ！」

何かが背後から首に巻き付き、強烈に締め付けてきた。それは州器の触手ペニスではないか。

「くぅああっ……な……あ、あなた……」

「残念、そいつは質量を持った残像なのだぁ！」

バリバリバリバリバリィィッ！

「きゃあああああっ！」

叫ぶやいなや、強烈な電撃が放たれて、聖奈は転倒させられた。

「ぐっ……こんなことって……ザコ相手に……わたくしが……」

「うほほぉっ！　くらいなよぉ！」

ドビュルッ！　ブビュルルルルルゥウウッ！

「きゃあああぁぁっ！」

再び顔射をぶっ掛けられて、眉間を撃ち抜かれたように仰け反る聖奈。先程よりも熱く濃く、さらに臭い。

「うああぁ……ち、力が……抜ける……あああぁ……どうして、こんな人間なんかに……」

悪魔の力はほとんど防げるハズなのに、この男の攻撃はなぜか無効化できない。酷い脱力感に襲われてガクッと膝をつく。

「ふはあぁぁっ！　ン気持ぢいいいぃぃぃいっ！」

どばどばどばぁっ！　ぶびゅるるるぅ～～～～っ！

迸る追い打ちザーメンが、美少女天使の全身をベトベトに濡らし汚染した。

「い、いやあぁっ！」

食虫植物の罠に捕らわれた虫のように、足掻けば足掻くほど精液が粘着して絡みつき身動きが取れなくなる。

ピコン……ピコン……ピコン……ピコン……ピコン……。

物凄い勢いでエネルギーが吸われていく。リングの点滅が次第に間隔を長くし、輝きが落ちていく。かつてないほどの絶体絶命のピンチだと言えた。

（こ、このままじゃ……わたくし……）

意識も薄れて、脱力した手から聖剣が滑り落ちた。

「うへへへぇぇっ……ここが聖奈たんの弱点かなぁ……？」

触手ペニスの鈴口がクパアッと割れて、細かな牙が生えた顎となる。ギザギザの凶悪な歯並びでリングにガキガキと噛みついた。

「うあ、ああ……そこは……触るなぁっ！　この、変態、ハゲ、悪魔っ！」

「んん？　ちょっと黙ってもらおうかなぁ」

州器の股間からさらに触手ペニスが伸びてきて、聖奈の身体にギリギリと巻き付いてくる。そのうちの一本、一際大きな肉棒触手が口元に迫ってきた。

（な、なんですの、これ⁉）

おそらく本体なのだろう。奇怪で凶暴な淫肉棒でありながら、亀頭部は包皮を被っているではないか。アンバランスな造形は身の毛がよだつほど気味が悪く、地獄の怪物を見ているようだった。

「うへへ、まずは前戯のフェラチオからだねぇ」

興奮が海綿体を伝わって亀頭をさらに膨れ上がらせた。包皮がズルリと剥け返り、赤紫色の亀頭が露出する。

「う、ううっ……く、臭いっ！　汚いモノ、近づけないでっ！」

見た目もさることながら、こびりついた大量の白い恥垢から、生ゴミのような腐臭が漂ってくる。見ているだけで酸っぱいモノがこみ上げて、吐き気を催してしまう醜悪さだ。

「恋人同士なんだから、遠慮しなくていいんだよ」

「馬鹿馬鹿しい！　あなた、頭おかしいんじゃありませんのっ！」

危機を察知した聖奈は、顔を思い切り捻り、唇をきつく噛んで侵入を許さないようにするのだが……。

「お口を開けないと、こうだよ」

バリバリバリバリィィィッッ！

リングに噛みついた顎ペニスから電撃が放たれる。明滅するリングは天使にとって重要かつ、敏感な器官なのである。全身を貫く衝撃に、絶叫が迸った。

「きゃあああぁぁっ！　うくっ……んぐぐぅっ！」

思わず唇が弛む。その隙を突いて、不潔な包茎触手ペニスが唇に潜り込んできた。

「ひいぃいぃいぃいっ！」

（いやあああっ！　臭いっ！　汚いっ！　臭い！　汚いっ！　汚いぃぃいっ！）

目を白黒させて悶絶する聖奈。男のモノを口にくわえるなど、天使にとっては信じられない変態背徳行為である。それに加えて舌の上に広がる塩苦い味と、ツーンと鼻を突く強烈な腐敗臭が、汚辱感を煽った。

「おおっ、聖奈たんの唇ゲットォォッ！　んんおお、うほぉっ！　天使の唇って、メチャクチャ気持ちイイイィィィッッ！」

一方の州器は悦楽の表情で、雄叫びを上げている。学園屈指の美少女、しかも天使だというのだから、嬉しくないはずがない。

「はああっ、生まれてずっと包茎だったからねぇ。一つ上の悪魔になってよかったよ。うへへ、四十五年間熟成されたチンカスを味わってねぇ」

ジュブッ！　ズブッ！　ジュブッ！　ズブブゥッ！

「うぐぅぅっ！　んおぉっ！　ひゃめ……むふぅ！　おおお……くふぅぅっ！」

抜き差しされる肉触手が顎を押し広げ、舌を巻き込みながら喉奥へ達する。あまりにも大きくて、噛みつくこともできず、思うままに蹂躙されてしまう。ピストンのたびに亀頭から四十五年分の恥垢が剥がれ落ちて、舌の上に塗りつけられるのもたまらなかった。

（いやいやぁっ！　きたないっ！　くさいぃぃっ！　な、何ですのこれぇ！　何がしたいのよぉっ！）

生殖行為ではない、ひたすら屈辱と恥辱を味わわされ、天使のプライドはズタズタに引き裂かれていく。嘔吐感が何度もこみ上げて、逆流する胃液で膨らんだ喉が苦しそうにピクピクしている。

「ハアハア！　オオオッ！　も、もう……ヤバイィィッ！　ハアハァァ！」

州器の呼吸が荒くなる。芋虫のような手指が金髪ツインテールをつかんで、美貌を股間に引きずり込む。

（うう……ま、まさか……⁉）

口の中で亀頭が大きく膨らむのを感じて、聖奈の背中に鳥肌が立った。間違いない、この男は聖奈の唇に射精しようとしているのだ。

（そ、そんなの、絶っ対っに、いやですわぁっ！）

なんとか逃れようと首を振ろうとするが、髪をつかまれていてはそれもできず、慌てた口腔《こうこう》粘膜の蠢きはかえって男を悦ばせてしまう。

「ふおおおおっ！　まずは一発ぅうっ！　聖奈たんの唇にぃ！　おりゃあああぁっ！」

どぴゅるるっっ！　ぶじゅるるるるっ！　どぷどぷどぷぅうっ‼

「んぐぅぅ〜〜〜〜〜〜〜〜〜〜〜〜〜〜〜〜ッッ！」

（いやあああぁぁぁぁっ！）

夥《おびただ》しい邪精が恥垢と混ざって口中に溢れ返り、腐った生卵のような汚辱感と鼻を突く生臭い匂いで、気が狂いそうになる。

「全部飲むんだよおぉ、聖奈たん」

グッグッと深く突き入れて、聖奈に飲ませようとする州器。聖奈は小鼻とほっぺたを膨らませたまま小刻みに首を振り、断固拒絶しようとする。

「飲まないとアイツがどうなるか、わかってるよねぇ」

だが州器は卑劣にも人質を使って脅迫してきた。

「ふむぐっ！　ひ、ひひょうものぉ……お、おぉ、おおおぅうっ！　のめばぁいいんれしょぉっ！」

(優斗のため……頑張るのよ)

聖奈は毒を飲む覚悟で舌を動かし、屈辱汚精を食道へと送り込んでしまう。

「うう……ごくっ……ごくぅっ……んむ……ごきゅっ……ごきゅんっ！」

(ひいいぃいっ！)

あまりのまずさに白目を剥く聖奈。重く粘っこいドロドロ精液が、食道を引っ掛かりながらゆっくりと下っていき、ついには胃の中へ落ちる。猛烈な嘔吐感で全身の毛穴からいやな汗が噴き出すと同時に、ザワッと産毛が総毛立った。

「お、おぉ、聖奈たん！　おおおぉ、おおおうう」

どぷっ！　どびゅるるっ！　どくどくどくぅんっ！

その後も長々と射精は繰り返され、それを聖奈は無理矢理飲まされてしまう。

「んふっ……ううう……ごくっ……ごくんっ……むふぐぅ」

(ううう……お、多すぎますわぁ……あぁぁ)

眼の端に涙の粒を光らせながらも、優斗のために必死に飲み下す聖奈だった。

「ハア……ハア……お、おえぇ……ま、満足したでしょう……優斗だけでも……解放しなさい……ゲホッゲホッ！」

優斗は粘液で柱に縛り付けられていた。意識はなくガクリと頭を垂れている。

「んん、彼にはまだ、もう少しだけ付き合ってもらうよ」

うそぶきつつ、聖奈の方に向き直る。股間の触手ペニスは、射精直後とは思えないくらい元気にうねっていた。

「これからアイツの前で聖奈たんの処女をもらうんだからね。ボ、ボクも童貞だから、ちょうどいいよね」

「そんなの、絶対にイヤですわ！　あなたに犯されるくらいなら、死んだ方がマシですわッ！」

「生意気言ってるけど、もうエネルギーはほとんどないんじゃあないかな？」

ピコン……ピコン……ピコン……ピコン……ピコン……。

「うう……」

州器の言うとおり、ひび割れたリングの明滅はテンポが遅くなり、光度も落ちていた。身体に力が入らず、まともに闘える状態ではない。

「それっ」

手脚に絡みついた触手が聖奈の身体を持ち上げ、両膝を伸ばしたまま両腕を後ろに伸ばした屈伸状態にさせる。光翼も背中に伸ばしたまま顎触手に噛みつかれて、動かせなかった。

「ああ、可愛いよ、聖奈たん」

背後に取り憑いた州器がスカートを捲り上げた。純白のショーツがピッタリと張り付き、健康的なヒップの形を立体的に浮かび上がらせている。熟れるのはまだまだ先だが、初々しいフレッシュさが魅力だ。

「ううっ。見ないでっ！　触らないでっ！　この変態悪魔っ！」

肩越しに鋭い視線を送りつけるが、中年男は相変わらずニヤニヤしている。

「ああ、いいねぇ、それ。ツンデレの伏線だよね。さすが聖奈たん、わかってるわぁ」

触手ペニスの群れの中心から、一際大きな肉塊がヌッと生え伸びる。先程唇を犯した本体の触手ペニスだ。射精したせいか、また皮を被っている。

「聖奈たん、ハアハア……見せてもらうよ」

ショーツをつかんで、一気に太腿にまで引きずり下ろす。

「ハアハア……これが聖奈たんのオマンコ……ハアハア」

眼鏡の奥で細い眼をぎらつかせる悪魔教員。二つの尻肉に挟まれて、クレヴァスはひっそりと慎ましく口を閉ざしていた。金色《こんじき》のヘアも恥丘を申し訳程度に飾っているだけで、後ろからはほとんど見えない。

（う、うう……なんという屈辱ですの……っ）

屈辱に唇を噛む。悪魔との闘いで純潔を散らす天使はたまにいるし、覚悟もできていた。だがよりによって、こんな醜い半人間の中年男に処女を奪われるなんて、思ってもいなかった。

(優斗……)

なぜか彼の顔が瞼の裏に浮かんだ。理由はわからないが、とても悲しく、悔しく、惨めな気持ちだった。それは天界にいたときには感じたことのない感覚だ。

「ハアハア、カワイイよ、聖奈たん。やっぱりボクの天使だよぉ」

背後から顔を尻の谷間に埋めるようにして、花園にむしゃぶりついてきた。

「ひゃうっ！　な、何をしますのッ！」

「今度はボクがお返しする番だよ。むふぅぅっ、いい匂いだぁ」

思い切り深呼吸した後、州器は長い舌を陰唇の隙間にねじ込んでくる。

ピチャ……ピチャヌチャ……クチュッ……ピチャアァッ！

「うあああぁぁっ！　や、やめなさい！　馬鹿あぁっ！　そ、そこは……舐める所じゃぁ……あああぁぁぁ～～～～んっ！」

小さな肉突起を舐められた瞬間、稲妻のような痺れに身体の中心を貫かれて、はしたない声が漏れてしまった。

(今のは……なんですの……!?)

「ンフフ、聖奈たんは、クリトリスが敏感なんだねぇ」

「はあはあ……ううっ……そんなことありませんわ……あふっ……もう舐めるなぁ！」

性に関して知識としてはあるものの、基本的に初《うぶ》な処女天使なのである。これほどの性感帯があることに、戸惑わずにはいられない。

「むふふ、聖奈たぁん、チュッチュしようねぇ」

ちゅっ……ちゅっ……ちゅっ……ちゅっ……ちゅっ……ちゅっ……ちゅっ。

一度吸い付いた州器の唇は執拗で、腰を振ってもまったく離れない。まるで毒蛭に吸い付かれたようなおぞましさだ。

「んんっ……もうやめ……ンはぁっ……あぁっ……し、しつこいぃ……あぁぅっ！」

ビリッビリッと電流が可憐な女芯に突き刺さり、恥骨を貫通して子宮にまで響く。キュウンッと痛みにも似た疼きが、下腹いっぱいに満ちてゆく。

「むひひひ、おいしいよ、聖奈たん……くちゅくちゅ……天使のオマンコ、とってても甘い……あああ……それになんていい匂いなんだぁ……ぺろぺろぉ」

自らの肉棒を扱きながら、舌先を膣孔にも潜り込ませてくる。

ちゅっ……ちゅっ……ちゅっ……ちゅっ……ちゅっ……ちゅっ。

(うあああぁ……なんですのよ……このくすぐったいような、変な感じは……ああ……身体が熱くなって……頭が……ボウッとして……)

うなじに汗がじっとりと染み出し、呼吸が乱れてくる。こんな肉体の反応は生まれて初めてで、混乱するばかりだ。

「ふひひひ。ボクの唇が気に入ってくれたみたいだねぇ。クリちゃん完全勃起で、オマンコも濡れてきたみたいだよぉ」

それまで閉じていたサーモンピンクの花びらが、充血して開花させられていた。陰核も包皮を剥かれて頭をもたげ、受粉を待つ雌しべのようだ。

「はぁ……はぁ……はぁ……はぁぁ……ううう」

聖奈は荒い呼吸を繰り返しながら弱々しく首を横に振る。実は先に飲まされた州器の精液の催淫効果によるものなのだが、潔癖な処女天使が気付くはずもない。

「むふふふぅ、カワイイ聖奈たん。それではそろそろ……ボクと一つになろうね」

握り締めた異形男根が聖域に迫り、仮性の包皮がズルンッと剥け上がった。

「ひっ⁉」

州器のペニスは、先程よりもさらに大きく勃起していた。しかも口で清めさせられたばかりなのに、この短時間で恥垢がビッシリ溜まっているのである。

「い、いやぁっ！　そんな不潔なモノでされるなんて、絶対に絶対にっ、死んでもイヤですわっ！　馬鹿、ハゲ、人間のくずっ、生ゴミ男っ！」

大事な所に亀頭をグリッと押しつけられて、混乱と拒絶の悲鳴を噴き上げる。腰を振りたくって最後の抵抗を試みた。

「聖奈たんが可愛いから、チンカスがメチャクチャ溜まるねぇ」

触手ペニスがシュルシュルと伸びて、背中の光翼と頭のリングに噛みつき、強烈な電撃を浴びせてきた。

ビリビリビリビリィィィッッ！

「うあああぁ〜〜〜〜〜〜〜っ！」

翼から白い羽がパッと舞い散り、リングにも細かい亀裂が入っていく。天使にとって大事な所を責められて、身動きが取れなくなる。

「では、いくよぉ、聖奈たん。ボクの童貞を君に捧げるからねぇ」

処女の粘膜を切り裂きながら剛棒が侵攻していく。

「くあぁぁっ！　き、汚いモノ入れるなぁ……あああっ！　い、いたいっ！　あうう……や、やめなさいぃぃいっ！」

昼で味わわされた恥垢まみれで不潔で臭い包茎ペニスが、少女にとって最も大事な所に入ってくる。あまりの汚辱感に気が狂いそうだった。

「はあはあ、これが聖奈たんの処女膜だねぇ……ハアハア……いただきまぁす」

州器がグッと腰を押し込むと、醜悪で野太いペニスは半分以上処女天使の中に埋まっていた。メリメリと音がしそうな迫力と執念で、処女膜をぶち抜き、さらに奥を目指すのだ。

「あきゃあああぁぁぁぁ～～～～～～～～～っ！」

激痛に背筋がギクンッと反り返り、破瓜の血がツウッと太腿を流れ落ちていった。

「やった、やったぞぉぉ！　天使の激レアＳＳＲ処女膜ゲットォォオッ！」

少しずつ処女粘膜を押し広げ、くつろげながら、州器が雄叫びを上げる。

「うっほぉっ！　これが聖奈たんのオマンコ。すっごく気持ちイイよぉぉ」

温かい処女の血がヌルヌルと亀頭にまとわりつく感触も、最高に気分を盛り上げてくれる。吸い付くような一体感も、童貞中年を狂喜させた。

（うう……こんなヤツに……く、悔しいっ）

ザコにしか思えない人間に敗北させられ、あまつさえ純潔まで散らされて、苦痛と怒りと悲しみと屈辱が心の中でグチャグチャに混ざり合う。

（ごめん……優斗……わたくし、穢されて……しまって……）

生まれて初めてお腹いっぱいに埋め尽くしてくる州器の圧迫感と熱さや硬さは、一生忘れられないだろう。たとえもし優斗と結ばれることがあったとしても、比較してしまう事になるのだ。天使としても永久に消せない汚点であり、その屈辱は戦歴として記録されてしまうのだ。

「せ、聖奈……？」

優斗が意識を取り戻した。まだ朦朧《もうろう》としているのか、首を振って眼を瞬《しばたた》かせている。

「やっと目を覚ましたかい、ストーカー君。ちょうどよかったよ。聖奈たんとボクが一つになる所を見られたんだからねぇ。クヒヒヒ」

「ぅああ……優斗……ああ……み、見ないで……見てはいけませんわッ！」

「聖奈ぁぁっ！　く、くそぉっ！」

飛び散る赤い鮮血を見て、優斗は髪を逆立てて怒りを爆発させた。普段大人しい彼からは想像もつかない鬼のような形相だ。

「離れろ！　聖奈から離れろぉっ！」

だが粘着液に固められた身体を動かすことはできず、悔しげに歯ぎしりすることしかできない。

「優斗、見ないで……ううっ……離れなさいっ！　わたくしから出て行きなさいっ！」

「ふひひっ！　よく見ていればいいよ。聖奈たんはボクのお嫁さんになるんだからねぇ」

細くくびれた腰をつかんで、根元まで淫棒をズブリと埋め込む。グチュンッと音がして、少女の愛らしいお尻と、中年のたるんだ腹がピッタリと密着した。

「くぅあああッ……調子に乗らないで、穢らわしい下等動物の分際でっ……だ、誰があなたと……結婚なんか……するものですかっ……ぅあぁぁっ！」

「そんなこと言って、ボクの赤ちゃんを妊娠したら、結婚するしかないでしょ？」

勢いよく腰を振り始める州器。ズンッズンッと深く浅く捻りも加えて、乙女天使の秘奥を掘削していくのだ。

「ハアハアッ！　気持ちいいよぉぉ！　聖奈たんのオマンコ！　はああぁっ！　聖奈たんも気持ちいいでしょ？　だってこんなに、ラブラブなんだからねぇ……ハアハアッ！」

ジュブッ！　ヌプッ！　ジュププッ！　グッチュンッ！

激しく律動する剛直から、先走りのカウパーや四十五年分の童貞恥垢が、処女孔の中にまき散らされていく。

「うあっ、ううう……そ、そんなわけ……ああうぅ……あるわけないでしょうっ……くぅはぁぁうんっ！　その汚いモノを抜きなさいぃっ！」

激しく罵り反抗するたび、蜜肉がキュウッと収縮し肉棒を締め付けてしまう。

「んほぉっ、そうはいかないよぉ、聖奈たん。ボクの赤ちゃんを孕ませるんだからねぇ」

「あ、赤ちゃんなんて、何を馬鹿なことを！　そんなこと絶対にあり得ないんだからっ！　ハアハア……もう、動くなと……あぁぁっ……言ってますのに……ンあああ……深いぃっ！　そんなに動かれたら……お、奥に……当たってぇっ！　だめ……お腹が熱い……はあ、あああぁんっ！」

　下から突かれるたび子宮が跳ね上げられて、生まれて初めて味わう未知なる快美に翻弄《ほんろう》される。タプタプと前後に揺れる双乳の頂点で、固く充血した乳首が赤い残像を引きながら上下していた。

（ああ……なんですの……この感じは……？）

　破瓜の傷みは薄紙を剥がすように消え去り、代わって肉も骨も蕩《とろ》かすような甘美な痺れが、水面に広がる水紋のように全身に伝播してくるのだ。

「う、うああ……何？　うう……何ですの、この攻撃は……あはあぁぁ……頭が……ああ……ぼうっとしてきて……身体が熱くなってぇ……あうぅんっ」

　肉体への攻撃でありながら、精神攻撃でもあるような……。元々霊的存在である天使にとって、まったくどのように対応していいのかわからない。

「攻撃じゃないよ、聖奈たん。これは子作りセックスってヤツだよぉ」

「はあ、はああ……こ、こづくり……せ……せっくす……？」

「男と女が愛し合って、気持ちよくなって、赤ちゃんを作るコトさぁ。ほれほれ」

「あ、ああ……いやあ……愛してない……き、きもちよくなんかないぃ……はあはあ……あなたみたいな、キモくて下等なゴミ人間の赤ちゃんなんて……死んでも欲しくありませんわぁ……あうぅっ！」

ズンズンと子宮口を突き上げられ、グリグリと膣口周辺を穿《ほじ》られて、感電したような心地よさが背筋を何度も駆け上がった。

「でも聖奈たんのオマンコが、ボクのチンポをガッチリ食い締めて放してくれないんだよ。諦めて妊娠しようねぇ」

「あああ……うそですわ……あああ……赤ちゃんいやっ……妊娠はいやっ、いやあぁっ！ あああ……優斗……た、助けてっ！」

思わず救いを求めて泣き叫ぶ金髪の天使。だが州器の抽送はさらに重く加速していく。

パンッ！ パンッ！ パンッ！ パンッ！ パンッ！ パンッ！

「うあああ……ああっ……だめぇ……ああむ……妊娠だけはいやっ、いやぁ……はあああぁ～～～～～～～ッ！」

「聖奈ぁ……ううっ、やめろ、やめろぉっ！」

「あ、ああ……優斗……わたくし、妊娠させられちゃうっ！ いや、いやなのにぃっ！」

聖奈が混乱しているうちにも、子宮がジワジワ降りていく。腰も後ろにせり出して、射精を受け入れるような体勢を取ってしまう。

「抵抗しても無駄無駄ぁ！ ハアハア……アイツの前で聖奈たんに、ボクの赤ちゃんを孕ませるんだぁ！」

ジュブッ！　ズブズブッ！　グチュッ！　ジュブゥゥッ！

愛液の飛沫を飛ばし、媚粘膜を巻き込んだり引きずり出したりしながら、串刺し種付けピストンが叩き込まれる。

「はああっ、あひぃ！　ンあああっ！　いや……あぁぁ……あなただけは、いやっ！　中に出したら……絶対に殺しますわっ！」

ピコン……ピコン……ピコン……ピコン……。

キッと相手を睨むものの身体の聖気が抜け、翼はしおれ、リングの光も徐々に衰えていく。そのくせ蜜襞だけはピクピク震えながら州器の男根に絡みついて、新鮮な牡精を搾り取ろうとしていた。

「ふはあぁっ！　聖奈たんのマンコ、締まるっ……ハアハア……そんなにされたら、もう……種付け射精するしかないよねぇっ！　いくよぉ！」

興奮状態の州器が眼を爛々《らんらん》と輝かせながら細腰をつかんで引き寄せ、触手ペニスが白翼とリングにガキッと噛みついた。

「ウオオオオォォッ！　愛のザーメン!!」

ドビュルルッ♥　ブビュルルルルルゥゥゥッ♥　ドプドプドプゥッ♥

「アヒイイイィィィッッ！」

背骨が折れそうなほど仰け反り、魂が消し飛ぶような絶叫を迸らせた。膣洞を埋め尽くした濃厚バタークリームのようなザーメンが、子宮をグッと押し上げてから、子宮口を強引にくぐり抜けてドドッと胎内に押し入る。

「うほぉおっ、コッチもぉおっ！」

ドビュドビュドビュッ！　ドバドバドバァアッ！

リングと光翼に噛みついた触手ペニスからも、大量射精が始まる。

「ひ、ひぃいっ！　死ぬっ！　あああぁあっ！　しんじゃうぅうっ！」

あまりにも強い邪気のせいで、子宮内に雪崩《なだ》れ込む何十億という精子の一匹一匹をハッキリ感じ取れた。

「うあああっ……気持ち悪いのが……いっぱい、わたくしの中に入ってくる……ああ……な、中に出さないでぇえ！　うあああ……熱い……あ、赤ちゃんできちゃううぅうっ！」

「ふうおぉおっ、まだまだ出るよぉ！　おっ、おおっ、おおほおおぉおっ！」

ビュルルルッ♥　ブビュルルルッ♥　ブチュウッ♥　ドビュドビュウゥウッ♥

オットセイのように鳴きながら、グッと深く挿入して子宮口に密着種付け射精。狂った愛と共に子宮が膨れ上がるほどの子種汁が注入されてくる。膣内に入りきらない白濁は結合部からドロドロと溢れ出し、いかに大量の精液なのかを物語る。

「ああぁぁぁ～～～～～～～～～～～～っ！」

断末魔の痙攣が走ると同時に、背中の翼から白い羽がバァッと大量に散った。

「聖奈っ！」

「はひひひ、天使マンコ最高だよぉ！　き、き、きもちイイ……はあはあぁぁっ！」

ドピュドピュドピュッ♥　ブチュルルッ♥　ドプドプドプゥ～～～～ッ♥

優斗に見せつけながらトドメとばかり、触手ペニスのザーメンが天使のリングにシャワーのようにぶっ掛けられる。そして……。

パキィィンッッ！　猛悪な邪気に堪えきれず、ついにリングが真っ二つに割れてしまう。

それは天使にとって致命傷だった。

「う、ぐうう……あぁ……っ」

スウッと意識が薄れた。ドロドロと流れ落ちるザーメンがリングだけでなく、流麗な金髪も美貌も埋め尽くす。猛烈な臭気が鼻を塞ぎ、喘ぐ唇にも容赦なく流れ込んで、呼吸もまともにできなくなる。

（ああ……もう……だめ……）

ピコン……ピコン……………ピコン…………………。

砕かれたリングから最後の光が消え、聖奈はザーメン溜まりの中にグシャッと崩れ落ちた。意識は暗い闇にどこまでも沈んでいく。

「せ、聖奈……ぅあぁ……聖奈ぁ……！」

何もできず、ガックリうなだれる優斗。

「フヒヒヒ、ザマぁ。これで聖奈たんはボクのお嫁さんだぁ。ヒャヒャヒャヒャ」

夕闇迫る薄暗い倉庫の中で、州器の嘲笑だけが響いていた。

第二話　脅威！　悪魔の洗脳拷問

「うぅ……聖奈……っ！」

優斗が跳ね起きると、そこは見慣れた彼の部屋だった。

「あ、あれ……僕は何を……」

時計を見ると午前七時。全身にベットリと嫌な汗をかいているのは、何か悪い夢でも見たのだろうか。

「昨日は確か、不良たちに取り憑いた悪魔を撃退して……」

その先をいくら思い出そうとしても思い出せない。記憶がスッポリと抜け落ちている。

それに聖奈の姿が見えないのも奇妙だった。いつもなら朝食を食べさせろと騒々しいくらいなのだが、彼女の部屋はもぬけの殻。ベッドも使われた様子がない。

「聖奈……どこに行ってしまったんだ」

いきなり訪れた静けさは少年の漠然とした不安を増大させるのだった。


その十二時間前。

「んっ、むっ……ううっ……ふ、ふうぅっ……あうぅンっ」

ベリアルの居城に連行された聖奈は、残虐な拷問の餌食になっていた。

両手を頭の後ろで組まされ、両脚は女性器を剥き出しにするような大胆なM字開脚。そのポーズのままで、鋼鉄と黒革レザーを組み合わせた拷問拘束具を着せられて……いやその中に『閉じ込められ』ていたと言う方が正しい。黒革のボンデージはウェットスーツのように全身を隙間なく覆い尽くし、肌に同化するのではないかと思うほどピッタリと密着していた。その上から鋼鉄のコルセットと鎖が何重にも巻き付いて一切の動きを封じている。

アイマスクとボールギャグによって視界も声も奪われ、さらに天使の象徴であるリングには何本もの鋲が打ち込まれ、光翼は折り畳まれた状態で有刺鉄線のような茨で厳重に拘束されていた。

「はあっ、ふううっ、聖奈たん！　はあはあっ！　気持ちいい！　気持ちいいよぉっ」

ズブッ！　ジュブブッ！　ジュブブッ！　グッチュンッ！

その上に覆い被さって、汚い尻を振っているのは州器だ。

拘束具は股間部分だけがくり貫かれており、異臭を放つ中年男の剛棒が、聖奈を串刺しにしていた。

「むぐっ……うぐぐ……ふぐぅぅっ……はあぅぅ」

内側から突き上げてくる巨根と、外から全身を締め付ける拘束具。挟み撃ちにされる圧迫感で身体がバラバラになってしまいそう。

「はああっ、もうすぐだぁ……もうすぐ聖奈たんの膣内に出すからねぇ、ハアハア」

（うぐ……苦しい……抜きなさい、ああ……もうやめなさいぃっ！）

ミチッ……ギチッ……ミチギチィ……ッ。

悶えるたびレザーの表皮がしなり啼《な》く。全身の肌に密着する皮革の感触は言葉に表せないほどの不快感だった。なんとか逃れようと身を足掻かせるのだが、一ミリの隙間もなく密着する革製拷問具によって動きは完全に封じられ、それどころか足の小指すら動かせないのである。本来の聖奈の力ならば、この程度の拘束を破ることは造作もないことなのだが、特殊な仕掛けがあるのか抜け出すことができなかった。

「ふぅおおおおっ！　聖奈たん大好きだよぉぉっ！　出るぅぅっ！」

ドビュルッ♥　ブチュルルルッ♥　ビュクビュクビュクゥゥッ♥

「ふぐぅぅ〜〜〜〜〜〜〜〜〜〜〜〜ッッ！」

大量の中出しザーメンに秘奥を埋め尽くされて、生理的嫌悪にビクッと首を反らせる美少女天使。だが地獄の苦しみはそこで終わらない。

ドプッ♥　ドプウドプゥッ♥　ブチュリュウゥ〜〜〜〜ッ♥

邪悪な何億という精子の群れが聖奈の卵子を求めて子宮内を遡っていくのをじっくりと感じさせられるのだ。

（うああ……これ以上中に出さないで！　いや、いやあぁ……っ！）

他のあらゆる感覚を封じられている故に、子宮内に滞留する精液の感触をイヤと言うほど味わわされる。州器の赤ちゃんを妊娠してしまうのではないかという恐怖を、延々と味わうことになるのだ。

「はあ、はあ、最高だよ、聖奈たんのオマンコ……ふううっ」

ズボッと引き抜くと、無残に押し広げられた膣孔からザーメンがドロリと滴り出てきた。

「うっ……むううっ……ふうっ……むふぅっ……」

屈辱のあまりアイマスクの下で苦しげに呻く。この状態で数時間にわたって犯され続け、全身の汗腺から噴き出した汗で内部は超小型のサウナと言った感じ。それがますます密閉感を増して聖奈を苦しめるのだ。

「楽しんでおるかのぉ、見習い天使。妾の特製『鉄革処女《レザーメイデン》』の着心地はどうじゃ」

聞き覚えのある声にハッと我に返る。

（ベリアル……！）

視界を塞がれていても宿敵の存在をハッキリ感じられた。それほどまでに強大な闇のオーラを纏っているのだ。

「顔を見てやろう」

近づいたベリアルが、聖奈のアイマスクとボールギャグを引き剥がした。

「ぷはあっ……はあっ……ベリ……アル……わたくしのために……あ、あつらえてくれたのかしら……ハアハア……とっても快適ですわよ……うっ⁉」

生意気な口を叩いていた、汗だくの顔が強張る。ベリアルが剣を両手に振りかぶっているではないか。それは聖奈から奪った聖剣ファルシオンだ。

「それはよかった。ほぅれっ！」

　ズドンッ！

「きゃあああぁッ!!」

　いきなり短剣を眉間に突き立てられ、絶叫する聖奈。しかしすぐにカッと目を見開いて、燃える瞳で睨み返した。

「なんてね。全然効きませんわよッ！」

「ホホホッ。相変わらずの減らず口、実に活きがよいのぉ」

　聖剣を引いたが剣先に血は付着していない。むしろ刃こぼれしているではないか。

「悪魔の力、そして天使の力すら無効化するおぬしの能力、その結界の仕組みはいまだにわからぬが」

　聖剣を投げ捨て、代わって取り出したのは鍼だった。髪の毛のように細く長さは十センチほどだろう。

「じゃが、『人間』の力にはその結界は無力」

　聖奈の身体に垂直に鍼が突き刺さる！　拷問具鉄革処女の表面にはいくつか微少な穴が開けられており、そこを狙ったのだ。

「つきゃあぁぁ～～～～っ！」

　胸の中央に突き立てられ、今度こそ本当の絶叫が迸った。

（な、なんですのこれは!?）

焼け付くような痛みと灼熱感が、炎のように燃え広がる。これまでにない異様な責めだった。

「やはりな。それは人間の邪悪で変態的な魂から造り出した鍼でなあ、そして今のは『異常性欲』の鍼。性的感度がおよそ百倍になるのじゃ」

「はあ……はあぁ……何を……う……あ……!? あぁぁぁッ！」

拘束された身体がワナワナ震え出す。全身の細胞一つ一つが発情の炎を噴き上げ、肌という肌から汗が噴き出した。

「フヒヒ。もちろんボクの魂から造り出したんだよ。他にも……『オナニー中毒』『味覚変態化』『ドM化』『野外露出願望』『妊娠欲求』『アナルマニア』『売春貢ぎ願望』『痴女化』『知能低下』……こんなにいっぱいあるからねぇ」

「……ッ！」

無数の鍼を見せられてゾッと寒気を覚える。

「この男の中に潜む変態異常性欲をおぬしに移植してやろう。さすれば、お前たちは完璧に相思相愛の恋人同士となるハズじゃ」

「ふんっ……あ、貴女の思い通りになんか……絶対になりませんわ！」

「そうはいかないんだ。その拘束衣もボクの皮を剥いで造ったんだよ。メチャクチャ痛かったけどねえ」

「な、なんですって！」

州器が見せつける背中には、皮を剥ぎ取ったと思われる手術痕が生々しく残っている。なんという恐ろしい執念だろうか。

「あ、あ、あなたの皮膚だなんて……いやっ、脱がせてっ！　今すぐこれを脱がせなさいっ！」

あまりの不気味さに狂ったように首を振り、ツインテールを波打たせる聖奈。全身の毛穴から男の欲望と邪念が刷り込まれてくるようだった。

「ボクたちは永遠に一心同体なんだよ……クヒヒ。聖奈たんはボクに絶対勝てない。フヒヒ。諦めて、ボクの嫁になりなよぉ」

州器がニヤニヤ嗤いながら新たな鍼をこめかみに打ち込んだ。

「くあぁぁっ！　今度は……な、何をしましたの……っ⁉」

口の中が異常な渇きに襲われ、顎に力が入らなくなる。

「今のは『味覚変態化』さ」

嗤いながら触手ペニスを聖奈の開きっぱなしになった口元にあてがう。そして包茎の皮をズルッと剥き上げた。

「ひっ……」

こびりついた大量の黄ばんだ恥垢。そしてツーンと鼻腔に突き刺さる異臭。以前ならそれだけで吐き気を覚えたものだが……。

（ああ……何……？）

舌の根に甘ったるい涎が湧いてくる。小鼻も無意識に広がって牡の匂いを吸い込もうとしている。

「ほら、ボクのチンカスを食べさせてあげるからお口を開けて。あ〜〜〜ん、だよ」

「うあぁ……ひゃめ……ぃ、いひゃあぁぁぁ〜〜〜〜〜〜っ！」

閉じられない唇に州器の恥垢がポロポロと落ちてきた。

「あがぁッ……あひゃあぅ……ッ⁉　ぅあぁ⁉　あぁあぁぁぁぁぁむっ⁉」

舌が腐りそうなまずさと鼻が曲がりそうな異臭だったモノが、この世のモノとは思えない美味に感じられて聖奈は戸惑う。ゴクリと飲み下すと頭の中が温かな恍惚《こうこつ》感で埋め尽くされ、これほどの『御馳走』を与えてくれる州器に対して、キュンッと胸がときめき、股間がじゅんっと濡れてしまう。

「フヒヒ、アイツの料理なんかよりずっと美味しかったでしょう」

「はあはあ……こ、こんな……ことってぇ……」

悪魔王に対してすら対等に渡り合った自分が、またしても州器ごときに敗北させられてしまった。その理由が『人間』ということなのか。

「で、でもそれだけで……はあはあ……わたくしが……ま、負けるなんておかしいですわ。人間の力なんて……天使にとっては虫けら同然……あっ！」

そこまで言って気がつく。人間でありながら天使や悪魔に匹敵する能力を持つ者。

「まさか、メシア……」

「ククク。その通りじゃ。この男もかつてはメシア候補の一人であったのよ。もっとも賞味期限切れで腐っておったがな」

聖奈はギリッと歯噛みした。初日に間違ってこの州器の部屋に入ったのも、偶然ではなかったのだ。あの時気付いておけばと思っても後の祭りだ。

「やっぱりボクと聖奈たんは、運命の赤い糸で結ばれていたんだねぇ。今度は『母乳マニア』の鍼っ！」

三本目の鍼が聖奈の乳房の頂点、乳首に突き刺さった。

「うあああぁぁぁぁっ！」

突き刺さった鍼から凄まじい快楽電流が乳腺に流れ込み、首が仰け反り痙攣する。

(ああ……む、胸が……熱い……ああ……お、大きくなって……)

乳腺が急速に活性化されて、乳房が膨らみ、ミチミチと拘束衣の胸元がきつくなる。動きたくても動けないもどかしさで、拘束具の中で身体がビクビクと戦慄《わなな》いた。

「天使の身体には聖気の流れを司る十三の急所が存在する。鉄革処女にはそのツボに合わせて小さな穴が開いておる。そこに打ち込まれた鍼はやがて溶けて一体化し、霊的元素からおぬしの身体を作り変えるという仕組みじゃ」

「そういうこと。もっと変態になろうねぇ。これは『オナニー中毒』の鍼」

「はひぃぃぃぃっ！」

手首に鍼を刺された瞬間、自慰をしたくて仕方がなくなった。

（触りたい……あぁあ……アソコ……触りたいのにぃ……）

だがもちろん拘束されていてはそれもできず、気も狂わんばかりのもどかしさに噛みきれない歯並びがカチカチと鳴った。

「ククク、どこまで堪えられるかのぉ」

ベリアルが手にしているのはナマコのようなブヨブヨした魔界の淫蟲だ。赤や緑や紫など毒々しい色と無数の毒イボ突起に覆われた表皮からは、妖しげな粘液が分泌されてヌメヌメと濡れ光っている。

「コイツの毒イボから出る媚毒は強烈でのぉ。これまで何十人もの天使が発狂してヨガリ狂いながら死んでいったのじゃ」

ケラケラと嗤いながら淫蟲を聖奈の膣孔に潜り込ませてくる。

「や、やめなさいっ！　そんなモノ、入れるなぁっ！」

叫びながらツインテールを振り乱して首を振るが、身体はまったく動かせない。括約筋の抵抗を責め砕き、異形の蟲が聖奈の膣内に侵入してきた。

「気持ち悪い蟲が聖奈たんの大事な所にどんどん入っていくよぉ。ウヒヒヒ」

「ひ、ひぃいっ！　いやぁあああぁぁぁぁっ！」

今の聖奈に、からかう州器に応える余裕はなかった。天使としても女の子としても、最も神聖な箇所を蟲に蹂躙される恐怖と恥辱で頭がおかしくなりそうだった。

ブジュルルルッッ！　グチュルルッ！　ズブズブズブゥゥッ！

挿入された蟲が小刻みに震えながら、激しく前後に蠢く。毒イボで柔襞を捲り返らせながら、最奥を目指して進んでいく。

「アッ、アアッ……入ってくる……中でぇ……ぅ、動いてるぅ……ンアッ、アアァァゥッ！」

媚毒を浴びせられた膣粘膜が、カアッと火が付いたように灼熱する。既に異常性欲の鍼で感度が百倍に高められており、ヒリつくような痺れが膣奥に向かって燃え広がった。

（あ、あああッ！　な、なんですのこれッ！　身体が変になっちゃうっ！）

ズキンッズキンッと痛みにも似た疼きが子宮を包み込む。太腿の内側に腱が浮き上がり、淫蟲をくわえ込まされた陰唇がピクピク痙攣する。拘束された手脚が、拘束レザーを引き千切らんばかりに何度も強張った。

「あ、あうう……む、蟲をどけてっ……はあはあ、あぁぁ……抜きなさいっ！」

剥き出しにされている聖域の雪肌が匂うように火照りだし、肛門もヒクヒクと蠢動《しゅんどう》する。これまでにないほどの勢いで愛液が溢れ出し、まるで壊れた蛇口のようだ。

「ヒヒヒ、どんな気分か言ってごらん」

州器が新たな鍼を聖奈の首筋にチクッと刺す。それは『淫語』の鍼だ。

「うあぁぁ……はあ、はあ……ア、アソコが……あぁぁ……オ……オマンコが熱い……あうぅぅっ……オマンコ、ズボズボしないでッ……あひぃぃっ！」

眦を吊り上げ、切羽詰まった様子で卑猥な言葉を口にしてしまう。混乱しきった頭では自分で何を言っているのかも、わからなくなっていた。

「ホホホッ。天使でありながら、はしたないのぉ」

淫蟲の尻尾をつかんで、張り形のようにズボッズボッと抜き差しを加えるベリアル。

「ひぃいっ！　そ、そこはぁ……あううう……だめぇえっ！」

爛《ただ》れきった媚粘膜をこれでもかと擦り上げられ、聖奈は汗まみれの美貌をギクンッと仰け反らせた。拘束されている両手両脚がワナワナ震えて、キュッキュッと哀れなレザーの啼き声を響かせた。

「ヒッヒッ、オマンコ……イ、ィ……あぁあぁ……たまんないッ！　ハアハァ……も、もう……くるぅ……あおぉおっ……アクメ……き、きちゃうぅっ！」

ガクガクと腰を上下させ、膣肉を淫蟲に絡みつかせて少しでも深く引きずり込もうとする。魔なる鉞に操られ、浅ましく卑猥な牝声で快楽を訴えてしまう。

「おぞましい蟲で気をやってみせい」

グイッと淫蟲を最奥まで押し込んだ。感度を上げられた蜜奥に毒イボが押し当てられ、媚毒がビュルルッと浴びせられた。沸騰寸前に煮え滾《たぎ》っていた淫欲が一気に爆発し、極太の火柱となって聖奈の身体を貫いた。

「あひいぃいいっ！　イクッ！　イクイクイクゥ！　あ、あぁあぁおぉお……オマンコ、イっちゃうぅぅ〜〜〜〜〜〜ッ！」

背筋を反らせ、息も絶え絶えに叫びながら、全身拘束身体をギチギチと揉み絞った。白目を剥いた美貌は天使の気品を忘れて、浅ましいイキ顔を晒してしまう。

「はあっ……はあっ……わたくし……なんて言葉を……はあっ……はぁっ」

ガクンと脱力し、荒々しい呼吸を繰り返す被虐の天使。絶頂の後、理性が蘇り我が身の浅ましさに打ちのめされた。

「まだまだこれからじゃ。骨の髄まで楽しませてやるぞ」

ブチュルルッ！　ヴヴヴヴッ！　グチュルルッ！　ヴヴヴヴゥンッ！

「ンあぁぁぁっ！　ま、またぁ……うごいてぇっ！　い、今は……敏感になってるから……だ、だめぇっ！」

絶頂直後で過敏になった媚肉を淫蟲にこね回されて、聖奈は腰を捩《よじ》って黄色い悲鳴を噴きこぼす。おぞましいエクスタシーの余波がすぐに呼び戻され、新たな高波になるのに時間は掛からない。

「ンあああ～～～～っ！　く、くるっ……アレがあぁぁぁっ！　ひぃぃぃっ！　イクッ、イグゥ～～～～～～～～～～～～ッッ！」

ガクガクッと痙攣した後、十秒も待たずにオルガスムスに追い込まれていた。

「フヒヒ、もうイっちゃったね。感度百倍ってどうなるのかと思ったけど、やっぱりスゴイ効き目だねぇ。まあ、個人的には三千倍が見たかったけどね」

「うあぁぁっ！　こんな蟲なんかに……はひぃっ！　イクゥッ……ああぁぁ、ああぁ……わたくしは負けない……ああ、あひぃっ！　負けてないのにぃ……ああぁ、またイっちゃうっ！」

州器の言うとおり感度上昇と媚毒淫蟲の組み合わせは、恐ろしいまでに威力を発揮していた。連続エクスタシーの頂上に追い上げられたまま、降りてくることができなくなり、文字通りイキっぱなしになってしまう。

「フヒヒ、もうすぐボクの恋人になるんだよ、聖奈たん」

（うあぁ……優斗……）

連続アクメ地獄で朦朧とする頭に優斗の顔が浮かんだ。もし自分が負ければ、メシアである彼もタダではすまないだろう。

「ハアハア……誰があなたなんかと……ううう……わたくしの護るメシアは……彼だけですわ！」

燃える瞳で変態教師を睨み付け、ペッと唾を吐きかけた。

「あの少年がそんなに大事か」

ベリアルが淫蟲をグイッと奥深く突き入れる。

「はひぃンっ！　こ、これくらいぃ……な、なんともありませんわ……ハアハア……負けないぃぃ……あぁぁう……ぜったいにぃ……あぁぉ……悪魔なんかにぃ……くくっ……く、屈しませんわっ！　ンあひいいいっ！　イクゥッ！」

強がるものの、絶頂させられるたび脳内で赤い火花がスパークし、脳神経を灼き焦がす。肉体のみならず精神までも蝕む快楽という名の拷問。いつまで正気でいられるだろうか。

「ならば好きなだけ堪えるがよい」

ベリアルが聖奈の股間部分を鋼鉄のパーツでピタリと封じ、数カ所ボルトを締めて固定してしまう。

「これで蟲を取り出すことはできなくなったな。お次はこれじゃ」

ベリアルが州器に黒い金属製の仮面を渡す。大きな紅い一つ目で鼻も口もない。表情というモノと無縁な無機質さがなんとも不気味だ。裏側は黒い革張りで、口に当たる部分に男根のような張り形が突き出ている。

「ふひひ、聖奈たんの顔が見られないのは残念だけどね」

「ハアハア……なによ、それは……うぅっ！」

聖奈の顔にべたりと張り付く鉄仮面。隙間なく密着し、口も張り形に塞がれてしまう。鼻の穴はないが、張り形に穴が開いているようで呼吸はなんとかできるが。

（な、何ですの……これは……!?）

仮面を被せられた途端、周囲の様子が変わる。ベリアルも州器も、とてもゆっくり動いているように見えるのだ。

「それは『時の仮面』と言ってな、被せられた者の時間感覚を自在に操る魔法具じゃ。一時間が、おぬしにとっては百年に感じられるわけじゃ」

（な……なんですって……!?）

「これこそが鉄革処女の真の能力じゃ。ククク、百年間ヨガリ狂うがよい」

ベリアルが凶悪な笑みを浮かべて、パチンと指を鳴らした。

「んんんんっ、ぐぐぐぐぐぐっ、ふぐぅぅぅ〜〜〜〜〜〜〜〜〜〜〜〜〜〜〜〜〜っっ!!!」

途端に聖奈は気が触れたように呻き、足掻き始めた。

「ウグッ！　ウグゥッ！　ムグググゥゥゥ～～～～～～～～～～～～～～ッッ!!!」

完全に身動きを封じられた身体が、黒い拘束レザーの下で過激に痙攣しているのが見えた。

「うひょぉ、激しいねぇ。一時間で百年ってことは、一秒間でおよそ十日ってことか。さっきのペースを考えると……一秒間に三万回は絶頂してるってことだね。しかも感度百倍で……」

数字を口にして、州器はゴクリと生唾を飲んだ。普通の人間なら発狂どころか即死であろう。だがこの男に憐憫や情けなどない。

「一時間後どうなってるかとっても楽しみだよ。フヒヒヒ」

溢れ出た涎をジュルッと舐め取り、州器はニンマリと嗤った。


そして一時間後。ベリアルが拷問室に戻ってくると、州器が聖奈の前でイチモツを扱きながら、一心不乱に見つめていた。まるで女神を奉る信者のようでもある。

「ずっと見ておったのか？」

「ウヒヒヒ、聖奈たんがどうなったのか……想像しただけで、もう楽しみで、楽しみで……ウヘヘヘェ」

「んぐっ……ひっ……ひぐっ……おぉ……ひぎたくないっ……んんんぉっ……もういぐの

いひゃあ……ひぐっ……ひぐぅっ……あぉぉ」

　鉄仮面の下から聖奈の呻くような喘ぐような声が聞こえてくる。拷問拘束された身体のあちこちに痙攣が走り、絶え間なく絶頂を繰り返しているのが、レザー拘束具越しにも見て取れた。撃ち込まれた数本の鍼は既に消えていたが、それは聖奈の肉体に様々な変態性欲が刻み込まれた証拠でもあった。

「はぁあ、早く聖奈たんに会いたいなぁぁ。ボクの最高のお嫁さん」

　股間の触手ペニスがあらぶって、床をビタンビタンと叩き、そのたびイカ臭いカウパーが飛び散った。

「ふふ、人間というヤツはなかなか面白いな」

　ベリアルが鋼鉄の仮面に手をかざす。固定用のボルトが弛んで、覆っていた仮面が外された。

「ンあああっ！　ひっ、ひいっ……はあ……はあ……も、もうイキたくないぃっ！　うあああぁ……イかせないでぇっ！　とめて……とめてぇっ！」

　聖奈は目を剥き、我を忘れた様子で叫んでいた。

「百年ぶりのご対面だねぇ、聖奈たん」

「はあ……はああ……あ、あなたは……ハアハア」

　しばらく瞬きしながら州器の顔を見る。やがて記憶が戻ったのか眉を吊り上げて睨み付けた。

「ホホホッ。百年間の連続絶頂は気持ちよかったか？」

「ハア……ハア……べ、べ、ベリアルぅ……ハアハア……ううっ……こ、こ、これくらいぃ……にゃんともぉ……ハアハア……あ、ありませんわ……あううっ」

心身共に疲れ切り、発狂寸前だったはずなのに、即座に回復して強気の姿勢を崩さない。たいした精神力だと言えるだろう。

「すごいよ聖奈たん。一億回もイったのにまだ平気なんて、カッコイイよ！」

「フムフム。では趣向を変えてみるかの」

鉄革処女の股間に手をかざす。すると蜜壺に潜り込んで激しく振動していた淫蟲が、動きをピタリと止めた。

「ッ!? と、止まった？ ンあ……な、何を企んでますの……はあぁう……っ!?」

ホッとするのも束の間、再び淫蟲は振動を開始した。だがそれまでとは違い、微弱な焦らすような、中途半端な蠢きだった。

「ううう……あああ……なに……これぇ……あああっ……ううっ」

ジリジリと弱火で炙るよう、羽毛でくすぐるように、少女の官能神経を刺激してくる。それでいて決して一線は越えず、聖奈が絶頂に登り詰めそうになると、振動を止めてしまうのだ。

「あ、ああ……こ、こんなぁ……あ、あ、あぁ……ひ、卑怯よぉ……ンああっ！」

絶頂を味わい尽くした後だけに、焦らされる辛さは格別だった。汗まみれの美貌が苦悶に歪む。拘束された手脚がもどかしげに何度も痙攣した。

「イキたくないらしいからのぉ、今度は焦らしてやろう」

「寸止め地獄キタ～～～ッ！　ヌヒヒヒ、じゃあこれをまた着けてあげるからね」

州器が時の仮面を手にとってニヤリと嗤う。

「ひいっ⁉　そ、それはぁっ！」

再び時間加速の仮面を被せられると知って頬を引き攣らせる。

「百年間放置して焦らしてあげるからねぇ。ヒヒヒヒ」

「い、いやあっ！　そんなことされたら死んじゃう……うぐぐっ！」

抗議を押し潰すように仮面が被せられた。

「むぐっ……いひゃ……むぐぅっ……ひっ、ひっ、あひっ、あぉぉう……んふぅぅっ！」

時間加速が始まり、これまでにないほどの激しい反応で、拘束具の下で身悶える聖奈。

「フヒヒヒ。いいよぉ、その顔……その声……あああ……なんて可愛いんだ……」

天使のそばにかじりつくようにして熱い狂った眼差しを送り続ける。

「フフフ。面白いのぉ、人間は」

ベリアルは微笑みながら闇に姿を隠した。

そしてさらに一時間後。

「う……ふぐっ……むっ……んむぅっ……はぅ……ううっ」

（イキたいッ……イキたいッ……思い切りッ……アクメッ……もう少しでッ……イケるのにぃッ！）

喘ぎが切迫し、細かな痙攣が繰り返し襲う。指一本動かせない中で、自由になるのは身体の内側のみ。精一杯膣肉を蠢かせて淫蟲の振動を感じ取ろうとする。

だがあと僅か、ほんの少しの所で淫蟲は動きをピタッと止めてしまうのだ。

（ど……どうして～～～～ッ……どうしてイカせてくれないのっ！　も、もう……くるうッ！　おかしくなるぅッ！）

官能の溶鉱炉に投げ込まれ、血も肉も、骨までもドロドロに溶かされていく。オナニー中毒の鉞を打たれた手がワナワナ震え出し、もはや自分は淫肉の塊、生きた性器になった気がした。いっそ気が狂えば、どれほど楽だろう。

（だ、誰か……たすけて……イカせて……イキたいのっ……イかせてぇッ）

救いを求める少女の脳裏に浮かぶのは優斗ではなく、なぜか自分の処女を奪った州器の下品な顔だった。

そんな激しい心の叫びが届いたのか。唐突に時の仮面が外された。

「お待たせ、聖奈たん」

「ハア……ハア……ハア……あう……あうぅっ……あぁう」

もはや言葉を紡ぐ余裕すらなく、口をパクパクさせ、焦点の定まらない視線を巡らせた。

「あ……あなたは……」

禿げた眼鏡の中年の顔を、おもねるように見つめてしまう。その熱い眼差しを受け止めて、州器が粘着質ににやぁっと嗤う。

「イキたいかい、ボクの天使ちゃん？」

コツコツと股間を覆う鋼鉄カバーを指先で突く。

「〜〜〜〜〜〜〜ッ」

一番聞かれたい、そして一番聞かれたくなかったこと。聖奈は激しく動揺して青い瞳を泳がせる。

（我慢するのっ！　聖奈！）（もういいじゃない、よく頑張ったわ）（負けちゃ駄目っ！）（これ以上我慢する必要ないわ）

心の中でせめぎ合う二つの声。それは地獄からの解放であり、同時に新たな地獄の入り口でもある。

「……ハアハア……そ、そんなこと……言え……」

「んん？　強情なんだね。それじゃ仕方ないね、あと百年ほど焦らしてあげようかな」

ギリッ！

仮面を手にする州器を見て、聖奈の奥歯が強く鳴った。そして……。

「ま……まってぇっ！　これ以上焦らされら、本当に死んじゃうっ！」

次の瞬間、聖奈は血相を変えて叫んでいた。

「も、もうっ、だめっ……我慢なんて絶対無理ぃ！　イキたいっ！　イキたいっ！　イキたいのっ！　イカせてくださいぃぃいっ！」

一度堰《せき》を切ると歯止めが利かなかった。

「ハアハア……もう何でも、何でも言うこと聞きますからぁっ！　イ、イカせて……聖奈のオマンコを……イカせてぇっ！」

ガクガクと汗まみれの首筋を震わせながら浅ましいおねだりをしてしまう。一時間前の気の強い聖少女と同一人物とは思えない変わりようだ。

「くくくっ……じゃあ、ボクのエッチでスケベな恋人になるんだね？」

「はあ、はいっ！　なりますっ！　あなたの……エッチで……スケベなぁ……こ、恋人になりますわぁっ！」

自分で何を言っているのかもわからないまま、聖奈は口走っていた。この生き地獄から解放されるなら、何をされてもイイと思った。

「可愛いよ、聖奈たん」

触手を使って聖奈の身体を鉄革処女ごと俯せに倒す。肘と膝で身体を支える四つん這いにされ、お尻を高く突き出す格好にされてしまう。

さらに州器の触手が聖域を貞操帯のように覆っている拘束具を外しに掛かる。ボルトが弛んで抜き取られ、とろとろに蕩けた天使の花園が露わになった。

「はあ……あぁぁ……ん」

ムワアァァッと牝臭と湯気が立ち上り、続けて黄色いオシッコらしき液体がドボドボとこぼれ出た。久々の解放感に思わず声が漏れた。

「うほぉぉおっ。す、すごいぃぃいっ！」

州器が狂気と驚喜の声を上げる。媚毒淫蟲をくわえ込んだまま『百年』放置された媚肉は、ドロドロに蕩けた泥濘《ぬかるみ》状態だった。

「お、お、美味しそうな匂いだぁ……ハアハア……」

濃厚な本気汁と汗とオシッコが混ざり合い、極上のスープを生み出していた。さらにラビアの間に溜まった恥垢がアクセントになっている。大陰唇はふやけたようにプニプニに茹で上がり、完熟のマンゴープリンのよう。そうして見ている間にも、媚穴が何かを欲しがるようにビクッビクッと蠢き、アヌスもヒクヒクと断続的な痙攣を繰り返していた。

「では、まずはコイツを……」

はみ出している淫蟲の尻尾をつかんで、ゆっくりと引き出していく。

ズル……ズル……ズルズルズル……ッ。

「ひぃ……はあ……あぁぁ……蟲がぁ……ひぎぃっ！　お……おお……おぉぉぉうっ⁉」

淫蟲は聖気を吸って大きくなっており、引っこ抜かれるだけで身体が裏返りそうになる。壮絶な快感に、少女天使の唇から野太い獣じみた声が迸った。

「ほうら、全部出たよ。うひょひょぉ」

肥え太った蟲が、ジュポンッとコルク栓を抜くような音を立てて抜け出て、州器の手の中でビチビチと暴れている。不気味な姿だが、それを気にする余裕も聖奈にはなかった。

凶悪な責め具がいなくなった後に待っていたのは、身体の一部が欠けたような寂寥感《せきりょうかん》。

「はあ、はあ……ちょうだい……ちんぽ……ちんぽ……ちんぽっ……ああっ……は、早くっ、早くぅっ！」

僅かに動く腰を揺すっておねだり。爛れきった牝孔は閉じることを忘れたように口を開け、緋色の柔襞を晒したまま、愛液を垂れ流していた。

「わかってるよ、フヒヒ、ボクのドスケベ天使ちゃん。それじゃあ、まずは……」

触手ペニスを聖奈の顔に近づける。

「ああ……」

ムキィッと包皮がスローモーションのように剥けていくのを、聖奈は血走った目で見つめる。男の執念が乗り移った亀頭はパンパンに膨れ上がり、不潔な黄ばんだ恥垢にまみれていた。立ち上る匂いもきつく、普通なら吐き気を催すはずだが……。

「あ、はあぁ……オチンポ……はあはあ、ぺろれろぉ……くさいオチンチン……ほしいっ……ピチャピチャ……あぁん……これがほしいっ……ほしいのっ……あぁん……これを、入れてぇ」

腐臭漂う恥垢まみれのペニスに、ピチャピチャ、ペロペロと飛びつくようにして浅ましく舌を伸ばしてしまう。口中に広がる生ゴミのような味覚さえも、今の聖奈にとっては最高の食事だった。

「フヒヒ。ちょっと前まで処女だったとは思えないね」

無様な天使の姿を鼻で笑い、肉棒を一旦引き上げた。

「あァン……もっとぉ……欲しいのにぃ……」

それを見つめる聖奈の表情は、飢えた子犬のソレだ。舌をはみ出させてハアハア喘ぎ、開ききった蜜穴からも涎のように愛液をポタポタ滴らせている。

「じゃあ、もっと素直ないい子になるためにボクの教育的指導を受けてもらうよ？　あとボクのことは先生と呼んでもらえるかな？」

聖奈の背後に立ち、淫肉棒の先端をクチュッと花弁に押しつけた。それだけで聖奈はヒイッと喉を鳴らし、金髪ツインテールをプルプル震わせた。だが州器は意地悪く、すぐには挿入しようとしない。浅くくわえ込ませたまま、ジリジリと焦らし続けるのだ。

「うあああ……んっ！　い、意地悪しないで……せ、先生っ！　はあぁうんっ、何でも言うこと聞くから……入れて……奥まで入れてぇっ！」

眦を吊り上げ必死の形相で訴え始める聖奈。もう肉体も精神も限界をとっくに過ぎていた。頭の中には州器の顔と異形男根がグルグル回り、一刻も早くぶち込んでもらうことしか考えられない。

「ちゃんとあやまって」

州器が無情にもスッとペニスを遠ざけようとする。

「ひいいっ……こ、これまでのこと謝ります！　聖奈が生意気でした、ごめんなさいぃッ！　いけない聖奈がもっと……素直ないい子になれるように……ああ……先生のオチンポで…

…教育的指導してくださいっ……はあ、はぁぁん……チンポで、叱って……あああ……もっと深く、オマンコにお仕置きしてぇっ！」

誇りも矜持《きょうじ》も投げ捨てて、涙と鼻水で美貌をクシャクシャにしながら懇願してしまう。高貴なエリート天使の面影はもはや微塵《みじん》も残っていない。

「フヒヒ、愛してるよ。ボクの可愛い教え娘《ご》天使ちゃん」

気持ちの悪い笑みと共に、勃起した触手ペニスをジワジワと沈めていく。濡れた粘膜が飢えたイソギンチャクのように一斉に絡みつき、奥へ奥へと引きずり込む。

「あ、うああ……勃起オチンポ……きたぁぁぁっ！　はひぃぃぃっっ！」

一ミリずつ膣孔が拡張され、一ミリずつ結合が深くなる。襞の一枚一枚、細胞の一つ一つ、すべてが牡を感じ取ろうとしてピクピクざわめいた。カリが膣内に潜り込み、亀頭が天井を擦りながら、さらに奥へ……天使の命の中心を目指して侵攻していく。

「はあ、あぁぁぁぁっ……も、もうすぐ……とどくぅ……」

子宮まであと五ミリ。歓喜の涙がポロポロ溢れ出し、もう止まらない。この地獄から救い出してくれる州器こそが真の救世主なのだと思った。

「……せ、先生ぃぃ……先生こそ、メシアですわぁ……ああああぁぁぁぁっ」

「ヒヒヒ、そうだよ、聖奈たん。ボクこそがメシアだっ」

極太ペニスがズンッと子宮口に食い込む。

「あひぃぃぃぃぃんっっ!!」

百年間焦らしに焦らされて、爛れきった膣肉を極太肉棒で満たされた瞬間、脳内が白光で満たされ、意識を飛び越えて肉体の官能中枢が爆発した。

「ひいいぃいいっ！　イクッ！　イクイクイクゥゥッ！　ンあぁぁぁぁぁッッ！」

喉を引き絞り、引き攣ったようなヨガリ声を放ちながら、一瞬にして登り詰める聖奈。

キーンと耳鳴りがして、呆けて涎を垂らす口元が思わず微笑んでしまう。

（しゅごいぃ）

脳内が真空になり、目映《まばゆ》い光の中で蒸発していく。理性、品性、慎み、矜持……その他すべてが。後に残るのはドロドロに蕩けきった牝肉のみだった。

「ホホホッ。挿れただけで気をやるとは、お前たちは本当に相性がいいようじゃ」

姿を現したベリアルが面白そうに嗤っている。

「へへへ、そりゃあそうですよ。ボクと聖奈たんは前世では恋人同士、その前は親子でボクは聖奈たんのオマンコから産まれたんですからねぇ」

気色の悪い妄想をまき散らしながら、ズンズンと腰を振り始める。鈍重な体格からは想像もできない、逞《たくま》しく力強いピストンだ。

「ほれほれ、教育的指導っ！　指導っ！　指導ぉおっ！」

ジュボッ！　ジュブブッ！　ズバンッ！　ズブリッ！　グチュンッ！

「んああっ！　ああっ！　イクイクッ！　あああおぉおぅっ！　き、き、きもちイイのぉおっ！　あああぁぁっ！　先生様のご指導でぇ……オマンコ、イグゥ～～～～～ッ！」

半狂乱の牝獣と化して百年ぶりの肉悦アクメを貪る聖奈。この快楽のためなら、もう死んでも構わないと思えた。狂喜に震える蜜肉から夥しい愛液が溢れ出して飛び散り、艸器のペニスはもちろん陰嚢までもベトベトに濡らしていく。

「悦んでくれてボクも教師として嬉しいよ。さて最後の仕上げに入ろうかな」

聖奈の左右の尻丘に、十センチほどもある鍼を一本ずつプツリと刺す。

「この鍼は『アナル性器化』と『中出し絶頂』だよ」

「ハアハア……うう、あぁ……」

おぞましい鍼を刺されてもセックスの快楽に蕩けている聖奈は、ビクッと僅かに震えただけだった。

「じゃあ、早速お尻の味見だ」

歪んだ笑みを浮かべる口から、舌がヌルヌルと巨大な触手と化して伸びていく。その吸盤状の先端がピタリと肛門に吸い付いた。

「あひゃあぁんっ……先生……な、何を……しますのぉ？」

連続アクメで虚ろな頭のまま、異様な感触に怯える美少女天使。

「聖奈たんがもっと気持ちよくなれることさ。ヒヒヒ」

ピチャ、ピチャと音を立てながら聖奈のアヌスを舐め回し、媚毒唾液を塗り込んで括約筋をほぐしていく。皺の一本一本を数えるように密着し、ベロベロと肛門を舐め回してきた。

「ンあぁぁ……そ、そんなところまでぇ……ひゃうぅあぁぁ……おひり……舐めちゃだめぇ……あふぅんんんっ！」

これまで感じたことのない異様な感覚にゾゾッと背中が鳥肌立つ。排泄器官を舐め回されるという変態行為にも、聖奈は尻タブを震わせて生まれて初めての肛門快感に酔いしれた。

「うあぁ……おしりが……熱くて、痺れて……変ですわぁ……あぁン」

ポウッと双臀が熱くなり、肛門がジンジン疼く。肛門はふっくらと柔らかくほぐれ、驚くことに愛液をジクジクと湧かせ始めたではないか。

「ウヒヒ、お尻まで濡らして可愛いねぇ。淫乱天使ちゃんのお尻の中はどんな味かなぁ」

括約筋が弛んだ隙に、舌触手がズルッズルッとアヌスに潜り込んでくる。

ジュブブッ♥　ヂュルルルルッ♥　グチュル……ジュルルルゥウウッ♥

「うあああぁッ……せ、先生の舌が……お尻にまで入ってくるぅ……うあああ……だめぇ……ンあああっ！」

「ちゅるるっ！　ぷはぁ……やっぱり天使はお尻の穴まで甘くていい匂いだねぇ……ウヘヘ……ほらほらぁっ」

肛門愛液を啜りながら興奮した州器が、腰を激しく振ってラストスパートに突入する。

ジュブジュブジュブッ！　ズプッ！　ズプッ！　グチュグチュンッ！

「あひいいぃいっ！　そんなところ嗅いじゃらめぇ……ああ、擦れてりゅ……ひゃあぁぁン……あ、熱い……オマンコも……お、お尻も、変になっちゃうっ！　あぁぁ！」

極太に子宮を深く抉られる衝撃と、ドクドクと肛門に媚毒唾液を注がれる感覚とが混ざり合い、聖奈の官能を狂わせていく。

（あぁ……す、すごい……これが人間の『男』……）

霊的存在である魂までも溶かされていくような肉の快美。これまでどんな悪魔にも屈しなかったエリート天使の能力も、州器という人間の異様な執念と性欲の前にはまったくの無力だった。

「うほぉっ。またそろそろ出るよぉ。ハアハア、たっぷり中出ししてあげるからねぇ」

「うあぁ……また……な、膣内《なか》に……」

妊娠の恐怖がふと頭を掠め、身を強張らせる。

「どうじゃ天使。人間の男に生ハメされるのは気持ちイイか？」

ベリアルが顔を覗き込んで面白そうに訊いてくる。

「はあはあ……あああ……そ、それは……」

「素直になるのじゃ、牝豚天使め」

ベリアルが鞭を振ると、先端から電撃が放たれ、お尻の鉞に落雷した。

ビリビリビリィィィッ！

「はひぃぃぃぃっ！」

黄金ツインテールを跳ね上げて仰け反る聖奈。魔鉞の変態性欲『中出し絶頂』が一気に刻み込まれ、膣内射精への欲求が爆発的に膨らんだ。

「うああンっ……生ハメ……き、気持ちイイ……です……あぁぁ……せ、先生……オマンコいっぱい指導して……あぁぁ……中に……中に出して欲しいの……あぁぁンっ！」

あれほど嫌がっていた膣内射精をおねだりしてしまう聖奈を見て、州器がニンマリ嗤う。

「ヒヒヒ、お尻も気持ちイイでしょ？　ボクの唾を浣腸されて感じてるんだね、聖奈たん」

ピンピンと『アナル性器化』の鍼を爪弾く変態教師。

「きゃうぅっ……お尻もイイ……か、浣腸されて……感じちゃうの……あああ……前も後ろも……気持ちイイッ……あぁぁん！　も、もう……たまんないっ！」

「ヒヒヒ、素直になったね。ご褒美だよ、ほれえっ、指導！　指導！　指導！」

ズブッ！　ズブッ！　ドプドプッ！　ジュブジュブジュブゥゥッッ！

州器の唾液は後から後から送り込まれ、お腹がぽっこり膨らむほど。極太ペニスを抜き差しされるたび、妖しい愉悦が子宮と腸管にビンビン響いた。

「ンはああっ！　すごいぃ……オマンコイイ……ああ、浣腸されながら……生ハメ指導されて……最高なのぉ……はあはあン……も、もう……きちゃうッ！」

聖奈は双臀を跳ねさせて、強姦と浣腸責めに生々しい牝声を搾り取られた。拘束された翼を震わせながら、空っぽになった頭におぞましい変態性欲を刻まれていく。

「へへへ、前も後ろも気持ちよくなって、もっと変態のドスケベ天使になろうねぇ」

聖奈にトドメを刺すべく、子宮口を集中的に狙ってズンズンと突き上げる。舌触手も激しく抜き差しして肛門粘膜を捲り返らせた。

「ほれほれ、前も後ろももっと締め付けるのじゃ。牝豚らしく己の卑しく淫らな欲望を剥き出しにするのじゃ」

ピシッピシッと断続的に浴びせられる電撃鞭が尻を打って、休むことを許さない。

「あぁぁぁンっ！　先生様のオチンポ指導で……聖奈を……もっと変態のドスケベ天使にしてぇ……あぁぁ、前にも後ろにもいっぱい出してぇ！」

聖奈はヒイヒイと啼きながら大臀筋をピクピク強張らせ、前後連動する括約筋で舌触手と剛棒をギュウゥッと食い締めた。

「うほぉぉっ！　可愛くてスケベな聖奈たんは、肉奴隷に進路指導ぉぉっ！」

睾丸まで吸い込まれそうな吸着に痺れながら、州器は邪精を子宮に撃ち込んでいく。ビクビクと尿道が震えた後、鈴口がクパッと口を拡げた。

ドビュッ♥　ドビュルルッ♥　ドプッ♥　ゴプッ♥　ドバドバドバァァッ♥

「あひぃぃぃ〜〜〜〜〜っ！」

マグマのように噴き出し、子宮口をくぐり抜けた白濁が、胎内に遡って渦を巻く。

「こっちもイかせてあげるよぉぉ！」

州器が頬をくぼませて、直腸内の舌触手でバキュームを開始する。

ジュルルルッ♥　ブジュルルユッ♥　ヌプヌプヌプゥゥ〜〜〜ッ♥

「お、おぉぉっ！　おヒりがぁ……っ！　す、吸われてりゅうぅ……っ！　何これぇ…

…ああああぁぁぁぁ～～～～～～ッ！」

聖奈はおとがいを突き上げて絶叫していた。本来天使が知らない排泄という行為。何が起こっているのかもわからないまま、恥辱まみれの快感に魂を揺さぶられる。

「おおお、美味しいよ聖奈たん！　むはぁぁ、チンポもまだまだ出るよぉ、子宮がふやけるほど、愛の種付けだぁ」

光天使の腸内を舐め吸い、興奮した州器が大量射精を繰り返す。

ドビュッ♥　ドクドクッ♥　ビュルルルゥ～～～～～～～ッ♥

「はひぃぃっ！　また膣内にぃ、出されてるぅ！　あぁぁっ、中出し……イイッ！」

膣孔に灼熱精液をドクドク注ぎ込まれながら、肛門からは疑似排泄させられ、聖奈は完全に狂わされた。

まるで後ろから聖気を引き抜かれ、その代わりに前から牡の邪精を注ぎ込まれているようだった。心と身体を変態悪魔に乗っ取られていくような絶望感が、全身を焼き尽くしながら脳天まで突き抜けた。

「あおぉぉっ！　なにこれぇ……ああん、お尻が……オマンコがぁ……イグッ！　イグイグイグッ！　どうにかなっちゃう……どっちもイっちゃうぅ～～～～～ッ！」

プッシャアアァァァァァッ！

二つの孔で同時に潮を吹いて、聖奈は官能の頂点に登り詰める。強烈すぎる快美に、白目を剥いて仰け反り、牝の咆哮《ほうこう》を上げて啼いていた。泣き叫ばずにはいられない、そうしなければ自我が崩壊してしまいそうだった。

「激しいのぉ。もっとたっぷり楽しむがよいぞ」

凶悪な笑みを浮かべ、ベリアルが『時の仮面』を聖奈に被せてきた。

「ヒッ、それは……アヒィィッ！　おほおぉぉおっ！」

自分の周囲の時の流れが劇的に遅くなる。ドクッドクッと流れ込んでくる精液の激熱の流れ、肛門から内容物を吸い出されていく妖美な感触。それをこれから何百倍もの引き伸ばされた時間の中で味わわされ続けるのだ。

「ンオッ♥　アオッ♥　ヒグッ♥　オゴォォォッ♥　ヒグゥゥッ♥」

絶頂時間も無限に引き延ばされ、聖奈はエクスタシーから降りられないままイキっぱなしになった。

「フヒヒ、こいつはいいね。これから百年間、聖奈たんはウンチしながら中出しレイプされて、イキまくるんだねぇ。ヒヒヒヒッ」

窮屈な拷問具『鉄革処女』の中で激しく痙攣する天使を眺めながら、州器は再び腰を振り始める。

ジュブッ！　ヌプププゥッ！　ジュプジュプッ！　ジュルルルッ！

（このまま百年もぉ……うああ……漏れりゅ……出されてりゅぅ……こ、壊れリュ……あおぉっ……死んじゃうぅぅ……あぁあぁぁっ！）

出口のない淫獄の中で、聖奈はのたうち、足掻き、藻掻き続けた……。

そして拷問が始まって十時間経った。

「…………」

鉄革処女から解放され、聖奈は光を失った錆色の瞳を天井に向けたまま、仰向けに倒れていた。あれからも仮面を被せられたまま、焦らし責めと連続絶頂地獄を交互に繰り返された。彼女にとって延べ千年にも及ぶ性拷問によって精神は崩壊し、意思を失った人形のようになっていた。

「これは崩壊バッドエンドってヤツだねぇ。聖奈たんは壊れても可愛いなあ、ペロペロォ」

それでも州器はなおも聖奈の身体にまとわりつき、まったく反応しない溺死体のような身体を犯し続けている。膣肉も肛門も弛緩して撃ち込まれた白濁をドロドロと溢れさせているばかりだ。

「本当におぬしは変態じゃな。まったく人間というヤツは、なぜ滅びないのか不思議なくらいじゃ」

さながら屍姦のような薄気味悪い光景に、さすがの悪魔王も苦笑するしかなかった。

「さあ、聖奈よ。お前の秘密を喋るのじゃ」

質問され、聖奈はベリアルの方を見た。そして……。

「…………ぃ……ゃ……」

なんと蚊の鳴くような小さな声で応え、首を微かに横に振ったのである。

「ほほう、意識も自我も精神も完璧に破壊され、それでもまだ逆らえるとは……これは……実に面白い」

唸ったベリアルが呪文を唱える。それは時間を逆流させ死者をも蘇らせる禁呪だった。

「うう……」

微かに呻く聖奈の碧眼に光が戻っていく。

「記憶は消しておく。今度は別の方法でじっくり責めてみるか。ククク……」

「今度は真エンド目指して頑張ろうね、聖奈たん。ヒヒヒ」

包茎触手ペニスをギンギンに勃起させ、うすら嗤う州器だった。


そして現在、優斗のアパート。

「とりあえず学校に行ってみよう。先に登校しているかも……」

重い気分で玄関を出る優斗だが……。

「じゃあ、先に行きますわね、先生」

「ッ!?」

隣の州器の部屋から出てきた制服姿の少女は間違いなく聖奈だ。

「うん、聖奈たん。また学校でねぇ。行ってきますのキスだよ、ちゅっちゅっちゅっして！」

「もう、メシアだからっていい気になって……んっ、ちゅっ……むふぅん」

人目もはばからず、濃厚に舌を絡ませ始めるではないか。

「ち、ちょっと！　せ、聖奈！　何してるんだよ！」

「あ、優斗。何って、メシアの警護に決まってますわ」

当然でしょうとばかり、しれっと答える聖奈。

「え……どういうこと……？」

「彼も……州器先生もメシア候補だとわかりましたの。それもあなたより優位の。だから今後は先生の警護もしなければなりませんの」

「こいつがメシア？　ぼ、僕よりも優位……」

頭をハンマーで殴られたような衝撃に目眩を覚えながら州器の方を見る。

「へへへ、そういうことなんだよ、悪いねぇ」

明らかに見下した様子でニヤリと嗤う。まさかこんな醜悪な中年男がメシア候補だなんて。しかも昨夜から聖奈と州器は二人きりで一晩を過ごしたと言うことではないのか。

「もちろん優斗の警護も続けるから安心して。これまでみたいに、ずっとそばにはいられないけれど……」

「う、うん……」

自分に言い聞かせるように、力なく頷く優斗。まだ悪夢は続いているのだろうか。夢なら覚めてくれと願わずにいられなかった。

第三話　悪夢！　狂気の妊娠調教

「起きてよ、聖奈たん」

「ん……」

州器に揺さぶられて、目を擦りながら目覚める聖奈。そこは薄汚いボロアパートの六畳間に敷かれた、万年床と思われる汗臭い布団の上だった。

「わたくし……どうしてこんな所にいるのかしら……って、きゃあっ！」

ニーソックス以外、生まれたままの素っ裸だと気付いて慌ててシーツで身体を覆った。

「朝食だよ」

首を傾げる聖奈の前に、下着姿の州器が立つ。ブリーフの小窓から、ニュッと巨大な陰茎が突き出されていた。

「ち……朝食って……何を言ってますの」

「メシアのチンカスが朝食に決まってるじゃないか」

「ふ、ふざけないでっ！　そんな汚いモノ……食べるわけないでしょ！」

「ふうむ……ちょっとボクの目を見てくれるかな」

「な、なんですの……？」

キィィィ～～～～～～～～ン！

怒鳴りつけようとしたが、州器の眼を見ていると怒りの感情が急速に治まっていく。そしてぼんやりとしたままの聖奈の左の乳房の上辺りにポウッと紅い花のような痣が浮かんだ。

(そう……でしたわ……メシアのためでしたわ)

まだ釈然としないまま、州器の前に正座する。そして両手を添えて仮性包茎の皮を剥きに掛かる。分厚い包皮を後方に引っ張って押し下げると、赤黒い亀頭が姿を現してきた。

「う、うう……すごい匂いですわ……」

クルッと包皮が剥け返った瞬間、ムワァァッと濃厚な牡臭が聖奈の鼻腔に襲いかかる。そして亀頭部には黄ばんだクリーム状の恥垢がビッシリとこびりついていた。

「もうっ……どうして毎朝、こんなに溜まりますのよ」

悪態をつきながら、なるべく鼻で息をしないように渋々と顔を寄せていく。自分がニーソ以外素っ裸だということも、既に頭にない。

(うう……こんなモノを……お口に……ウソでしょう……?)

見るからに不浄な老廃物。胸がムカムカとえずいて、ピクピク痙攣するこめかみに嫌な汗が流れた。

「早くしてくれないと、学校、遅刻しちゃうよ」

「わ、わかってますわよ。仕方ありませんわね」

覚悟を決めて舌を伸ばし、カリ首に溜まった恥垢に舌先を触れさせる。チーズのような塊が舌の上にポロリと落ちてきた。

「う、うう……まったく、あなたがメシアでなければこんなこと……むぐぐぅ……っ」

舌が痺れる異常な味覚。鼻が腐りそうな強烈な異臭。とても天使が口にするモノとは思えなかったが……。

（え……でも……意外と……？）

なぜか極上の美味に感じられ、困惑と驚愕《きょうがく》の表情を浮かべてしまう。

「フヒヒ、美味しいでしょう」

州器に笑われながら、聖奈はコクリと頷いていた。そしてゴクンッと『朝食』を呑み込んだ。

（ンあ……あぁぁぁぁっ……美味しいっ♥）

パアッと頭の中に黄色の花が咲き乱れる。常識で考えればあり得ない事態であったが、それを疑う気持ちも起きなかった。

「はむっ……ぴちゃ……べ、別に……くちゅ……おいしいなんて……はあはあ……思ってないんですからね！　ちろ、れろぉっ……ちゅぷ、はあぁん」

「ボクの愛情が詰まっているから美味しいと思うんだけどねぇ。フヒヒ」

「あ……愛情って……あぁん……バカ……っ」

愛という言葉に身体が異常なまでに反応する。ドキドキと心臓が高鳴り、乳房が張り詰め、腰回りもジンジンと火照ってくる。乳首も硬く充血し始め、秘園にもしっとり蜜が潤っていく。

「んっ……んっ……んむっ……ちゅぱ、ちゅぱぁっ」

（ああ、どうしてこんなに美味しいの……？　これが愛なのかしら）

気がつくとガッポリとくわえて顔を前後に揺すっていた。淫靡《いんび》な水音と共に、金髪ツインテールとFカップ乳房がリズミカルに揺れる。

「ふう、キレイになったよ、ありがとう聖奈たん」

「こ……これは守護者の義務だから……仕方なくやってあげただけよ」

いつの間にか夢中になってしゃぶっていた。州器が止めなければずっと奉仕し続けていただろう。

（でもどうして……こんな男が……メシアなのかしら……？）

「ハイ、お礼にこれをあげるよ」

困惑している少女に小さな紙袋が手渡される。

「これは……？」

中身を見て流麗な眉をひそめる。中身は大人びたデザインのランジェリー。艶めいたパールパープルと黒レースの組み合わせが超セクシーで、とても普通の女生徒が学内で身に着けるモノとは思えなかった。しかも何やら犬の首輪のようなモノまで入っているではないか。

「人間の世界ではカワイイ女の子は、カワイイ下着を着ているんだよ」

エロアニメのポスターを見せながら説明する州器。

「そ、そうなの？」

「ムヒヒ。聖奈たんは世界一カワイイからきっと似合うと思うよ。じゃあ早速着てみてよ」

「え……ここで……？」

おかしいと心のどこかでは思っていても、州器に見つめられるとなぜか逆らってはいけないという気がしてくる。メシアの命令は絶対なのだから。

「それを着て授業に出て欲しいんだよ」

キィィィ～～～～～～～～ンッ！

州器の眼が強い光を放ったような気がした。途端に疑念は風に吹き飛ぶ枯れ葉のように霧散してしまう。

「……わ、わかりましたわ……センセイ」

震える手指でセクシーランジェリーを身に着けていく……。

リーンゴーン。

四限目終業のベルが鳴り、優斗は慌てて聖奈に駆け寄った。

「あら、優斗」

「ね、ねえ……聖奈その……」

話し掛けようとして目のやり場に困ってしまう。

制服のシャツブラウスの下に透けて見えるセクシーなブラ。肌が白いだけにど派手な紫色がやたらと目立つ。胸元もタイを緩め、ボタンを二つも外しているので胸の谷間がいやでも目に飛び込んでくる。

スカートもかなり短めで股下十センチもない。少し屈んだり、走ったりすれば下着が見えてしまうだろう。

そして何よりたおやかな首に嵌められた頑丈そうな紅い首輪。チョーカーと言うには無理があり、どこから見ても犬用の首輪で鑑札には『ＰＥＴ』と刻印までされている。

いきなりの変化に戸惑うのは優斗だけではない、クラスのみんなも聖奈の方をチラチラ見ては何やらヒソヒソと囁《ささや》き合っている。

「どうかしましたの？　優斗」

「い……いや……なんでもない」

教室で少女の下着を注意するのもおかしな話で、優斗は口ごもった。

「そうだ、お昼にしようよ。お弁当を用意してたんだ」

「わあ、ありがとう！　ちょうどお腹がすいてましたのよ」

可愛い布に包まれた小さな弁当箱を受け取って聖奈は嬉しそうに微笑む。この笑顔を見たくて優斗は早起きして用意してきたのだ。しかし……。

「あ……」

急に聖奈の視線が優斗を通り越し、どこか遠くを見るように焦点がぼやける。

「ん、どうしたの聖奈？」

「……ごめんなさい……わたくし、州器センセイに呼ばれてましたの……」

抑揚のない声で答えると、クルリと踵を返して教室を出て行く。

「え……聖奈……」

スタスタと振り返りもしない背中を、優斗はただ見送るしかなかった。


「来てくれたんだね、聖奈たん」

人気のない視聴覚室に陣取って州器が笑っている。

「はい……センセイ」

虚ろな聖奈の表情を見ながらニンマリと嗤う。優斗のお弁当という言葉を予備催眠の『トリガー』にしておいたのだ。

「まずはボクの眼をよく見て……」

遮光カーテンが創り出す暗がりの中、眼鏡のレンズが不気味な光を放つ。

キィィィ～～～～～～～～～～ン！

聖奈の胸に紅い花が咲く。その痣は催眠の強度を表しており、彼女が強い催眠に掛かった事を表しているのだ。

「アイツの弁当なんか、もう一生食べなくていいからね」

「……はい」

「フヒヒ。これが聖奈たんのお弁当だよ」

カバンから取り出したのはドッグフードのような粒状の餌だった。ザラザラとお皿に盛って、聖奈の前に置く。

「これはデモンフードと言ってね、聖奈たんの身体を内側から綺麗にする効果があるんだよ。だからいっぱい食べないとね」

「……はい」

「今日は最初だから五百グラムくらいかな。食べやすいように特製ソースをかけてあげるよ、フヒヒヒ」

いきなり肉棒を握りだし皿に向かってシコシコと扱き始める。そんな異様な姿を聖奈は無表情のまま見つめていた。

「ああ、そのぼんやりした顔もいいなぁ……うりゃ！　これで、できあがり！」

射精をコントロールできる州器は、ドピュッドピュッと白濁をデモンフードに迸らせた。濃厚精液がたっぷり、ドロリッとぶっ掛けられて、生臭い異臭を放つ。

「ふう、できたよ、聖奈たん。じゃあそこに四つん這いになって食べてね」

「ハイ……」

命じられるまま犬のように四つん這いになって、山盛りのザーメンデモンフードの皿に顔を突っ込んでいく。

「んっ……はぐ……むぐ……あふん」

口の周りを精液でベトベトにしながら、汚辱のランチを進めていく。普段の彼女なら絶対口にしないであろう汚物を美味しそうにたいらげていく。

「ムフフ……」

そんな無様な姿を見下ろしながら背後に回り込み、州器がミニスカートを捲り上げる。健康的にプリッと張った桃尻と、そこに食い込むパールパープルのセクシーTバックが露わになった。

「いいねぇ。思った通り、よく似合ってるよ」

腰ごと抱きかかえると、Tバックショーツを横にずらして、触手ペニスを蜜穴に押し当てる。そこは既に十分すぎるほど濡れていた。

「いくよぉ、聖奈たん」

包皮を剥いた男根は醜く変形し、トゲ状の突起や不気味な瘤が無数に生えている。その凶悪な亀頭をズブリと埋め込んでいく。熱く吸い付いてくる粘膜の感触は、少し前まで童貞だった中年男を有頂天にさせた。

「ンあぁぁ……あああ……セ、センセイ……はあぁううん」

白昼の校内で犯されるというのに、聖奈は特に抵抗もせず食事を続けていた。

「ああ……イイよ……ほれ、ほれ、ほれぇ」

グチュッ！　ジュブッ！　グチュッ！　ズブズブズブゥゥッ！

蜜襞をこじ開けて、ゆっくりと剛棒を挿入していく。先日の拷問によって開発され尽くした秘園はツルツルの無毛状態だが、幼げな見た目と裏腹に蜜肉は極上の熟れを見せてくる。優しく男根全体を包み込みながら、カリ首と根元への二段締めまで披露する。

「うあほぉぉ……気持ちイイよぉ……ハアハアッ」

快楽に引き込まれるように州器が腰を振り始める。鋭い亀頭を子宮口に何度も何度も食い込ませていく。

「聖奈たんもオマンコ気持ちイイよね？」

ズブッ！　ズブッ！　ズブッ！　ズブッ！　ズブッ！　ズブッ！

「は……はい……んぐもぐ……きもち……いい……ですわ……むぐ、くちゅン」

従順に答える聖奈だが、その声に情感はあまりこもっていない。

「ちょっと深く掛かりすぎたかな。これじゃ面白くないから、少し戻ってもらうよ」

しっかり最奥まで繋がった後、州器が指をパチンと鳴らした……。


「あぁぁ……あああ……な、何……？　わたくし……何を食べて……えぇ……あなたは……

……きゃあああぁっ!?」

聖奈が悲鳴を上げて我に返る。そして状況に気付いて、

「ち、ちょっと！　何を……ああぁぁ……してますのよっ！　ンあぁぁ！」

「へへへ、子作りセックスに決まってるじゃない」

「こ、子作りですって？　い、いやあっ！　わ……わたくしから……は、離れなさいよ、

このクズメシアっ！　ンああぁうっ！」

精神は正常に戻ったものの、肉体は今も支配されたままだ。四つん這いの惨めな牝犬ポーズのまま、動くことができない。

「素直な聖奈たんも可愛いけど、元気な聖奈たんもイイなあぁ。ほれほれっ」

ズブッ！　ズブッ！　ズブッ！　ズブッ！　ズブッ！　ズブッ！

毛だらけの汚い尻を振って、天使の聖域を犯し抜く。剛棒のイボや瘤が深く食い込むたび、百倍に強化された快感信号が脳神経に突き刺さり、理性の糸をズタズタに寸断していくのだ。

「ンあああぁ……そこだめ……あああっ……そこはいけませんわぁ」

「そこじゃわからないなぁ」

覆い被さった州器が脂ぎった手で乳房を揉みこね始める。ムニュムニュッと乳肉を変形させられるたび、熱い疼きが乳腺いっぱいに拡がってくる。

「うああぁ……オ、オマンコは……感じすぎるから……赤ちゃんなんて欲しくないから……だ、だめですのっ……あっ、あああっ、あああぁんっ！」

天使である自分が人間の子を孕まされるなど絶対に許されない。だが州器の触手ペニスに蜜奥をこね回されるたび、淫らな悦びが全身に満ちてきて、頭の中が真空になる。

「ほら、よがってばかりいないで、ご飯を食べるんだよ」

「あああっ！」

ズンッと子宮口を突き上げられ、思わず口を開いた聖奈の眼前に、ザーメンフードをすくい取ったスプーン状の触手が突きつけられる。

「はい、ア～ンして」

「ううあぁ……口が……勝手にぃ……うあぁぁ」

ワナワナ震える唇の間にスプーン触手が入り込み、穢れた精液フードを、舌の上へと運んでいく。

「ぴちゃ……くちゅ……うぶぶぶぅぅっ！　く、臭い……ひぃぃぃっ！」

「しっかり噛まないとだめだよ」

「ううう……た、食べたくにゃい……んむ……くちゅ……くさいぃ……くさすぎりゅ……た、食べたくないのにぃ……うおぉ……あむっ……くちゅ……ごくん」

どんなに嫌がっても口が動いて、咀嚼《そしゃく》してしまう。その間も州器が情熱ピストンを打ち込んで、正気に戻ることを許さない。

「もっとア～ンして食べるんだよ、全部食べるまでやめないからね。ほぉら、ア～ンして。アイツの弁当よりおいしいでしょ？」

キィイ～～～～～～～～ンッ！

州器の眼が光を放って、聖奈を淫らな催眠に引きずり込む。

「うあああ……ひゃめて……んちゅ、むぐっ……」

「はい、ア～ン」

「ううう……こんなもにょ……おいしくなんかぁ……あぁぁむ……くちゅ、むくちゅ」

「はい、ア〜ンして」

「もう口に……入れりゅなぁ……はあはあ……あああ……もうお腹いっぱいなの……食べたくありませんわぁ……あむ、はぐぅっ！」

必死に否定するものの、舌の上に広がる味が極上料理のように感じられてきて、聖奈を困惑させた。悪魔の鍼によって植え付けられた様々な変態性欲が溢れ出してくるのだ。

「ダメだよ、残さず食べるんだ」

「ああ……ぱく、くちゃ……だめ……だんだん美味しく……なって……ううぅ……こんなもの……食べたくありませんのに……あぁ……おいしくぅ……あむ、ゴクン」

「フヒヒ。悦んでくれて嬉しいよ」

深く浅く不気味な触手ペニスを抜き差しさせて、天使の蜜肉を味わい尽くす。ネットリ絡みつく柔襞の一体感は、魂を吸い込まれそうなほどの心地よさだ。

「ああ、聖奈たん……肌はすべすべ、おっぱいもムニムニ柔らかくて……たまんないよ」

Fカップの重量感と柔らかさを堪能しながら、乳首を指に挟んでコリコリと捻り恍惚とする中年男。鍼を打ち込んだ乳房はもうすぐ母乳が搾れるかも知れない。

「はあはあ……ああっ……オッパイまで……はあァン……オ、オマンコも……感じちゃう……うああ……センセイの……オチンポ……深くて……イイの……ぁはあぁん」

目尻がトロンと下がって、花の痣が赤々と浮かび上がってくる。精神力を維持できず、自我が催眠状態に呑み込まれてしまう。

「はぁ……あむ……おいヒい……くちゅ、ぴちゃ……ああ……ザーメンごはん、おいしいのぉ……お口止まらない……はぐ、はぐぅ……あぁぁ……ンっ」

ついにはツインテールを揺らし、ふしだらな笑みまで浮かべながらデモンフードの皿に自らがっついていく。最奥を突かれるたび、真っ赤な快楽の炎が鞴《ふいご》を吹かれたように燃え上がり、魂が焼け焦げてしまいそうになる。そしてついにあれだけあったデモンフードを完食してみせた。

「あ、あぁぁん……ぜんぶ食べましたわぁ……だからセンセイのオチンポミルク……もっと欲しい……下のお口にも……ちょうだい……あぁぁ……お腹の中、ザーメンでいっぱいにしてぇ」

腰を州器と息を合わせてクネクネと振りたくり、奥へ奥へと呑み込もうとする。陰唇は開ききり、粘っこい本気汁をとろとろと溢れさせていく。もう太腿の内側はグチョ濡れ状態だ。

「くおぉぉおっ！　すごいっ……食いちぎられそうだ……ごはんを全部食べたご褒美を……はあはあ……あげるからねぇ……ハアハア」

「はあ、はあ！　センセイきてぇ……あぁぁ……聖奈のいやらしいオマンコに……濃くて臭いザーメンを……中出しして……あっあぁん……淫乱天使のオマンコに……いっぱいオチンポミルク、注ぎ込んでぇ……あう、あうぅっ！」

パンッ！　パンッ！　パンッ！　パンッ！　パンッ！　パンッ！

尻肉を打つ音が響き、愛液の雫が飛ぶ。背筋が反っていき、強張る指先が視聴覚室の床を引っ掻いた。

「いくよぉ！　うりゃああっ！」

ドピュルルルッ♥　ビュッビュルルッ♥　ドプドプドプゥゥウッ♥

「ンあああぁぁぁ～～～～～～～～～～～～～～ッッ！」

白い濁流《だくりゅう》が膣内を暴れ回り、さらに子宮に向かってドクドクと流れ込んでいく。灼熱感が子宮をいっぱいに満たし、さらに心までも満たされる。

「あああぁ～～～～っ！　中出し、気持ちイイ～～～～ッ！　あああぁ、赤チャンできちゃう……イクッ、イクイクイクッ！　ああぉぉ……オマンコ、イっちゃうぅ～～～ッッ！」

天使とは思えないはしたない声でエクスタシーを告げる聖奈。強烈な快美に貫かれて、脳細胞が蒸発してしまいそう。汗濡れた美貌を仰け反らせながら、真珠色の歯並びをギリギリと噛みしめた。

「う、うああ……はあ……はあぁ……あああぁ……」

脱力した聖奈は空になったザーメン皿にベチャッと顔から突っ込んでしまう。あまりにも惨めな姿だったが、偽りの幸福感に満たされた天使少女は幸せそうに微笑んでいた。

「さあ授業に戻るんだ。おっと、漏らさないように栓をしないとね」

白濁にまみれた膣孔に、ニガウリのような媚毒淫蟲をグチュンッと挿入する。

「ンああ……ハイ……」

フラフラと立ち上がる。頭の中は今も淫気で沸騰したまま。まともな思考ができない。深い霧に包まれたような意識の中、州器の声だけが妙にハッキリと聞こえてくる。

「これから毎日ここでデモンフードを食べるんだ。量も少しずつ増やしていくよ。あとソイツは始末しておいてね」

「……はい、センセイ……」

エクスタシーの余韻に蕩けたまま、手渡されたモノをジッと見つめる。

「……これは……なんでしたっけ……」

十秒ほど考えた後、聖奈は優斗からもらったお弁当をゴミ箱に放り込んだ……。


放課後、優斗は校門で聖奈を待っていた。

「遅いな……」

いつもならお腹をすかせた天使少女はすぐにやってくる。だが今日はいくら待っても来なかった。

「またアイツの所なのかな……」

もう一人のメシアだという中年醜男の顔を思い浮かべる。守護天使である聖奈の用件と言えば、それ以外思いつかない。

「でも僕だってメシアなのに……」

不満という程ではないが、やはり納得しがたい。いつもはうるさいと思っていた聖奈がいないことが、これほど寂しいと感じられるとは。

「……やっぱり捜しに行こう」

学校に戻ろうとした時、

「いくら待っても、聖奈は来ないぞえ」

「え？」

いきなり話し掛けられて振り向くと、銀髪の小柄な少女が立っていた。下級生だろうか、胸元も腰も平坦であまりメリハリがなく、手脚もスラリとスレンダーな印象だ。

「えっと、誰だっけ？」

美しくも退廃的でコケティッシュな微笑み、神秘的な赤瞳。どこかで見たような気もするが思い出せない。

「御光聖奈なら写真部におるぞ、州器と一緒にな」

「え……写真部に……」

言われてみて思い出したが、州器は写真部の副顧問だった。ということはやはり彼の警護ということだろうか。

「気になるか。少し覗いてみるかえ？」

いつの間にスリ盗ったのか、優斗のスマホを取り出してニッコリ微笑む。

「…………」

謎の美少女の妖しげな誘惑を、なぜか断れなかった。

「みんな注目。今日は素晴らしいモデルに来てもらったから、張り切っていこうね」

部室では州器だけがはしゃいでいる。陰気な見た目と性格から生徒からもうざがられており、ほとんど相手にされていない状況だ。

「何はしゃいでるんだよ、先生」

「録画したアニメ観なくちゃいけないから、早く帰りたいんだけど」

背の高い痩せた少年が佐藤《さとう》、背の低い太った少年が木俣《きまた》。写真部と言いながら、もっぱらコミケなどでレイヤーの写真を撮るのが趣味というオタクな連中である。

「ノリが悪いなあ。じゃあ聖奈たん、カモン！」

「も、もう……仕方がありませんわね……」

登場した御光聖奈を見て、やる気のなかった部員たちが一斉に立ち上がった。

「せ、聖奈ちゃんだ」

「マジか……聖奈ちゃんがモデルをやってくれるのかよ！」

色めき立つ少年たち。学園屈指の美少女モデルの出現に興奮しないわけがない。しかも胸元は開いてブラをチラ見せ、下も超ミニスカートという挑発的な格好なのだから、たまらない。

「先生、一体どうやって口説いたんだよ」

「ここだけの話……聖奈たんとボクは教師と教え子という関係を超えた、恋人同士なんだよ。ヒヒヒ」

「こ、恋人って……」

「ウソだろ。聖奈ちゃんがこんなナメクジみたいな男と付き合うわけないじゃんか」

佐藤と木俣が目の色を変えて食いついてきた。金髪碧眼の美少女と、ダサい中年男が釣り合うはずがない。

「変なこと言わないでくださるかしら。わたくしはあくまでも任務として付き合っているだけで、それ以上の事は何もありませんわ」

聖奈にとってはメシアだから言うことを聞いているだけという認識だ。

今のところは……。

「まあ、とにかく撮影を始めようよ。聖奈たん、まずは机に手をついて、こっちにお尻を向けて笑ってくれるかな」

「わかりました。さっさと撮影して、早く終わらせましょう。優斗が待ってるんですから」

州器に言われたポーズを取ると、少年たちが「オオッ」とどよめいた。超ミニスカートから愛らしいお尻の丸みがはみ出し、今にもパンチラしてしまいそうなのだ。

「おお……み、見え……」

「シッ。余計なこと言うなよ」

少年たちはスカートの中を覗き込むようなローアングルで、パシャパシャとシャッターを切り始める。

「………」

フラッシュが瞬くたび、ドキッと心臓が小さく跳ねた。と同時にお腹の奥でクチュンッと何かが蠢いた。

(これは何ですの……?)

感じたことのない感覚に戸惑う聖奈。閃光がまるで鍼のようにお尻や股間や太腿に突き刺さってくるようだった。

「もっとお尻を突き出して、聖奈たん」

「……わかりましたわ」

戸惑いながらさらに尻を持ち上げる。お尻は半分近く露出し、深く食い込んだTバックショーツまで露わになった。

「うお……紫だ……」

「しかもTバック……せ、聖奈ちゃんって大胆だね」

「……これは水着ですから、見えても……は、恥ずかしく……ありませんわ」

どう見ても下着なのだが、聖奈は水着だと思い込まされていた。その方が抵抗心が抑えられるからだ。

「そ、そうなんだ。じゃあ遠慮はいらないね」

少年たちはさらに接近し、ズームアップで聖奈の尻肌を写真に収めていく。

きめ細かく染み一つない白い肌、筋肉と骨格が織りなす絶妙の曲線美。ツンッと高く盛り上がった頂上から、一転して深く渓谷のように切れ込むお尻の谷間。そこにピッチリ食い込む超セクシーなTバック。大人びた黒レースとパールパープルの光沢も眼に眩しい。

「そ、そんな近くで……ああっ！」

「はぁはぁ……スゴイよ、聖奈ちゃん、とってもセクシーだ」

パシャパシャパシャ！

「こんな写真撮って……あぁっ……何が楽しいの……あぁん」

「はぁはぁ……だってカワイイんだもん、最高だよ」

パシャパシャパシャ！

口々に褒めながら、連続でシャッターを切り続ける少年たち。そのギラギラするような熱い眼差しを受けていると、悪い気はしない。それどころか、なぜか聖奈の気分まで高揚してくるのだ。

「ハア……ハア……」

（また……何か……変な感じ……）

シャッターが切られるたび、下腹の奥が熱くなってキュンキュンと痺れてくる。ほんのり頬が紅く染まり、腋の下がじっとりと汗を滲《にじ》ませる。噛みしめきれない唇から時折覗く桃色の舌が色っぽい雰囲気を盛り上げる。

「聖奈たん、ちゃんとお礼を言わないと」

「あ……皆さん……褒めてくれて……あ、ありがとう……嬉しいですわ……あぁぁン」

いつしか動悸が速くなり、呼吸も少しずつ乱れてくる。体温も急上昇し、肌全体がうっすら桃色に火照り出す。媚粘膜もジンジンとむず痒くなって、濃厚な淫蜜を湧かせてしまうのだった。

「フヒヒ……露出の快感に目覚めてきたかな」

小声でほくそ笑む。先日の拷問洗脳において、聖奈に植え付けた変態性癖『露出願望』が開花しつつあるのだ。

「蟲も効いてるみたいだし……ヒヒヒ」

さらに昼食後、膣孔に潜り込ませた小型の淫蟲が猛威を振るっていた。催眠により聖奈は蟲を認識できないようになっており、自分がどうして発情してしまうのか、混乱したまま露出羞恥の底なし沼に嵌まっていくはずだ。

「次は椅子に座って、両膝を抱えて……そうそう、そんな感じ」

「はあ……はい……」

(うう……こんな格好したら見えちゃうじゃない……でも……)

ドキッ……ドキッ……ドキッ……ドキッ！

従順にM字開脚ポーズを取り、カメラに向かって微笑む聖奈。股間はほぼ完全に露出し、パイパンの恥丘に張り付く極小ビキニが少年たちの前に晒される。

「す、すごい……」

白い太腿に挟まれたマシュマロとプリンとエクレアを足したような、プニプニとした長楕円の肉丘。童貞の少年たちには刺激が強すぎるのか、シャッターを切るのも忘れて食い入るように見つめている。

「もうちょっと足を拡げてもらえる？」

州器が正面に大型レンズを装着したカメラを構えて命令した。

「え……ええ……こうかしら……あはぁ……ン」

両膝の内側に手を添えて、グイッと拡げると、太腿の内側を撫でる風の冷たさに、思わず吐息が漏れた。

「ああ……」

マイクロショーツの極端に狭いクロッチが、クレヴァスにピッチリ張り付いている。左右の大陰唇がはみ出し、その中央、神秘の中心だけを辛うじて隠しているギリギリの状態。ちょっとずらせばアヌスも見えてしまうだろう。生地も薄く、ピョコンと尖ったクリトリスの位置や、小陰唇に挟まれた美肉の形状も手に取るようにわかってしまうのだ。

「うおぉっ！　たまんないよ、聖奈ちゃん！」

「いっぱい撮ってあげるからね！」

パシャ！　パシャ！　パシャ！　パシャ！　パシャ！　パシャ！　パシャ！

「うあ……あぁ……はあ、はあ……ンあっ……ぁぁあぁん」

狂ったように連射されるフラッシュが網膜を焦がし、脳まで痺れさせる。ピリッピリッと静電気のような不思議な痺れが股間から全身へ拡がり、だんだん意識が朦朧としてきた。

（ああ……熱い……身体が……熱いですわ……）

ドクンドクンッと脈打つ心臓から全身に、熱い血流が送り込まれ、細胞の一つ一つが発情させられていく。じっとり汗ばむ肌にシャツブラウスが張り付くのが気持ち悪く、脱ぎ捨ててしまいたい衝動に駆られた。

「暑そうだねえ、ふひひひ。少し脱いだらいいよ、聖奈たん」

「え……で、でも……人前で……そんなこと……で、できませんわ」

いくらなんでも学園内、生徒の前で服を脱ぐなどあり得ない。さすがに躊躇していると州器が近づいてきて……。

「メシアであるボクの言うことが聞けないのかな。水着なんだし、大丈夫だよ」

キュイィィィンッ！

眼鏡の奥で州器の眼が光を放つ。

「あ……あぁ……あ……」

頭の中に霞が掛かったようになり、思考力が急激に鈍る。シナプスの伝達速度がスローモーション並に低下していく。

「……そうですわね……暑いときは……脱げば……いいのですわ……」

ポツリと呟きながらホックを外すと、ミニの襞スカートがふわりと床に落ちる。

「ええええ!?　せ、聖奈ちゃん!?　脱いじゃうの!?」

「水着だし……オッパイもオマンコも隠れているから……何の問題もありませんわ……」

「え……!?」

「今、なんて……」

少年たちが口をあんぐり開けている間にも、聖奈はどこかぼんやりしたまま、棒タイを緩め、シャツブラウスのボタンを一つずつ外していく。

「そうそう、ボタンを全部外して。あ、でもシャツは脱がなくてイイからね」

「はい……」

すべてのボタンを外し終わると、犬の首輪を嵌め、セクシーランジェリーの上に前を大きくはだけたシャツブラウスを重ねるという破壊力抜群のセクシー衣装ができあがる。

「うおおぉ、す、すごい……さすが州器先生だ！」

「て、天才やな！」

「ムフフ、じゃあ聖奈たん、ポーズ取ってもらおうかな。このグラビアみたいに」

「はい……センセイ……」

グラビアを真似て両脚を肩幅に開き、両手を頭の後ろで交差させる。背筋を伸ばすと、Fカップの乳房がツンと上向いて、はだけたシャツブラウスを持ち上げる。白々とした乳肌には紅い花の痣が浮かんで、鳩尾から続く腹筋の縦筋がまっすぐ形のいい縦長のお臍に繋がっている。その下はふっくら盛り上がる恥丘を紫のマイクロビキニが包んでいるが、縦長の逆二等辺三角形は幅が狭くスリットをギリギリ隠しているにすぎない。ブラウスの裾からスラリと伸びた脚線は、磨き抜かれた大理石のように艶やかで、少年たちの眼を釘付けにする。

さらに赤い首輪がアクセントになって、色気を何倍にも増幅していた。

「はみ出さないってことは……剃ってるのかな？　も、もしかしてパイパン？」

「聖奈たん、質問に答えて」

「あ……ハイ……アソコの毛は先生に永久脱毛してもらったから……聖奈のオマンコは……ツルツルのパイパンですわ……」

「くおおおぉ、た、たまんねえ。と、撮りまくるぞっ」

佐藤が前から、木俣が後ろから、サイドからは州器がカメラを構えて取り囲む。

「いいよぉ、聖奈たん。とっても綺麗だよ」

「もっと胸を反らして」

パシャッ！　パシャッ！　パシャッ！　パシャッ！　パシャッ！

「あ、あうっ！」

「次は四つん這いで、女豹のポーズ、いってみよう」

「こ、こうかしら……ああっ……ハアハア……」

「いいねぇ、今度は足を伸ばしたまま身体を前に倒して、股の間からコッチを見て」

「はあ……はぁ……ンああ……そんなに撮られたら……」

フラッシュの集中砲火を浴びるたび、脳幹がジーンと痺れて、子宮がポウッと火照って

PET
AUTO

くる。ゾクゾクと妖しい興奮が背筋を這い上がり、目の前に桃色のベールが降りてきた。

（ああ……何ですの……この気持ちは……）

淫蟲の媚毒効果だと気付かないまま、混乱し、惑乱させられていく聖奈。陽炎《かげろう》が立つように周囲の景色が歪んで見えた。その中で州器のぎらつく眼だけがハッキリと見える。

「最後は身体を反らして、ブリッジしてみようか」

「はぁぁ……は、はい……ああ、身体が熱いですわ……」

ドキンッ！　ドキンッ！　ドキンッ！　ドキンッ！　ドキンッ！

命じられてもいないのにシャツブラウスを脱ぎ捨てる金髪天使。しなやかな背中が弓なりに反っていき、ツインテールが頭の後ろへ流れ落ちる。やがて両手が床について、見事なブリッジが完成した。

「オオッ……なんて大胆な……」

「フヒヒ、撮ってもらいたいんだよね、聖奈たん」

「はあ、はあ……ハイ……どうぞ……もっと近くで……撮って下さい……ああ」

雪白の太腿がガニ股に拡がってパールパープルのビキニの聖域がこれ見よがしに突き出された。こんもり盛り上がった乳房もぷるんと上向いたせいでブラがずれ、今にも乳輪が見えてしまいそうだ。

「す、すごすぎるよ、聖奈ちゃん」

「見ているだけで……出ちまいそうだよ」

前屈みになりながらも、シャッターを切り続ける少年たち。レンズと股間までの距離は三十センチもない。まさに息が感じられるほどの近さだ。

パシャッ！　パシャッ！　パシャッ！　パシャッ！　パシャッ！

「はあぁ……はあぁ……撮って……あぁっ……もっと撮って……あぁぁんっ」

フラッシュが光の矢となって股間に突き刺さり、反応した淫蟲が秘奥の底でヴヴヴヴッと振動し始めた。

（ああ……なんですの……これぇ……ああ♥♥）

子宮から脳天まで鋭い槍で貫かれるような錯覚に襲われ、逆さまになった景色に無数の星がキラキラ煌めく。奇妙な浮遊感に包まれて、魂が肉体から遊離して天空にまで舞い上がってしまいそうだ。

（ああ、恥ずかしい……で、でもメシアのためだから……堪えなくちゃ）

植え付けられた露出の快感に逆さまの美貌が耳まで紅く染まり、剥き出しの腋の下にも汗染みがジワリジワリと滲む。そしてついには、セクシービキニのクロッチにも破廉恥な染みがジュワァッと拡がってしまう。

「聖奈たん、ビキニに染みができてるよ。フヒヒ、気持ちよくてオシッコちびっちゃったかな？」

「ああ……そ、それは……汗……あふぅん……汗ですわ……はぁぁうん」

「そうか、汗なら問題ないね」

当然少年たちも『それ』が汗でない事に気付いており、舌舐めずりしながら股間にカメラを思い切り近づけて、過激に接写するのだ。

パシャッ！　パシャッ！　パシャッ！　パシャッ！　パシャッ！

（ああ……見られて……撮られて……ハアァ……からだが……熱いですわ……）

羞恥が大きければ大きいほど、快感も大きくなってくる。無意識のうちに太腿はさらに内側の腱を浮かび上がらせて拡がり、グンッと突き上げた恥丘を少年たちに見せつけていく。

「聖奈たん、いいよぉ……ハアハア……キミは最高の淫乱天使だよ」

ヴヴヴヴゥンッ！　ヴヴヴヴゥンッ！　ヴヴヴヴゥンッ！

州器の声に合わせて淫蟲がこれまでで一番激しく振動した。同時に煌めくフラッシュが、網膜を突き抜けて脳に突き刺さる。

「うあああぁぁンっ！」

背骨が折れそうなほどに、ググッと背中がさらに反る。ガクッガクッと戦慄く太腿に熱い蜜がツウッと伝わり落ちていく。

（ああ……気持ちイイ……何なのこれ……ああ、何かクルぅ……ッ）

逆さまのまま潤んだ瞳が州器をジッと見つめると、心臓がかつてないほど高鳴った。そして……。

「ン～～～～～～～～～～～～ンンッ♥」

（……イクぅ……っ）

声にならない声をくぐもらせ、ブリッジのまま四肢に痙攣を走らせる。

プシャッと小さな水音がして、一際大きな染みがビキニショーツに広がっていった。

「え……聖奈ちゃん……もしかして？」

「撮れ！　いいから、撮りまくれ！」

パシャッ！　パシャッ！　パシャッ！　パシャッ！　パシャッ！

「ああ……はあ……ああ……はぁぁ……ン」

追撃を受けてビクンビクンと身体のあちこちが痙攣する。自分の身に何が起きているのか理解できないまま、聖奈の意識は被虐の迷宮へと迷い込んでいくのだった。

「な、なんだよ……これ……聖奈はあんな格好で……な、何をしているんだ……」

あの聖奈が、ヌードも同然の破廉恥ポーズで州器の写真撮影に応じている。スマホに映し出される信じられない光景に何度も目を擦った。

「た、助けなくちゃ！」

いてもたってもいられず、写真部の部室に向かって走り出す。部室は隣の校舎にあり、離れた渡り廊下を行くより、玄関から直行した方が早い。

上履きのまま玄関から飛び出すと、州器が聖奈を伴って校舎から出てきた所だった。聖奈は一応制服を着ているが、グッタリと力なく、州器に肩を支えられている。

「聖奈、しっかりして」

「おっと、彼女は少し疲れたみたいだから、ボクが責任を持って部屋まで届けるよ」

近づこうとする優斗を州器が遮る。

「そんな、聖奈それでいいの？」

「……ええ。センセイ、お願いしますわ……」

どこかぼんやりしたままコクリと頷く。人形のような表情には、まるで生気が感じられない。

「フヒヒ。聖奈たんの意思だからね、尊重しないとね」

州器は校門の方に向かってスタスタ歩き始めた。そこへちょうど黄色いタクシーが到着する。

「じゃあね、メシア君。ヒヒヒ」

少女の身体をいやらしい手つきで抱き寄せて、州器が勝ち誇ったように嗤う。

「く……っ」

優斗は敗北感に打ちのめされ、走り去るタクシーを見送った。

「小僧、何をしておるのじゃ」

「あ、君は……」

先程の銀髪少女が背後に立っていた。沈みゆく紅い夕日を背に受け、長く伸びた影が優斗の足元に達している。

「聖奈のことが気になるであろう。後を追わぬのかえ？」

「で、でも……」

「今ならまだ取り返せるかも知れぬぞ」

（そうだ……諦めちゃダメだっ）

優斗は近くに停めてあった自転車に飛び乗り、タクシーの後を猛然と追いかけた。


「フヒヒ、聖奈たん。カワイイね」

タクシー車内で州器はすぐさま聖奈の身体に手を伸ばしてきた。

「あ、ああ……ン……センセイ、ダメです……こんな所で……み、見られて……しまいますわ……あぁ」

弱々しく首を振るものの、ハッキリと拒絶できない。

「ムフフゥ、だからいいんじゃないか。聖奈たんは、見られるのが好きなマゾの露出狂だもんね。ほら自分でも触って」

わざと運転手に聞こえるように言いながら、股を開かせて静脈を浮かせる白い太腿を撫でさすり、ブラウスからはみ出しそうな初々しい乳房もこね回してくる。

「うあ……あぁ……ン……露出狂だなんて……そんな……ああ……」

州器の玩弄に対して、聖奈の身体も妖しく反応してしまう。オナニー中毒の鍼を打たれた手が、オズオズと股間に伸びてショーツの中に潜り込んでいく。

「ふぅあ……ああっ……あっぁうんっ！」

クチュッ、クチュッと音がするたび、凄まじい快感で背筋が反り返った。

「もっと見せつけようね。チュウしようよ、チュウ」

身体に力が入らなくなり、唇も許してしまった。運転手がミラーでチラチラ様子をうかがっているのも興奮を煽る。

「んちゅ……むちゅ……あ、あぁ……んん……あむン」

（ああ、この人の言うとおり、わたくしは……マゾの露出狂なの……？）

舌と舌を絡め合ううちに、意識が桃色に染まって霞み始める。その時……。

（ッ⁉）

名前を呼ばれたような気がして、聖奈は後ろの窓を返り見た。

「優斗……！」

そこには懸命に自転車を漕いで追いかけてくる優斗の姿があった。

「ちょっと、離れなさい！」

我に返った聖奈の行動は早い。腕を振りほどき、ドゴォッと変態教師の顔面にパンチをめり込ませた。

「あなたの思い通りにはなりませんわよ！」

「おがぁぁっ……せ、聖奈たん？　むむ、アイツか……しつこいなぁ。でもねっ！」

キュイイィィンッッ！

「アアッ!?」

艸器の眼力が、聖奈の精神を縛る。たちまち青瞳は光を失い、振り上げた拳もゆっくり下ろされた。

「やっぱり、もっと自分の立場をわからせないといけないなぁ。運転手さん、そこを右に曲がってくれるかな」


「ハア……ハア……聖奈……ハア……ッッ」

何度も見失いそうになりながらも、なんとか食らいつき、懸命に追い続けた。噴き出る汗が眼に入って視界が滲む。それでもペダルを漕ぐのをやめない。だが相手は自動車だ。いつまでも距離は縮まらず、次第に引き離されてしまう。

「ハア……ハア……ハア……聖奈……くううぅ……聖奈……ッ」

やがて足がパンパンになってもう限界かと思った時、百メートルほど先でタクシーが停まるのが見えた。だがそこはアパートではなく、なんとラブホテルの前ではないか。

「さあ、行こうか。聖奈たん」

「ハイ……センセイ……」

二人は仲睦まじく手を繋ぎ、カーテンが垂れ下がるラブホテルの門をくぐって、中に入っていってしまった。

「ハア……ハア……せ……ハア……な……ハア……ハア……くぅ……ううぅっ」

精も根も尽き果てた様子で、優斗はガクリと膝をついた。

「こういう所は初めてかい？」

「は……はい……」

天使である聖奈は、ラブホテルの存在すら知らないのだろう、緊張した面持ちで頷く。

部屋はそこそこ広く、不釣り合いなほど大きな円形ベッドが中央に据えられている。窓は分厚いカーテンで完全に塞がれており、照明もほの暗い。

「ここは、恋人同士が愛を確かめ合うところ。ウヒヒ、聖奈たんは今から妊娠するんだよ」

「……愛を……あぁぁん……妊娠……ちゅ、むちゅっ……ンちゅっ」

囁きながら州器が聖奈の身体を抱き寄せ、唇を重ねる。柔らかな唇の感触、甘い匂いは何度味わっても飽きない。それだけで肉棒はギンギンにそそり立っていく。

「さあ、アイツのことなんか忘れて種付けセックスしようね。あ、シャワーなんて浴びなくてイイから」

「……ハイ、センセイ……あぁぁ」

ベッドに横たえられても、もちろん聖奈は抵抗などしない。全裸の州器が仰向けになり、その上に聖奈がシックスナインの体勢で覆い被さった。

「ほら、これからキミを孕ませるチンポだよ。皮を剥いて綺麗にしてね」

「ハイ……」

真下から突きつけられた異形のペニス。両手で皮を剥き下ろすと、ツーンと饐えた匂いが立ち上る。昼休みに綺麗にしたはずなのに、もう黄ばんだチーズ臭を放つ恥垢がニチャアと絡みついて溜まっていた。

「ちゅっちゅっ……こんなにいっぱい……くちゅんっ……嬉しいですわ……あぁン」

躊躇することなく舌を擦り寄せ、亀頭を包み込むように磨き上げていく聖奈。チンカスに対する抵抗は完全に消えているようで、ウットリした表情で肉棒を清めていくのだ。

「あああ、気持ちイイよ、聖奈たん」

州器も舌を伸ばし、ビキニショーツをずらして蜜部を舐め回す。淫蟲と視姦に蕩けた美肉が、溢れる程の蜜を湧かせて、牡を待ち望んでいる。

「ムフフ、もうグチョグチョだねぇ」

スカートを脱がせ、ビキニのクロッチ部分を口に含んでクチュクチュと吸いしゃぶり、美少女天使の甘酸っぱい味と匂いを堪能する。

「オッパイも使ってみようか」

「あっ、あぁん……ハイ……こうですか？」

洗脳によって知識は刷り込まれている。聖奈はシャツブラウスを脱ぎ捨てると、豊満なFカップで肉棒を挟み込み、根元から亀頭に向かって搾り上げる。その間も舌を伸ばして、鈴口の周囲をチロチロと刺激してくる。極小ブラはすぐにずれて、愛らしい桃色乳首が露わになった。

「オオ……イイよ……聖奈たん……ああ……上手だねぇ」

「はむ、ちゅぱ……ありがとうございます……ピチャピチャァ……あぁん」

仕込まれた一流娼婦のテクニックまで披露する守護天使。柔らかくそれでいて弾力のある乳肉に包まれ、天にも昇る想いだ。改造触手マラはさらに一回り大きく勃起し、カウパーをジクジクと溢れさせ始める。

「もっと相手を悦ばせる事を言うんだよ」

「はあはあ……はい。センセイのオチンポ……とっても素敵です……ピチャピチャ……世界で一番素晴らしいオチンポで、わたくしを孕ませて……あぁん」

んぽっ、じゅぽぉっ……じゅぽじゅぽっ……くちゅるるっ……ぬぱぁ！

州器の淫気が感染したのか、聖奈はひょっとこのように唇を突き出し、ツインテールを揺らしながらフェラチオ奉仕にのめり込んでいく。次第に呼吸が乱れ、肌という肌から汗を滲ませる。乳首は赤く充血して尖り、クリトリスもぷっくりといやらしく膨らんで無毛のワレメから頭をもたげていく。

「ああ……いいよ、聖奈たん。それじゃあそろそろ、種付けといこうか」

淫蟲をズルリと引っ張り出してガラス瓶に放り込んだ。天使のエキスを吸った蟲は元気そうにピチピチ蠢いている。

「はい……種付け、お願いします……」

グラビアアイドルのようなマイクロビキニのしなやかな裸身を晒しながら、州器に背中

を向ける。ガニ股で肉棒に跨がり、腰を屈めて挿入の体勢に入る。

「ンあぁ……はあぁっ……入ってくるぅ……あぁぁ……イイ……オチンポ、好きぃ」

ヌプッ……ジュプッ……ズプズプズプゥッ！

十分すぎるほど濡れた蜜花は、いとも簡単に州器の巨根をくわえ込んでいく。やがて聖奈のお尻が男の腹にペタンッと密着すると……。

「んあぁぁっ！　お、奥に……あ、当たってますわ……はあぁ……あぁぅん」

媚毒で過敏になった粘膜に極太ペニスのイボイボが食い込んできて、この世のモノとは思えない牝悦を聖奈に与えた。

「はあっ……あっ……あぁぁっ……イボが、イイ……はあ……あんっ……あぁん♥」

金髪を揺すりながら、腰をリズミカルに上下させる聖奈。腰が浮き上がれば桜色の陰唇が引きずり出され、降りてくれれば周囲の粘膜が巻き込まれる。

「はあっ……ああ……イイの……センセイ……あぁぁ……聖奈……感じちゃう♥♥」

淫らな往復運動を繰り返すうち、頬が紅潮し、夥しい愛液が溢れ始める。ジュプッ、ジュプッと淫靡な水音が響いて、剛直をベットリとコーティングしていく。聖奈の肉体と精神が牝へと順調に変質している証拠だと言えようか。

「いいねえ。じゃあこれで自撮りしてみようか」

州器が上体を起こして、後背座位へと移行する。背後から抱き寄せつつ、スマホを聖奈に渡した。

「腕を伸ばして、レンズを自分に向けて、画面に収まるようにして……そうそう……その白い丸を押すんだ」

パシャッ！　パシャッ！　パシャッ！

「あ、あああ……あぁん♥」

カメラのフラッシュに聖奈は過敏に反応して、ビクビクと背筋を戦慄かせた。人目に肌を晒す露出の快楽が、ますます大きくなっているのだろう。

「次はベロチューしているところを、撮ろうねぇ。妊娠の記念写真だ」

首をねじ曲げさせて舌を伸ばし、聖奈の可憐な唇を貪っていく。ニュルニュルと二つの舌肉が唾液を交換しながら螺旋に絡みあう。まるで軟体動物の交尾のような妖艶さ。

「んっ……むふっ……わたくしは……ちゅっ、ちゅぱ……これから、センセイに……孕まされますのぉ……ねろれろぉ……あふん……うふぅん♥」

醜く禿げた中年教師とディープキスしながら、青い瞳に潤んだ光彩を浮かべ、陶酔の表情でカメラを流し見る。

パシャッ！　パシャッ！　パシャッ！

「いいよ、エロイよ、聖奈たん」

「ふぅああ……ハメ撮りエロイのぉ……ああ……ハメ撮り、感じちゃう♥　あうっ♥」

自虐のシャッターが切られるたび、聖奈は目に見えて興奮の度合いを増していくのだった。剛棒をくわえた牝腰がクネクネと嬉しそうに左右に揺れ、そのたび美しい稜線を描く乳房もタプタプと弾む。

「あ、ああん……も、もう……イキそう……あはん……センセイ……孕ませてください♥

あぁぁん……早く、妊娠させてぇ♥」

「ようやく、少し変わってきたかな」

聖奈の口調は相変わらず平坦ではあるが、それでも時折情感のこもった反応を見せるようになってきた。潜在意識に植え付けた露出狂や妊娠願望が少しずつ芽吹き、表出してきているのだろう。表情も少しだが色っぽく、柔らかさを増しているように見えた。

「ちょっと催眠を緩めてみよう」

催眠を浅くしたり、深くしたりを繰り返すことで、より深い催眠状態に入りやすくなり、また正常状態との境界がなくなっていく。ついには魂までも淫らに染め上げて、艸器好みの変態淫乱天使へと作り変えてしまうのが最終目的だ。

「聖奈たん、おはよう」

パチンと指を鳴らした。


「うぅ……あっ……えっ……な、なに……？」

光が戻った青い瞳が、驚きに思い切り開かれる。

「ひぃっ！　ま、またあなたと……ンあああっ！　ここはどこ？　ハアハア……わ、わたくしに、何をさせていますの⁉」

慌てて州器の上から降りようとするのだが、長大な肉槍に深々と貫かれていては、逃れることはできない。しかも身体が異様な興奮状態にあり、あちこちがヒクついている。

「ひっ、な……なに……ひあああぁッ！　ウ、ウソ……イクッ、オマンコイクゥッ！」

ビクンビクンと背筋を震わせる聖奈、絶頂寸前だった身体が羞恥心によって一瞬で焼き尽くされてしまったのだ。

「フフフ……ここはラブホテルだからね、恋人同士がやることはラブラブ種付けセックスに決まってるよね。イカせてぇ、妊娠させてぇって、可愛かったよぉ」

「ハアハア……こんな……ふ、ふざけないで！　そんなこと言ってない……あああっ……また、身体が……勝手にぃ！　ああぁぁんっ！」

ヌプッ！　ジュプッ！　グチュッ！　ヌプヌプゥッ！

ガニ股の両脚が屈伸して、州器の膝の上で破廉恥な腰振りダンスを披露してしまう。たわわな白い乳果がタプタプと上下に揺れて、今にも紐ブラから飛び出してしまいそう。

「妊娠記念にニッコリ笑って……はいピースサイン」

「あ、ああ……こんなの卑怯よ……いや……こんなところ……と、撮らないでぇ……ああぁっ……また、イク……あぁぁ、イっちゃう～～～～っ！」

絶頂しながら無理矢理泣き笑いのような笑顔を作らされ、ピースまでさせられる。その情けない表情と、本気汁を垂れ流す蜜部を狙って、スマホのカメラがカシャッカシャッと連続シャッターを切った。

（あああ……恥ずかしい……妊娠なんていやなのに……どうして……わたくし、どうなってしまったの……？）

なぜか身体は勝手に燃え上がり、羞恥と悦楽とが入り混じり、理性と淫欲が相克する。

恥ずかしがるたび秘肉がピクピク震えて剛棒を食い締め、変態教師を悦ばせてしまう。

「いい写真が撮れたねえ。このハメ撮り写真をアイツに送ってやろうかな」

「ひぃっ……ハメ撮りなんて……いやっいやよ！　あぁんっ……それだけは……やめてっ……ハアハア……彼には……優斗にだけは見せないでっ！　もう撮るなぁっ！」

いかにもラブホテルらしいハートをちりばめた円形ベッド、その上で獣のように抱き合い、舌を絡ませ合い、頭の悪いピースサインまでする二人の姿は、イチャイチャするバカップルにしか見えない。こんな写真を送られたら優斗との関係は完全に終わってしまうし、メシアを守ることもできなくなってしまう。

「じゃあ送信しない代わりに、アイツに電話してもらおう。これからはボクだけの守護天使になるってね」

一旦結合を解いて聖奈を仰向けにし、両脚を肩に担いで身体を折り畳みながら深く結合し直す。クレヴァスがほぼ天井を向く過酷な屈曲位だ。

「あぁっ……そんな……くるし……深い……うあぁぁんっ！」

男の体重が載った剛直が子宮口に食い込んでくる。戸惑ううちに、スマホを顔にあてがわれてしまった。既に優斗の番号にコールしている。果たしてすぐに彼が電話に出た。

『もしもし……？』

知らない番号からの電話に警戒する優斗の声。

「あああ……あ、あの……優斗……ぅあぁぁ……せ、聖奈ですわ」

彼の声を聞いた途端、心臓が爆発寸前に高鳴り、羞恥と背徳感で胸がキリキリと締め付けられた。元々絶頂寸前なので、気を抜けば声が裏返ってしまいそう。

『聖奈⁉　今どこにいるの？』

「あ……あの……それは……」

答えに詰まる聖奈にお構いなしに、ズンズンと若い子宮に垂直種付けプレスを叩き込む州器。苛烈な羞恥と屈辱が、守護天使の肉壺をさらなる極上名器へと育てていく。

「ンあぁ……下校途中に……き、気分が……悪くなってしまって……あむっ……ちょっと……す、州器センセイと……休憩してますの……あひゃんっ！」

何かにアヌスを触れられて、変な声が出てしまう。慌てて見ると州器が舌触手を伸ばして小さな蕾肛をペロペロと舐め回しているではないか。

（だめ、そこはダメですわぁ）

排泄器官を責められるのは、女性器を犯されるよりも恥ずかしく惨めだった。さらにそこに快感を感じ始めている自分自身が何よりも恐ろしい。ゾッと寒気が脊椎を凍り付かせた。

『州器と……アイツと……？　大丈夫？　何か変なことされてない？』

「ええ……だいじょう……ぶ……あきゃぁんっ！」

ズブリと舌触手に肛径を貫通されて、堪えきれない恥声が漏れてしまった。

『聖奈!?』

「だいじょうぶ……な、なんでも……あ、ありませんの……あぁあぁっ……んぐぅっ」

唇を手で覆い、必死に声を抑えつける。ビクッビクッと突き出したお尻が戦慄き、強張る爪先がシーツを引っ掻いた。

（やめて、今はやめてぇ……ああ……変になるぅ）

ジュブッ！　ジュルルッ！　ジュプッ！　ズブズブズブゥッ！

最奥にあるポルチオ性感帯をズンズン抉られながら、巨大ナメクジのような舌先で直腸内を舐め回される。異常すぎる感覚が混ざり合って、尻タブから背中に向かって産毛が逆立ち、鳥肌がさざ波のように広がっていく。動転のあまり、爪先が丸まったり反り返ったりを繰り返した。

「フヒヒ。これから聖奈たんが妊娠させられるとも知らずに……馬鹿な男だねぇ」

何も知らない初な少年を嘲りながら、学園屈指の美少女天使の新鮮な果肉を貪り尽くす。普段学園中の生徒から見下されている州器にとっては、世界すべてに復讐しているような昂揚した気分だった。

そのうえ擬似的に千年間熟成された天使の蜜肉の味わいは、地上の女では絶対に到達できない深みに達しており、まさに唯一無二の極上名器だと言えた。おそらくこれほどの美少女を抱ける男はこの地上で自分一人に違いない。

「味わわせてもらうよ、キミの絶望と羞恥と屈辱と悦楽の結晶をねぇ……ヒヒヒ」

精神的にも肉体的にも満たされて、州器の肉棒はさらに猛々しく勃起して子宮口を掘削し、舌も直腸内粘膜を一枚一枚、丁寧にくまなく吸引しては、滲み出る美少女天使の神聖エキスを搾り取る。

「お昼に食べたデモンフードが聖気をいっぱい吸って、溜まってるね、コレを引き出せば聖気が激減して妊娠するってわけさ」

「ンぉぉ……ああ……お尻の中でぇ……そんなことしちゃ……お、おぉ……うぅ……ら……め……ぇっ」

「食事と排泄の管理は飼育者の義務だからね。フヒヒッ」

お腹の中で聖なる神気を粘土細工のように混ぜこね、団子状に丸めてから、十字状に開いた舌先でつかんでからゆっくり引きずり出す。ググッと肛門が内側から盛り上がり、噴火口のように赤く花開いていく。ミリッミリッと薄く引き伸ばされる粘膜が、静脈が透けて見えるほど拡張されていく。

(ンあああ……おおぉっ……おしり……さ、裂けちゃうぅ……っ！)

お尻を割り裂かれるような衝撃で、鼻先に火花がバチバチ散った。

ギュポォォンッ！

「～～～～～～～～～～～～～～ッ‼」

頭がギクンと跳ね上がり、コルク栓を抜くような音がして虹色に輝く光球が引きずり出されてきた。

「おぉぉ……は、あ……あひぃ……」

ポッカリ開いて緋色の粘膜を晒す肛門をひくつかせ、聖奈はブルブルと胴震いを繰り返す。凄まじい脱力感を伴う快感で、身体に力が入らない。

「うひひ、出た出た、これが聖奈たんの聖霊魂かぁ。きれいだねぇ」

鶏卵ほどの大きさのエネルギー体、その表面は美しい玉虫色に変化する。珠玉の宝石のような美しさは聖奈の魂の資質に由来するのだろうか。

「日本風に言えば『尻子玉』ってところだねぇ。へへへ、ではいただきまぁす」

不気味な笑みを浮かべて州器が尻子玉を頬張り、ムシャムシャと喰らい尽くす。すると精力を増した剛棒がさらに勃起して体積を増し、膣道をはち切れんばかりに埋め尽くし、子宮口をグリグリとこじ開けてきたではないか。

（うぁあ……わたくしの力が……食べられて……それに……なんてパワーなの……）

聖霊魂を抜かれ酷い脱力感に襲われゼエゼエと喘ぐ聖奈。全身に力が入らなくなり、快楽と恥辱に蕩けた子宮が、屈服したように牡棒を迎え入れ始めた。

「開いてきたね、聖奈たんの子宮。フヒヒ、このパワーアップしたチンポで妊娠だぁ」

「うあぁ……う、うそぉ……っ……あ、ああ……らめぇ……」

天使にとって最も大切な神秘の扉が、凶悪な触手男根によって強引に押し開けられていく。グイグイと腰を回し、ドリルのように尖らせた亀頭が、ジワジワと子宮口にねじ込まれてきた。

「へへへ、あと少し……おりゃぁっ！」

ズンッと州器の体重と執念を乗せたピストンが、ついに最後の守りを貫通する！

「はひぃっ⁉　ンあああぁぁぁぁ～～～～～っ！」

巨大化した陰茎が完全に根元まで埋まりきり、聖奈と州器の身体が密着する。とうとう邪悪な牡棒に胎内まで侵入されてしまったのだ。

『ど、どうかしたの？　変だよ、聖奈』

「ハアハア……な……なんでもぉぉ……ふぅ～～～～んんっ！　あ、ありませんわ……ンおぉ……あぁぁ……ふぅ～～～～っ！」

（し、子宮にまで……ああ……こんなの……絶対妊娠させられちゃう……っ）

あまりの苦しさに息もできない。子宮が突き上げられて胃が口から飛び出しそうな圧迫感だった。だがその苦しさ以上に妊娠の恐怖に怯えさせられた。子宮内に直接あの濃厚なザーメンを注がれれば、確実に妊娠してしまうだろう。

「フフフ、もうすぐ種付け射精してあげるからね、聖奈たん」

ジュブッ……ズブブッ……ジュプジュプッ……グチュンッ！

聖奈の苦悩などお構いなしに、剛棒を子宮深く突き入れ、シチュー鍋を混ぜるように攪拌《かくはん》する。たちまち溢れ出る愛液が、お尻の方にまで垂れていった。

（う、うああ……だ、だめ……そこに出されたら……ああ……絶対、妊娠しちゃうっ！

それだけは絶対に嫌ぁっ！）

強気で高貴なお嬢様天使の聖奈でも、妊娠の恐怖には耐えられなかった。目尻に涙を浮かべ、首を必死に左右に振り、ツインテールを振り乱す。しかし身体の方は相変わらず指一本動かせず、思うままに蹂躙されていく。

「フヒヒ、いい顔だねぇ。じゃあもう一ついただこうかなぁ、聖奈たんの尻子玉」

ズブリとアヌスに潜り込んだ舌触手が、聖霊魂をつかんでズルリズルリと抜け出てくる。

「はひぃ～～～～～っ♥」

脳内に火花が散り、拡張される肛門から身体のすべてが裏返りそうになる。そして……。

ギュポォォオンッ！

「おおおっ……ふぐぅむぅ～～～～～～～っ♥♥」

聖霊魂を抜き取られて白目を剥いて仰け反る聖奈。だが州器の責めはまだ終わらない。

聖奈という守護天使を形作る霊魂から、オーラの塊が一つまた一つと、ちぎり取られては肛門から引き抜かれていく。それを州器がムシャムシャと咀嚼する音が聞こえてきて、聖奈を悩乱させた。

（も、もう……わたくしの聖霊魂……盗らないで……あああ……たべないで……）

逃れようにも巨根に子宮を貫かれていてはそれもできない。悶絶するセクシーランジェリーの裸身は湯上がりのように汗にまみれ、ヌラヌラとオイルを塗ったように輝いていく。

子宮も卵巣もキュンキュンと疼き出し、何かを猛烈に欲しがり始める。

「ムシャムシャ……ほら、電話続けて。ちゃんと言うんだ」

「んぐぐっ……あ、あぁッ……優斗……わたくし、これからは……ンあああ……センセイだけの……守護天使になりますの……だから……ああ……もうあなたとは……お、お別れ……しますわ……うぅぅぅむっ」

聖霊魂を引き抜かれる瞬間、流星が尾を引いて闇淵へと光速で落下する。その加速度が生み出す快感があまりに大きすぎて、意識が振り切られ、スウッと気が遠くなる。

「孕み頃だねぇ。うりゃっ！」

ズプッ！　ズプッ！　ジュプッ！　ドスッ！　ズプゥウッ！

だがそれも子宮を串刺しにする極太杭打ちピストンによって覚醒させられる。失神と覚醒を何度も繰り返される拷問のような責めだが、聖奈の肉体は確実に反応し、膣孔からも肛門からも愛液がジクジクと染み出して、州器の触手を濡らしてしまう。子宮口もカリ首をしっかりくわえ込んで、さらに深く引き込もうとさえする。

「はあ、はあ……あひ……あぁん……セ、センセ……あぁぁ……らめぇ♥」

『せ、聖奈！　しっかりして。どうしたの!?　わ、別れるなんて……うそだよね？』

崩落していく意識の中に、優斗の声が細切れに届く。しかしそれは優斗がすぐそばにいるような錯覚となって聖奈に襲いかかった。

「あああ……ゆ、優斗……みないで……これ以上、わたくしを……みないでぇ」

脳の許容限界を超え、快楽信号がスパークする。恥辱に震える膣肉が緊縮し、ギリギリと州器の巨根を締め付ける。シーツを握った指がキリキリと引き裂かんばかりに強張っていく。

「はあぁ……子宮が……よろこんでる……あぁぁ……くるぅ……きちゃう……あぁぉっ」

汗濡れたお尻を踊るようにくねらせ、乳房を前後左右にタプタプ揺さぶる聖奈。もう何がなんだかわからない。ただこの地獄のような快楽責めから逃れられるなら、自分がどうなっても構わなかった。

「フヒヒ！　いくよぉ、聖奈たん！　種付けだぁ！」

ドビュルッ！　ドピュドピュッ！　ドプドプドプゥゥッ！

ピッタリ子宮口と密着した鈴口から物凄い勢いで白濁精液が撃ち出される。弾丸のように天使の子宮を撃ち抜いて、胎内にドドッと雪崩れ込んでいく。あまりの量に子宮が水風船のように膨らむほどだ。

「んほぉおっ！　聖奈たんの子宮の中、気持ちイイよぉぉ！」

びゅ〜〜〜っ♥　びゅ〜〜〜っ♥　びゅ〜〜〜っ♥　びゅるるる〜〜〜っ♥

「はひぃぃぃ〜〜〜〜〜〜〜っ！」

子宮内に後から後から送り込まれる子種汁の灼熱感におとがいを裏返して悶絶する。聖奈の聖気を吸ってパワーアップした邪精子が、物凄い勢いで子宮内を遡り卵子目がけて駆け上った。

「まだまだ出るよぉぉ！　うほおおおぅぅっ！」

びゅ～～～っ♥　びゅるるるっ♥　びゅ～～～～っ♥　びゅるるる～～～っ♥

「ンああ……もうだめ、だめぇ……優斗……ゆるして……赤ちゃんできちゃうっ……イクッ……いやなのに、妊娠して……イっちゃうぅ～～～～～～～～～ッ！」

男を乗せたまま腰が浮き上がり、爪先がピーンと反り返る。こみ上げるアクメの爆発に堪えきれず、涙と鼻水で美貌をクシャクシャにしながら絶叫してしまう。

「はあ、はあ……最後の仕上げだよぉぉ。それぇっ！」

亀頭を子宮から後退させ、グッと下腹に力を込め、最後の一搾りを尿道から送り出す。

びちゃあっと一際粘り気の強いザーメンが子宮口にへばりつき、糊状に固まって、精液が出てこないように蓋をしてしまった。

「ひぃぃっ！」

その直後聖奈は口から泡まで吹いて白目失神し、円形ベッドに身体をダラリと投げ出した。四肢をピクピク痙攣させ、瞳も半開きのまま、焦点を失った視線を虚空に投げている。

『聖奈？　聖奈！　せ……』

呼びかけを無視して、州器は通話を切った。

第四話　壊れる心。崩壊への序曲

「聖奈……」

明かりもつけず、暗い一人の部屋で優斗は悶々としていた。

聖奈が出て行ってから一週間、虚しい日々が続いていた。食事も喉を通らず、夜もあまり眠れていない。顔を合わせるのが恐ろしくて学校にも行っていない。騒がしく危険でありながらも楽しかった日々が、まるで夢か幻のように感じられた。

そんな優斗をさらに苦しめるのが、隣の州器の部屋から露骨に聞こえてくる聖奈の甘い喘ぎ声。時刻は現在夜の十二時だが、これが一晩中続くのである。

『ンあっ……ああっ……あっ……はあぁ♥　センセ……あんっ……そんなにされたら……んっ……声が出ちゃう……あん♥　ゆ、優斗に……聞こえちゃう……あぁ……あん♥』

『はあはあ……聞かせてやればいいじゃん……フヒヒ……ボクたちはラブラブなんだからねぇ……はあはあっ……ほらぁ、もっと大きな声を出して』

『あぁん、意地悪ぅ♥　あぁンっ……そこぉっ……イ……ィイィ♥　はあはあっ……あ、あ……気持ちイイの♥』

『あっ♥　はぁ♥　もうっ……センセイ……セックス、上手過ぎぃ……あぁぁンっ……好き、好きなの……あぁぁ……センセイのオチンポ、大好き……はああ……もう、センセイのオチンポなしでは、生きていけませんわっ……あぁン……オマンコ感じちゃうっ♥』

「聖奈……もうやめて……僕を苦しめないでよ……っ！」

布団を頭から被ってみても、声は完全には消えない。闇の世界に卑猥な聖奈の姿が何度も浮かび上がっては消えていく。

「う……うう……聖奈……どうして、あんなヤツに……くうっ……帰ってくるよね……もう一度、ココに……戻ってくるよね……ううっ」

悔しさと惨めさで涙がボロボロとこぼれた。何度も忘れようとしたが、どうやっても忘れられない。切ない気持ちはますます募り、もう気が狂いそうだった。

「フフフ……惨めなモノじゃな、男としてもメシアとしても州器に敗北した気分はどうじゃ、小僧」

「ッ!?　キミは……」

布団から頭を出すと、そこには制服姿の銀髪少女が立っていた。かつて聖奈の危機を知らせてくれた少女であるが、名前も学年も不明という謎に包まれた存在だった。

「思い出せ、我が名はベリアルじゃ」

「ベリ……アル……あぁっ！」

封印されていた記憶が蘇る。聖奈と激闘を繰り広げた強大な悪魔王だ。

「久しぶりじゃな、小僧」

ビュンッと悪魔少女の周囲から黒い鎖が伸びてきて、優斗の身体に絡みつく。

「う、ううっ、放せ！」

ベッドの上で後ろ手に拘束され足掻く優斗。だが頑丈な鎖はビクともしない。

「くう……悪魔め……僕を殺しに来たのか？」

「今のそなたには殺す価値もない。ところで、そなたに守護天使を取り戻すチャンスを与えてやろうと思ってな。フフフ、どうじゃ妾とゲームをしてみないか？」

「……ゲーム？」

「今から妾が直々にそなたを可愛がってやる。それでも射精しなければそなたも天使も解放してやろう」

「聖奈を解放……!?」

「ただし射精してしまった場合はそなたの負けじゃ、これを着けてもらう」

ベリアルが差し出したのは湾曲した金属の筒とリングとが組み合わされた、奇妙なモノだった。

「これは『悪魔の貞操帯』じゃ。これを着けると妾の許可なしに射精することは不可能になる。射精管理というヤツじゃな」

「し、射精……管理って……」

「妾のペットとして無様で惨めな寝取られマゾの変態に調教されるのじゃ」

「そんな……悪魔の言うことなんか信じられるもんかっ！」

誘惑を振り切って首を横に振る。悪魔は天使の天敵である。そんな悪魔が都合よく手を貸してくれるわけがない。

「そうか。しかし断る権利などないわ」

優斗の目の前に光のスクリーンが広がり、聖奈の姿が映し出された。

「聖奈⁉」

「そなたの大切な天使に何が起こっているのか。見るがよい」

ベリアルが整えられた指先をパチンと鳴らす……。


聖奈が立っているのは駅のホームだった。かなりの混雑だが、金髪碧眼の美少女の姿はいやでも目立つ。さらに身に着けている衣装が異常だった。

「ああ、こんなの……恥ずかしいですわ……でも……州器センセイの好みだからガマンしなくちゃ。ああン……早く来ないかしら♥」

ホルターネックのトップは、生地面積が小さくノーブラの爆乳Gカップの下半分は完全に露出している。しかも生地は極薄の白いシースルー素材なので、ピンク色の乳輪もツンと尖った乳首も透けて見えている。まるで二つ並んだメロンをラッピングしているような状態で、隠すつもりはまったくない。赤い花のような痣もクッキリと浮かんでおり、（優斗は知らないが）聖奈の洗脳状態が安定していることを示していた。

下半身はデニムのマイクロホットパンツが鋭角に食い込んで、太腿の付け根はもちろん恥丘の両脇までも白々と晒していた。

ヒップもハート形にくり貫かれ、プリプリとしたお尻の谷間が半分以上もはみ出している。しかもサイド部分は網目状で彼女がノーパンであることを周知させている。

カモシカのような美麗な脚線の足元を飾るのは真っ赤なハイヒール。仕上げに黒革のゴツイ首輪がアブノーマルなアクセントになっていた。

客を漁る娼婦か頭がおかしい痴女だと思われても仕方のない格好だったが、聖奈は気にしていないどころか、むしろ見られることを密かに楽しんでいるように見える。

誇らしげに胸を張って双乳をプルンッと揺さぶり、雑踏の中を歩く時にもモンローウォークで、必要以上にお尻をくねらせていた。

「せ、聖奈……どうして……」

唖然とする優斗。学内でもかなり派手な服装だったが、さらに過激度が増しており、まるで売春婦のようだった。

「強要されているわけではないぞ。あれは聖奈が州器に気に入られるために自分から進んで身に着けているのだ。よほどあの男に惚れておるのじゃろう」

「そ、そんな馬鹿な……聖奈がそんなことするわけないよっ」

少し生意気だけど清楚でプライドが高い天使のお嬢様。優斗だけでなく学園の生徒たちからの憧れの的だった。それが今、乳房もお尻も丸見えの淫乱な色情狂のような格好で白昼の街中に立っている。信じられない変わりようだった。

「女は好きな男のためには変わるモノじゃ、ククク。あの姿を見てもまだ気付かぬか？　そなたの眼なら、わかるはずじゃが……」

「え……？」

改めて画面の中の聖奈を凝視する。服装もそうだが、それ以上に違和感を覚える所に気がつく。剥き出しのお腹が僅かに膨らみ、禍々しい邪気が潜んでいるように見えるではないか。

「あ……あのお腹は……」

不吉な予感にゾッと悪寒が走り、全身の毛穴から気持ちの悪い汗が滲み出す。喉がカラカラになって、言葉を発することも困難だった。

「よい眼じゃ。その通り、あの天使は州器の子を身籠もったのじゃ」

「な……なんだって!?　で……でも、あの黒いオーラは……」

まがりなりにもメシアの子とは思えない、腐肉を思わせる胎児の存在感。そしてある恐ろしい考えが頭に浮かんだ。

「まさか……州器は……あ、悪魔……」

「またしても正解じゃ。ククク、あやつはメシアでも何でもない。悪魔に取り憑かれた、ただの変態中年オヤジじゃ」

「そ、そんな……」

衝撃的すぎる事実を突きつけられて、優斗は激しい目眩と嘔吐を感じた。聖奈を奪った男の正体が、よりにもよって悪魔だったなんて。

「人間で言えば妊娠五ヶ月と言ったところ。胎児の身長は十八センチ、体重は二百グラムくらい、注意深く見れば周りも気付くくらいの膨らみ方じゃ。もっとも本人はまだ気付いていないようだがな。ククク」

「ウ、ウソだ……ウソだ……ウソだ……ウソだ……ウソだ……聖奈が……アイツの……悪魔の赤ちゃんを……に、妊娠なんて、するわけがないよっ！」

世界がグルグルと回り、自身の身体が砂のように崩れていくような錯覚に襲われる。だがお腹以外にも、一回り大きくなった巨乳、お尻や太腿のムッチリした感じなども妊娠の影響だと考えれば、つじつまが合う。

「事実は事実じゃ。もう堕ろすことはできぬ。聖奈は悪魔の子を産むしかないのじゃよ」

ベリアルの爪によって、ビリビリと服が引き裂かれ、優斗は一瞬にして全裸にされてしまった。

「わぁっ！　な、何をするんだっ⁉」

さらに両脚も鎖で開脚させられ、股間を露出させられてしまう。

「ふむ、サイズは小振りで、皮を被っているのは仮性包茎か？」

「う、ううう……うるさい」

確かに優斗の男性器は年齢の割に子供っぽく、陰毛も薄かった。悪魔相手とは言え当然恥ずかしく、優斗は茹でだこのように真っ赤になった。

「これでは女を孕ませるなど到底無理。州器に聖奈を寝取られるのも仕方がないのぉ」

背後から抱きつき耳元で意地悪く囁く。しなやかな指先が首筋や胸元を撫で、腰から回したガーターストッキングの足裏が、陰茎をギュッと左右から挟み込んだ。少女の小さく柔らかな土踏まずは、凶暴で甘美な拷問具である。

「うあああっ！　や、やめてよ！　僕から離れてくれよ！」

「よいから、黙って観ておれ」

グリグリと万力のような圧迫を繰り返しながら、映像鑑賞を強要する小悪魔少女。


「聖奈たん、待ったかい？」

薄汚い中年教師が聖奈に声を掛けた。どう考えても不釣り合いなパートナーの出現に、またしても注目が集まる。

「もう、センセイ、初めてのデートなのに遅いですわよ」

「ごめんごめん、お詫びのキスだよ」

州器が人目もはばからず抱き寄せて、唇を重ねてくる。

「あ、ああン……いきなり……キスなんて……センセイのエッチ……あぁん♥」

ヤニ臭い中年男の唾液を注ぎ込まれ、ゾクゾクとうなじが震える。今の聖奈にとって唇も性器と変わらない性感帯なのだ。最初は戸惑った聖奈だが、すぐにネットリと舌を絡ませ始める。

「うわ、昼間からすごいな」

金髪ツインテール美少女と禿げた汚い中年男という異常なカップルに、驚いて足を止める人が続出した。

「ま、まあ、わたくしも今きたばかりだから、いいですけど……ちゅっ、ちゅっ♥」

強がってみせるものの、本当は州器に早く会いたくて約束より一時間も早く駅に来ていたのだ。そのせいで視姦の集中砲火を受け、露出の快感に肉体は蕩け始めていた。乳首は硬くしこり、ホットパンツの股間にもジワリと染みができている。つまりもう女として『できあがって』いるのだ。

「ボクの好みの服を着てくれて嬉しいよ」

「べ、別にセンセイのためってワケじゃありませんわ……ちゅっくちゅン……エッチな通販で買ったりしてないんですからねっ」

唇を離しプイッと横を向いて言い訳をするものの、頬がポウッと朱色に染まる。実際は州器が買い与えた服なのだが、聖奈は自分で選んだと思い込まされている。やや瞼を伏せた顔は恋する乙女の表情そのものだ。

最近州器に褒められたり、触られたりすることが嬉しくて、そのためならどんな恥ずかしい命令でもOKしてしまう。顔を見ているだけでも、ジワリと秘肉が濡れてしまうのだ。

実は妊娠の影響も大きいのだが、聖奈自身は妊娠に気がついていない。それを『認識』できないように意識を操作されているのだ。

「フヒヒ、じゃあ電車に乗ろうか。初めてのデートは痴漢ゴッコだからね」

ちょうど到着した環状線に、聖奈は手を引かれて乗り込んだ。

車内はかなりの混み具合で、すぐ後ろには州器が寄り添うように身体を密着させてきた。そしてお尻をサワサワといやらしく撫で回してくる。

「センセイ……ああ、こんな所で……」

「これが痴漢ゴッコだよ。ほら、吊革をつかむんだよ」

変態教師が背後から乳房を揉みこねながら命令してくる。

「ハアハア……アン……これ……ですわね……」

目線より少し高いくらいの位置に円形の取っ手がある。しかしそれをつかむと言うことは、腋の下を晒すことになる。少し躊躇した後、聖奈は思い切って右手をあげ、吊革をつかんだ。

「おお、ちゃんと腋毛を伸ばしているんだね、嬉しいよ。ヒヒヒ」

教え娘の持ち上げられた腋の下をのぞき見て、ニンマリと嗤う変態教師。

「～～～～～～～～～ッ!!」

視線を感じて、カアッと耳まで赤くなる。しっとり汗ばんだ白く柔らかな腋の下に、金色の腋毛が萌え出た春の若草のように五ミリほど伸びていた。周囲もそれに気付き、ザワッと車内の空気が揺れた。

「さすが聖奈たん、えらいねえ」

あの反抗的だった美少女天使が、自分の言いつけを守って腋毛を伸ばすという変態行為を受け入れている。それだけでも歪んだ支配欲が満たされて股間は勃起状態だ。

「ああ……だ、だって……センセイはこういう、女の人が好きなんでしょ……？」

頬をさらに赤らめる聖奈。それが異常で恥ずかしい変態行為だという自覚はまだあるのだが、州器への愛情のためと思えばガマンできた。

「そうだよ、ボクは淫乱でスケベな女の子が大好きなんだ。それじゃあ、匂いを嗅がせてもらうよ」

「え……こ、ここで？　あきゃうっ！」

「クンクン……クンクン……はああ、エッチで下品な匂いがするよぉ」

有無を言わせず、州器は鼻の下を伸ばし、腋の下の匂いを嗅ぎ始める。甘酸っぱい少女の汗の匂い、少ししょっぱい味、口元をくすぐるさらさらとしたシルクのような繊毛の感触が州器を興奮させる。その間も両手はシースルーの双乳を円を描くようにして、こね回していた。妊娠で量感を増したGカップの揺れは大迫力で、イヤでも人目を引いた。

「ああン、センセイったら……そんなに好きなの？　聖奈の……腋の下……あぁぁ」

「ああ、大好きだよ……クンクン、とってもエロくて、いやらしいビッチな匂いだよ」

元々天使である聖奈に体臭はなかったのだが、州器と寝食を共にするうちに中年男の体臭が移ってしまったのだ。

「あうンっ……そんなことありませんわ……あああ……く、くすぐったい……あぁんっ♥」

トクン……トクン……トクン……トクン……ッ。

思わず甘い声が漏れ、周囲から好奇と驚きの視線が集中した。動悸が速くなり、じっとりと汗が噴き出して、それがさらに腋の下を濡らしてしまう。そんな美少女に衆目が集まらないはずがない。

「いやね、あのコったら、何やってるのかしら」

「痴漢か？　いやでもあの格好は……相当サカってるな」

「男を誘ってるのよ、露出狂の変態なのよ」

ドキンッ！　ドキンッ！　ドキンッ！　ドキンッ！

（こんなところで……ああ……見られてますのに……ああン♥）

公衆の面前で半裸を見世物にされる恥ずかしさと惨めさを意識するほど、聖奈は異様な興奮を感じてしまう。剥き出しの腋の下、短く茂った金色腋毛に無数の視線がチクチクと突き刺さるのを感じる。

（ああ……大勢の前で触られて……感じてしまうなんて……わたくし……どんどんいやらしい女の子になっていくわ……）

男たちの欲情した眼差し、女たちの蔑むような冷たい視線。そのどちらもが極上のブレンドとなって、聖奈のマゾヒズムと露出癖を同時にくすぐってくる。もっと恥ずかしい目に遭いたいという変態願望までもが頭をもたげて、聖奈を困惑させた。

「やっぱり聖奈たんは注目の的だね。ほら飢えたオオカミたちが近づいてきたよ」

州器の言うとおり、いやらしい顔つきの男たちがいつの間にか聖奈に近づいていた。

「そ、そんな……センセイ以外の人は……いやよ」

変態性欲に目覚めつつある聖奈だったが、あくまでもメシアへの愛情あってこそなのだ。見ず知らずの男たちにまで、許す気はない。

「今日のデートは痴漢ゴッコだって言ったでしょ。それにこういう展開も、少しは期待していたんじゃないかな？」

「そ、そんなことは……」

言い当てられてドキドキと心臓が高鳴る。やはりこの男は自分のことは何もかもお見通しなのだ。

「ボクのことが好きなら、どんなことにも堪えられるはずだよ」

クリトリスを指先で弄《いじ》りながら囁く州器。言っていることはメチャクチャだが、聖奈にとっては愛の試練のように思えてくるのだ。

「あうぅ……そんな言い方……ズルイですわ」

「それにボクたちの未来のためにもお金を稼がないとね。フヒヒ」

州器がホットパンツをギリギリまでずり下げる。するとお臍の下の白い肌に書き込まれていた『お触り一回百円』という文字が露出した。

「あっ……これは」

「値段表だよ。これでお金を稼いで欲しいんだ。ボクと聖奈たんの結婚のためにね。こういう風に……」

「メシアと……センセイと……結婚……あぁぁン……♥」

結婚と囁かれながらお腹を撫でられると、甘い感情が押し寄せてきてまともな思考ができなくなる。それは本来天使にはない『母性本能』であった。女にとって最も強い、自己保存すら超える母性には、たとえ天使であっても逆らえない。

（なんですの、この気持ち……これが……女の悦びなのかしら？）

妊娠に気付いていない聖奈にはその感情の意味がわからず、州器への愛情だと思い込んでしまう。そしてさらなる洗脳催眠の深みに嵌まっていくのだ。

「ほら、もっと腰を振って下品なビッチになって誘うんだ。いっぱい稼がないとね」

「わかりましたわ……ああ……ン」

淫らな文字が浮かんだ身体を、恥ずかしそうにくねらせる被虐の天使。その仕草に誘われて、痴漢たちの手が一斉に伸びてきた。

「お嬢さん、こんな格好して、ＡＶの撮影かい？」「それとも露出狂の痴女かな？」「こんなカワイイ金髪娘がお触り一回百円とはな」「このデカイオッパイも尻も百円か、これはたまらん」「腋の下も百円で触り放題とはお得だな」

気がつけば五人の痴漢に囲まれていた。

（あうう……こんな男たちに……）

普段の聖奈なら一瞬で撃退しているだろう、下品な性犯罪者たち。だが州器に見つめられると、抵抗してはいけないという気持ちがこみ上げて、指一本動かせなくなる。

「金はココに入れればいいようだな」

ハート形の開口部からはみ出したお尻に矢印と「ＩＮＳＥＲＴ　ＣＯＩＮ」の文字が浮かんでいる。

「あ、ああ……ン……お尻に、お金を入れて……ください……」

州器に教えられた通り、お尻を突き出して両手で左右に押し広げる。州器による脱肛寸前の拡張調教と聖霊魂引き抜きを受けた肛門は、セピア色の粘膜がふっくら膨らみ、縦に深い皺を刻んでいる。まるで女性器かと見まごうばかりの牝アナルが、恥ずかしそうにヒクヒクしている。

「ほう、見事な縦割れアナルだ。コイツは相当使い込んでるな。筋金入りの変態女らしいぜ」

嘲笑った痴漢がホットパンツのお尻に手を荒々しく突っ込んで、百円玉を肛門に押し込んできた。淫靡な縦割れアヌスが、さらに縦長に拡がって硬貨を受け入れていく。

「ンああ……あぁぁ……うぅんっ！」

「お、本当によく調教されているな。あっさり呑み込んだぞ」

柔軟なアヌスは百円硬貨と男の指をくわえ込んで、キュウキュウと締め付ける。

変態教師に開発された肛門粘膜は性器と変わらないほど敏感で、早くも妖しい蜜を湧かせてしまう。そこを野太い指に掻き混ぜられて、聖奈は甘い吐息を漏らしてしまう。

「早くしてくれ、後がつかえてるんだ」

「わかってるよ」

百円玉をさらに奥までグイッと押し込んだ後、名残惜しそうに指がチュポンと抜き取られた。

「ンあああっ！　嬉しいですわ……ハアハア」

公共の場で鋭敏な排泄器官を嬲《なぶ》られる異常な魔悦に、聖奈のマゾ性が燃え上がった。

「へへへ、サービスしてやるから、尻を出せ」

「ンああっ！　おお、大きいですわ……あぁぁむっ！」

次の男が押し込んできたのは五百円玉だ。かなりの大きさだったが括約筋は柔軟に拡張され、一番直径の大きい所を通過すると、スルリと呑み込んでしまう。

「ハアハア……ああ……ありがとうございます……はあぁン」

「すげえスケベ女だな。コイツは楽しみだ」

次々と硬貨を突っ込んだ痴漢たちが、哀れな生け贄の身体を弄り始める。

「ンあ……あぁんっ……お買い上げありがとうございます……ど、どうぞ……聖奈の身体……楽しんで下さい……せ、制限時間は、三分です……あぁん♥」

Gカップのたわわな乳房がこね回され、シースルーの下でムニュムニュと自在に形を変える。尻タブが左右に割られて、肛門まで暴き出された。腋の下に舌が蠢き、ホットパン

Next
♡お触り一回百円♡
INSERT
COIN

ツにに潜り込んだ複数の指が、ピョコンと頭をもたげたクリトリスを摘まんで、絶妙な刺激を送り込んでくる。

（ああ……天使であるわたくしが……こんなことして……感じてるなんて……）

見ず知らずの男たちに金で買われ玩具にされて、背徳、恥辱、惨めさが聖奈に襲いかかる。しかしそれがメシアとの結婚のためなのだと思えば、すべては麻薬のような蜜露へと変換され、甘ったるく脳を浸した。周囲が桃色の霧に包まれて、現実感が希薄になっていく。

（そうですわ……愛する人のために、身体を使ってお金を稼ぐことは……幸せ……ああ……女の幸福なのですわ♥）

「ノリノリだな、お嬢ちゃん。気持ちイイか？」

「はあっはあっ……イイ。あぁぁ……き、きもち……イイですわ……はぁぁん」

背徳感や理性が弱まれば、後は流されていくだけだった。殉教者めいた恍惚すら感じてしまい、聖奈は腰を左右に揺すりながら、痴漢たちの魔手に我が身を委ねていく。

「うう……せ、聖奈……ハアハア……しっかりして……そいつは……悪魔なんだよっ」

州器と痴漢の言いなりになっている守護天使の姿を、優斗は呆然と見つめていた。

「悔しいか？　じゃがコッチは勃起しているようじゃがな」

背後から抱きついたベリアルの小さく並んだ足指にシコシコ挟まれて、肉棒は徐々に膨らみ始めていた。

「あ、ああ……そんな……こ、これは……」

「愛しい恋人が痴漢の餌食になっているのを見て、チンポを勃起させるとは、なかなかの変態坊やじゃ。見込み通り寝取られマゾの素質があるようじゃ」

巧みに足の指を操って、クルリと包皮を剥き上げる。

「ち、ちがう……ああっ！」

「ククク、いかにも短小包茎の童貞らしい綺麗なチェリーピンクではないか。それに勃起してもやっぱり小さくてカワイイのぉ。ククク」

「う、うるさいっ……うああっ」

嘲笑われて優斗は屈辱にキリキリ歯噛みする。聖奈の痴態を見せつけられ、心ならずも反応してしまい、その無様な姿を笑われて、プライドはズタズタに引き裂かれる。

「この小ささでは、きっと牡失格の早漏なのじゃろう」

「ち、ちがう！　僕は……そ、そんなんじゃ……」

「ならば妾が試してやろう。ほれ、スリスリスリ……」

片足で肉棒を支えながら、もう一方の足で亀頭先端を擦り上げる。ストッキングの絶妙なさらさらとざらつきが、信じられないほどの快美を送り込んできた。ビリビリと官能の波が尿道内を伝い降り、陰嚢まで震撼させた。

「どうじゃ。自分でするより、何百倍も気持ちがよいであろう？」

「うう、あぁぁっ！　こ、こんな……あぁあっ！」

「ほれ、頑張らぬか。射精せずに堪えられたらお前も天使も解放してやるぞ」

「うあぁ……くうう……し、射精なんか……するもんかぁ……あぁっ！」

歯を食いしばって悪魔的な淫悦に抗う優斗。その眼前に再び聖奈の姿が映し出される。

その間も聖奈の身体に前後左右、あらゆる方向から無数の手が絡みつき、イソギンチャクの中のクマノミ状態だ。

（あぁあ……もっとぉ……♥）

さらなる刺激が欲しくなって、九十センチを超えるGカップ巨乳や穴あきホットパンツを張り付かせた健康的なお尻を、痴漢の身体にスリスリ擦りつけてしまう。両腕も思い切り上げて、腋の下を晒していく。だがその時痴漢たちの手が唐突に止まってしまった。

「あっという間に三分経っちまったぞ。続きはどうするお嬢ちゃん」

「はぁはぁ……もっと……触って……ああ……もっとお金を入れて……聖奈、痴漢されながら……ああ……イキたいのぉ……はぁはぁ……あぁぁん♥」

「ククク、その気になってきたな」「欲張り姉ちゃんをイかせてやろうぜ」

痴漢たちもヒートアップし、追加の百円玉をアヌスに投入後、鍛え上げた痴漢のテクニックを聖奈の身体にぶつけてくる。クリトリスの包皮が剥かれ、小円を描くようなマッサージを送り込まれた。痛いほどしこった乳首もコリコリと引っ張られ、膣孔と肛門にも複数の指が抜き差しされ、前後で擦り合わされた。

「あああン……お、お金ありがとうございます……あひぃ……うれしい……イイ……オッパイもオマンコも痴漢されて……気持ちイイの……腋の下もくすぐったくて……感じちゃう……はあぁん」

全身の性感帯を同時に責められて、聖奈は仰け反り、身を捩った。昼も夜もなく州器に調教され続けた肉体は、どんな刺激も快感として受け止めてしまうのだ。

「ほら、また金を入れてやるから、言うこと聞くんだぞ」

チュプヂュプッと百円玉が二、三枚まとめて肛門に挿入されてくる。もう十枚以上入れられただろうか。ズシリと重量感を感じさせる硬質な冷たい感覚が直腸奥深くにまで届いて、メシアのためにお金を稼いでいるという実感が聖奈を狂った幸福感に耽溺させる。

「んんっ……あひゃあん……痴漢様ぁ……もっとお金ちょうだい……あぁぁん♥　もっと、もっと……痴漢してぇ……はあ、はあぁん♥」

足に力が入らなくなり、一本の吊革に両手でつかまって上体を前傾させ、ハアハアと喘ぎ出す。両腕が伸びて腋の下はさらに剥き出しになり、両脚を肩幅に開いてお尻を後ろに突き出すという、さらに嬲りやすい格好になってしまう。

「なんてデカくて、触り心地のいいオッパイだ。まるで牝牛だぜ。ずっと揉んでいたいぜ」

タプンタプンと乳房が揺れ、シースルー生地に擦れる乳首から快美電流がビリビリ流れてくる。

「パイパンマンコをこんなに濡らして、指がふやけちまうぞ。淫売の牝豚め、ここを犯せるヤツが羨ましいぜ」

「アナルもすごく拡がるぞ、指三本楽勝じゃねえか。一度でいいから、こんなアイドルみたいにカワイイ娘にたっぷり浣腸してみたいぜ」

　ホットパンツの前後に手が侵入しクリトリスを摘まんだり、蜜壺をこね回したり、アナルを穿ったりする。

「金髪の腋毛まで生やしやがってよぉ、変態ビッチがぁ。こんな美少女をここまで露出マゾ奴隷に調教するとは、誰かは知らないがたいしたヤツだよ」

　さらけ出された腋のくぼみに溜まる腋汗を両側からペロペロ、チュパチュパと舐めしゃぶられ、ゾゾゾッと異様な感覚が背筋を這い上がる。

「はあ、はひぃぃン……くしゅぐったい……あひゃん……そんなに同時にされたらぁ……ああぁ……おかしくなっちゃう！　あぁぁ～～～んっ♥」

　痴漢たちは褒めたり罵声を浴びせたりしながら、滅多に手に入らない金髪碧眼美少女の身体を徹底的に味わい嬲り尽くす。膣孔のみならず肛門からも溢れ出す本気汁が、太腿の内側をベットリ濡らし、脹ら脛にまで垂れていた。

「なんだよあれ……ＡＶの撮影か？」

「あんな天使みたいに可愛い顔してるのにエロすぎるだろ、ヤバイぜ」

　遠巻きに見つめる野次馬の数も増えて、何十本もの視線が光の矢となって聖奈の身体を射貫いていく。

「あ、ああ……み、見られて……はあぁ……お金もらえて……すごい……たまんないっ」

露出快感と男に貢いでいるという悦びでビクンビクンッと身体のあちこちが痙攣し、吊革にぶら下がったまま背中が反っていく。ガニ股の膝がガクガクと震え出した。

「ほら、みんなが見てる前でイケよ、変態女」

シースルー乳房に指がきつく食い込み、乳首が千切れそうなほどギリギリと引っ張られる。尻肉が餅のようにこね回され、アヌスに三本目の指がぶち込まれた。蜜壺を掻き混ぜられながら、掌で陰核をグリグリ、マッサージされる。腋の下をベロベロと舐め回されるくすぐったさも快感だった。

「あっ……ああっ……痴漢されて……ドスケベマンコ感じちゃう……あぁぁん……痴漢さま、最高ですわぁ」

全身を駆け巡る快楽信号で脳が焼き切れてしまいそう。もうそこが電車内だということもわからなくなり、魂を荒れ狂う淫悦の渦へ投げ出してしまう。

「はぁ……ああンっ……見てぇ……聖奈がイクところぉ……見てぇ……アヒィッ！」

（あああっ！　イクッ！　イっちゃうぅ〜〜〜〜〜〜〜〜〜〜っ！）

ビクビクビクッ！　感電したように四肢を痙攣させ、背筋がギクンッと反り返る。美貌を恍惚に蕩けさせ、ツインテールを振り乱しながら、被虐のエクスタシーを極めてしまう。頭の中が真っ白になり、何も考えられなかった。

「はぁ、はあっ……はぁ……あああぁ……」

脱力して頽れる聖奈の身体を、州器の腕がガッシリと支えた。

「フヒヒ。ここまでだよ」

州器がパチンと指を鳴らすと、痴漢や他の乗客たちは呆けたような顔になってその場を離れていく。州器が催眠術で操っていたのである。

「はぁはぁ……ああ……センセイ……」

「痴漢ゴッコが気に入ったみたいだね、聖奈たん。さあ、今度は外回りの電車だよ」

聖奈は朦朧としたまま腰を抱かれ、外回りの電車に乗り換えていった。


「あ、ああ～～～～～っ！」

奮闘虚しくベリアルの足コキによって、優斗はあっさりと射精させられてしまった。未経験の少年が悪魔の淫技に堪えるのは無理な話だろう。

「ククク。残念だったな。この程度の責めもガマンできないとは情けない早漏男じゃ」

「ハアハア……く、くそ……」

「では約束通り、妾の奴隷になってもらう。惨めな寝取られマゾに調教してやろう」

金属製のリングが陰嚢の根元を拘束し、下向きの金属筒の中にスッポリとペニスが収まってしまう。リングと筒を連結するように頑丈そうな錠前が掛けられ、外せなくなってしまった。

「これから一ヶ月、射精禁止じゃ。堪えられるかのぉ、ククク」

ベリアルの絶望的な言葉に目の前が暗くなる優斗だった。


悪魔による射精管理が始まって一週間。

「ほれ、今日も楽しい調教の時間じゃ。まずはオシッコをさせてやろう」

便器代わりのタライの上に犬のようにしゃがまされ、屈辱の呻きを漏らす優斗。

「くう……」

女生徒に擬態したベリアルに、優斗は体育倉庫に連れ込まれていた。貞操帯の先端には一応穴が開いているものの、立ったまま排尿することは困難である。女の子のように座って排尿させられ、それを毎回ベリアルに観察されるのは屈辱的で、男のプライドが削り取られていく。

「う、うあぁ……」

貞操帯のせいで勢いよく出すことはできず、チョロチョロと少しずつ排尿させられる。

それは恥辱の時間が、長く続くことを意味する。金ダライを叩く恥ずかしい音が拷問部屋と化した倉庫内に鳴り響き、優斗を羞恥地獄に突き落とす。

「そなたのような負け犬には、座り小便が似合っておるわ。フフフ、では今日も聖奈の姿を見せてやろう」

写真部の部室に一際大きな人だかりができていた。その異様な熱気の中心にいるのは聖奈である。

「写真部主催、御光聖奈ちゃんコスプレショー、参加料は千円だよ」

「聖奈ちゃんのカワイイ姿を見られるんだから安いもんだよ」

写真部の佐藤と木俣も手伝いにかり出されていた。

「じゃあ聖奈たん、挨拶からね」

「はい、センセイ。新人コスプレイヤーの聖奈です……今日はわたくしの撮影会に集まってもらって、とても嬉しいですわ……頑張りますので、いっぱい撮ってくださいね……」

どこか虚ろな表情でペコリと頭を下げる聖奈。しかしその姿は普段の制服とも天使の衣装とも違う、少し変わったモノだった。

首から下、胴体はもちろん腕も脚も身体全体を包み込むのは、全身網タイツであった。腕に嵌めた和風なロンググローブ、膝下までの赤いブーツの組み合わせは、少女らしい色気と正義のヒロインの精悍《せいかん》さを表していた。

「おお、これは『ニンジャギャル』のコスプレだな。よくできてるなぁ」

「モデルもカワイイし、最高だな！」

美しいレイヤーの出現にカメラ小僧だけでなく一般生徒もスマホ片手に盛り上がり、次々に州器に参加料を支払っていく。聖奈の美貌もあるが、そのコスチュームにも人気の秘密があった。

網タイツの胸元は乳房に密着する立体縫製で、Ｇカップの豊満な膨らみは下乳の食い込みまで再現されている。本来下に着るであろう下着の類いは一切なく、ツンと尖った乳首はもちろん、それを取り囲む乳暈のピンク色も透けている。なだらかな腹筋から続く形のいい縦長のお臍。プリプリとはち切れんばかりの尻の丸みと深い谷間。そしてこんもり盛り上がった恥丘と縦に深く走るスリット……網目が大きいのでそれらがすべて手に取るようにわかってしまう。

肌に張り付く網目が立体的にボディラインを浮かび上がらせるため、ある意味全裸以上にセクシーな姿だと言えた。

「聖天使とは思えぬいやらしい格好じゃな。そなたも興奮するじゃろう？」

光のスクリーンを展開したベリアルが、仰向けの優斗を見下ろしている。スカートの中が見えているが、当然気にしていない。

「あ、ああ……」

貞操帯の上からペニスを踏みつけられ、優斗は喘いだ。一週間の射精管理のせいで若い精力は陰嚢に熱く溜まっている。だが勃起するとペニスが下向き金属筒の中でギチギチになって激しい痛みに襲われることになるのだ。

「どれ、妾も少し楽しませてもらおうか」

太腿からスルリとショーツを抜き取り、妖しく嗤うベリアル。挑発的な唇に小さな犬歯がキラリと光った。

　その頃聖奈は、簡易なステージ上で卑猥なダンスを踊らされていた。

「聖奈たん、もっと激しく！」

「アァン……はい……」

　命令のままに観客に向けたお尻をくねらせ、赤い痣が浮かんだGカップをユサユサと揺さぶる。青い瞳は目尻をトロンと下げ、夢遊病のような表情だが、露出の快感はしっかりと感じているようで、頬は鮮やかに紅潮している。網タイツを張り付かせた汗濡れ肌は妖艶で、淫靡な美少女フィギュアのようにオタク少年たちの視線を釘付けにした。

「これはニンジャギャルのエンディングダンス！　完璧だ！」

「すっげえ、乳揺れ。エロエロだぜ」

「乳首とか、もうモロじゃん。まさか……下には何も着てないんじゃ？」

　驚きと興奮に包まれたまま撮影会と言う名のストリップは進む。パシャパシャとシャッターが切られるたび、聖奈はウットリとした笑みを浮かべ、金髪ツインテールをリボンのようにたなびかせる。

「今だ、聖奈たん、決めポーズでフィニッシュだよ！」

「はい……」

　片足をつかんで持ち上げて、いわゆるY字バランスを完成させる。当然網タイツ越しの聖域は観衆に見せつけるように、さらけ出されてしまう。腋の下だけはタイツがくり貫かれており、一センチほどに伸びた腋毛もこれ見よがしにさらけ出された。

「これは……ニンジャギャルのお色気決めポーズだ！」

「オオオ……やっぱり何もはいてないんだ……丸見えだぞ」

「パイパンなのに腋毛は伸ばしてるなんて……すげえマニアックだな」

パシャ！　パシャ！　パシャ！　パシャ！　パシャ！

「あぁぁん……♥」

股間を狙ってフラッシュが嵐のように連射され、それを受ける聖奈はますます淫蕩に表情を蕩けさせていく。乳首もぷっくり充血し、クレヴァスにも愛蜜がジクジクと滲み出している。呼吸も乱れて、聖奈が興奮しているのは誰の目にも明らかだった。

「素晴らしいパフォーマンスだったよ。どんな気分だい、聖奈たん」

「ハアハア……あぁぁん♥　き、気持ちイイ……ですわ……ああっ！　聖奈はエッチな姿を見られると……はぁん……とても興奮しますの……ぅあぁぁん♥」

持ち上げたブーツの爪先から太腿に、興奮の痙攣がビクッビクッと走り抜ける。断続的に軽いエクスタシーに襲われているのだ。

「フヒヒ、すっかり露出の快感に目覚めたようだねぇ」

それを見つめる州器が嬉しそうにほくそ笑む。写真部の部室でのエロ水着モデル、電車内での破廉恥衣装での痴漢責めを経て、聖奈の中で変態的な露出癖は確実に昂進されていた。そして今日はさらに一段階調教を進める予定なのだ。

「次は蹲踞《そんきょ》のポーズでサービスしてあげようね」

「ああ……センセイ……それは……」

そんな格好をすれば女の子の大事な所がほぼ丸見えになってしまう。心の負荷が大きいのだろう、催眠状態とは言えさすがに躊躇を見せた。

「ちゃんとやったら、後でご褒美をあげるよ。ザーメンフードをいっぱい食べさせて、聖霊魂をいっぱい引っこ抜いてあげるからね」

妊娠中期のお腹を撫でながら耳元で囁きかける州器。追い詰めた獲物の理性が戻らないうちに、母性を利用して最後の一押しを加えるのだ。

「はぁぁあん……メシア様のご褒美……♥」

州器に対する依存心は、妊娠してから特に強まっており、それは脱出不能の枷となって聖奈の心を厳重に縛っていた。

「わかりました……センセイ……」

腰を下ろし膝を曲げ、両手を頭の後ろに組んで、爪先立ちでしゃがみ込む。衆人環視の中、折り畳んだ膝をゆっくり左右に広げていく。

「ハア……ハア……」

観衆が息を呑み静まりかえる中、聖奈の荒い呼吸だけが響く。十センチ二十センチと膝頭が離れていき、ついには大胆な開脚ポーズが完成した。

「うおぉ！　これは第十三話『潜入大作戦』でポールダンスをするシーンの再現だな！」

「すごいよ、聖奈ちゃん、最高だ！」

パシャ！　パシャ！　パシャ！　パシャ！　パシャ！

網目越しに見る果肉の生々しさに、カメラ小僧たちは涎を垂らさんばかり、食い入るような表情でシャッターを切りまくる。汗に濡れた金髪腋毛も光を反射してキラキラ光った。

「はぁぁ……あぁ……み、見られてぇ……感じちゃう……はあはあ……っ」

フラッシュを浴びる青瞳に無数の星が煌めいている。聖奈の中で植え付けられた露出願望が大きく育って蔦を伸ばし、淫欲に搦め捕られた精神は被虐の桃源郷を彷徨《さまよ》い始める。

「もっと……み、見てぇ……ハアハア……もっとぉ……あぁぁん♥」

淫らな衝動に突き動かされ、聖奈は乳房を覆っている網タイツを手甲グローブの指先でピリピリと少しずつ引き裂いていく。やがて円形に穴が開き愛らしい乳輪と乳首が完全に姿を現す。

「うおおお、聖奈ちゃんのオッパイ……」

二つの破口から覗くピンクのニップルを見て、観客の興奮も爆発的に膨れ上がった。ギラギラした獣のような視線が、聖奈の股間に突き刺さる。その期待に応えるように指先がスルスルと股間に降りていった。

「ああン……これから先はぁ……二千円はらってくださぁい……そうしたら、今日は特別に……もっと……わたくしのすべてを……ああ……見せてあげますわよ……はぁぁん」

今にも見えそうなワレメを手で隠したまま、いたずらっぽく微笑む。悩ましげな流し目が強烈なフェロモンとなって男たちの魂を誘引する。

「も、もちろん払う！」

「聖奈ちゃんのためなら、いくらでも、払うぞ！」

州器の用意した箱に、お札が先を争うようにしてねじ込まれた。聖奈ほどの美少女のセミヌードを見せつけられて誘われては、理性が働くはずがない。

「ウフン♥　みなさん、お金をいっぱいくれて、うれしいですわ。ではぁ、お約束通り……聖奈の……全部……お見せしちゃいますわ♥」

千円札の山を見て興奮したのか、ビリビリと股間の網タイツを引き裂くと、開口部は楕円形に口を開け、無毛のワレメやサーモンピンクの花びらを衆目に晒してしまう。オオッとどよめきが起こり、異様な熱気と興奮が部室を満たしていった。

「ハアッ……ハアッ……こんなサービス、滅多にしないんだからぁ……ハイ、くぱぁ♥」

さらなる淫欲に取り憑かれ、聖奈の両手の指が陰唇を左右に割り開いていく。膣孔が糸を引きながらくつろげられ、濡れた粘膜の内側まで見せつけていくのだ。

「ああ……あれが聖奈ちゃんのオマンコか、なんて綺麗なんだ」

「な、中まで見えてるじゃないか……そ、そこまでやってくれるのかよ」

観衆は目を血走らせながらシャッターを切る。閃光を妊娠中の牝孔に浴びせられるたび、背中が反り返り、卑猥なブリッジを描き出す。もはや完全なストリッパーだ。

「ンあぁ……イイ……たまんない……♥」

夢見るような恍惚の美貌が顎を裏返らせて天井を向く。太腿の内側に走る痙攣は、彼女がエクスタシーを感じているからだろう。その証拠に夥しいラブジュースが湧き出して、ポタポタと床に滴るほどだ。


「ううう……や……やめさせて……はあはあ……聖奈にあんな格好させないでよ！」

優斗は懸命に抗議の声を上げるのだが、ベリアルの悪魔尻尾を生やした愛らしい尻に顔面騎乗されていては、負け犬の遠吠えだった。

「マゾ犬の分際で勝手に喋るでないぞ」

ビリビリビリッ！

指先から放たれた電撃がペニスを直撃する。金属の貞操帯は伝導率も高く、ペニスも陰嚢もバラバラになるのではないかと思うほどの激感に襲われる。

「うあああぁぁぁっ！」

たまらず絶叫し、悔し涙をこぼしながらベリアルの幼げな無毛ワレメに舌をそよがせていく。だが味わわされるのは屈辱だけではない。悪魔とは思えない、とてもいい匂いが鼻をくすぐり、愛液も極上フルーツのような味わいで舌を止められなくなってくる。

「大人しく奉仕しておればいいのじゃ。寝取られチンポも悦んでいるようじゃしのぉ」

「ううう……ち、ちがう……悦んでなんて……」

悪魔少女の言うとおり、優斗の肉棒は窮屈な貞操帯の中で熱く勃起させられていた。それはベリアルの催淫愛液のせいもあるのだが、優斗が知るはずもない。

「隠しても無駄じゃ。フフフ、射精したいかえ」

貞操帯をツッと指で撫でながら尋問してくる。金属越しの愛撫で感じるはずはないが、それがかえってもどかしさを爆発させ、優斗を苦しめるのだ。

「うあああ……そんなこと……思ってない……射精なんかしないっ……くううっ！」

一週間の射精禁止は健全な少年にとってヘビの生殺しの辛さだったが、愛する聖奈のため、優斗は堪え続ける。

「好きなだけ堪えるがよい。ガマンすればするほど、そなたは惨めな寝取られマゾになるのじゃからな。ホホホッ、ほれもっと舌を動かせ。妾の尻の穴まで舐めるのじゃ」

「あああ……ううぅ」

屈辱にまみれながら悪魔少女の媚肛に舌奉仕を続けるしかない優斗だった。

「フヒヒ、聖奈たん感じまくってるねぇ。じゃあオナニーショーで仕上げだよ」

どす黒い極太のバイブを渡すと同時に、州器はわざと催眠のレベルを下げた。

（えっ……わたくし……何を……ここは……？）

急に理性を復活させられ、聖奈は驚いて周囲を見る。

（な、なんですの⁉　こ、この格好は！）

取り囲むカメラ小僧たち、そして痴女のようなコスプレ衣装の自分に驚かされる。調教中の記憶が抜け落ちているので、自分の身に何が起こっているのか理解できず、激しく混乱させられた。

（フヒヒ……聖奈たん、みんなの前でオナニーするんだ）

州器の言葉が頭の中で響くと、バイブを握った手がオズオズと聖域に伸びていくではないか。

（うう、この変態教師、またわたくしに術を……ああっ！　身体が勝手にぃっ！）

これから何をさせられるのか察知して、聖奈は懸命に抵抗しようとするのだが……。

「おお、聖奈ちゃんの……オ、オ、オナニーショーが見られるなんてぇ！　二千円払った甲斐があったよ」

「いや、これは第二十五話のニンジャスティックでエネルギー回復するシーンだ。そうに違いない！」

期待に満ちた眼で見つめられると、ゾクゾクと背筋が震えるような快美を味わわされる。秘奥がカアッと熱くなり、もっと淫らな姿を見せつけたいという、倒錯した願望が頭を支配してくるのだ。

（逆らっても無駄さ。もう聖奈たんはボクの操り人形……オナニー中毒のマゾの露出狂なんだよ。ウヒヒ）

（わたくしが……操り人形？　マゾの露出狂？　そ、そんな馬鹿なこと……）

心では否定しても、肉体の淫熱はジリジリと上がり続ける。呼吸はあらぶり続け、バイブを握った掌がじっとり汗ばんでくる。少年たちの視線に対して変態露出癖が反応しているのは明らかだった。

「フヒヒ……さあ、やってごらん」

「はい……センセイ……みなさぁん、これからスペシャルショー……聖奈の淫乱オナニーを……お見せしますわぁ……あぁん♥」

口が勝手に返事をし、淫具の先端が蜜穴にクチュンッと押し当てられた。

（ひぃっ！　だめ……そんなことさせないで……だ、だめぇっ）

心で叫んでも無駄だった。野太い淫具がズブズブと我が身を貫いて侵攻してくる。視姦に爛れきった肉体には、十分すぎる快感だった。

「うああ……あぁん……太いのが……入って……きちゃう……ああ……オマンコ、イイ……見られて感じちゃう……はあぁうん」

花蜜を溢れ返らせながら、ついにはバイブが最奥に到達し、子宮をグイッと押し上げる。

ヴヴヴヴヴッ！　ヴィィ～～～～ンッ！

さらにバイブが振動を開始して、柔らかな牝肉を抉るように震撼させた。

「んはぁっ……中で……う、動いて……あ、あぁぁ～～～～～～んっ！」

ズキンと痛みにも似た快感が突き刺さり、聖奈は腰を浮き上がらせる。淫具には突起がいくつも生えており、それが女の泣き所を的確に責めてくるのだ。

（ンあぁぁ……どうして……人前でこんなことさせられて……感じちゃうのっ？）

妊娠によって熟れた女の性感帯が敏感になっているのだが、妊娠に気付けていない聖奈には理由がわからない。

「おお、あんな太いバイブ……いやニンジャスティックを……」

「これは撮るしかないぜ！」

パシャ！　パシャ！　パシャ！　パシャ！　パシャ！

「うあぁン……聖奈のいやらしいところ、もっと……撮ってぇ♥」

（いやぁ、撮らないでぇ！　うぅぁ……いやなのに……こんなことしちゃいけないのに……ああ……手が……止まりませんわ）

声援とシャッターに煽られるように、ズブッズブッと自虐のピストンが打ち込まれる。極太張り形が子宮の底に食い込むたび、赤い火花が脊椎を駆け上がって脳幹を直撃し、そこに降り注ぐフラッシュの雨が、快感を何百倍にも増幅させるのだ。

「聖奈たん、オッパイも舐めて」

「ハアッ……ハアァッ……ハイ……ああ、あぁん」

網タイツに包まれたマスクメロンのような乳房を持ち上げる。若さに溢れた乳果は重力に負けずにツンッと尖って、真っ赤に充血した乳首が裂け目から突き出されていた。それを愛らしい唇がパクリとくわえ込む。

「はむっ……あふぅんっ……ムチュッ……ちゅぱっ……あはぁん♥」

チュウチュウと吸うたびに鋭敏な快楽が乳腺いっぱいに広がって、気が遠くなるほど気持ちがイイ。

（ああ……胸まで……すごく敏感になってる……どうしてこんなに感じちゃうの……？）

「チュッ……チュッ……見られながらオナニーするの、とっても気持ちイイがいいの……はぁぁむ……もっと見て……チュッ……チュパッ……もっと撮って下さぁい……あぁぁあ……むふぅん♥」

なぜか口の中にもどこか懐かしい甘味が広がってきて、ますます口を離せなくなってしまう。その間も淫具はグリグリと円を描くように回転し、理性も矜持もバラバラに砕きながら理性の壁を掘削していく。

（ああ……わたくし、どうなっちゃうの……頭が……変になるぅ……）

脳は露出とオナニーの快感に痺れきり、操られているのかどうかもわからなくなる。

ヴィィン！　ジュブッ！　クチュッ！　ヴィィィン！　ズブズブッ！　グッチュンッ！

ピンク色の柔襞を捲り返しながら後退した淫具が、今度は媚粘膜を巻き込みながら根元まで埋め込まれる。何度も繰り返すたび、濃厚な本気汁が溢れ出し、ムンムンと牝の匂いを漂わせた。

「ハア……ハア……あぁぁ……イイ……マンズリ見られて……感じるのぉ♥」

「くうう……エ、エロい……エロすぎだろ……」

「こ、これは第四十話のヘビに胸を噛まれたニンジャガールが……って、もうそんなのどうでもいい！」

その淫気に巻き込まれたのか、少年たちは片手でカメラを構えたまま、肉棒をシコシコと扱き始める。

「聖奈たんをみんながオカズにしているよ、フヒヒヒ」

「あ、あぁぁン……みんなも……」

潤んだ瞳とカメラのレンズ、視る側と視られる側、双方の快楽が交錯して共鳴し、かつてないほどの興奮がこみ上げてきた。

「あぁぁン……もっと見て……ああ……聖奈のオナニー……オカズにして……あぁぁ……いっぱいオチンポ、シコってくださぁい……はあ、はぁぁん♥」

（だめぇ……こんなコトしたくないのに……も、もう……止まらないいぃっ♥）

淫語が溢れ出すのを止められず、肉体は理性を振り切ってどこまでも暴走していく。剛棒ピストンで持ち上げられた子宮がスッと落ちる。それを次のピストンにズンッと串刺しにされ押し上げられる。蹲踞のポーズで踏ん張っている赤ブーツも屈伸し、極太バイブの威力を増している。

「あぁん！　見られながらオナニーするの……気持ちイイのぉっ！　ハアハア……変態コスプレオナニーいっぱい見て……あぁぁ……聖奈もドスケベマンコ、ズボズボするから……みんなも……もっとオチンポシコシコしてぇ♥　みんなのエッチな顔を見せてぇ♥」

（ああ……これは夢……夢に違いないわ……）

股を広げ、腰をくねらせ、乳房を揺すって、少年たちを誘惑する淫乱天使。目の前には七色に輝く星がキラキラと舞い散って、現実と夢の区別もつかないまま露出オナニーの快感に溺れていく。

「ハアハアッ！　あぁぁ……もう、もうきちゃう……はあぁぁン……みんなもきてぇ……聖奈をオカズにして……センズリしてぇ……あぁぁぁ～～～～～～～～っ♥」

ヴィヴィヴィヴィヴィ～～～～～～ンッ！

バイブの振動が最大になり、悪魔の子を孕んだ蜜壺をこね回す。たまらず噛みしめる歯が乳首に甘い痛みを刻み込む。全身の神経が子宮に繋がれてしまったように、肌に食い込み、擦れる網タイツの感触にすらキュンキュンッと子宮が感じてしまう。

「ああっ！　イクッイクッイクゥッ！　見られながら、オマンコイクゥ～～～っ♥」

金髪ツインテールを振り乱し、汗濡れた裸身を仰け反らせ、左右に捻って揉み搾る。開ききった太腿にも生々しい痙攣が走って、媚肉も淫具をギュウッと締め付けた。

「くぉぉっ！　たまらん！」

「聖奈ちゃんに、ぶっ掛けだぁぁっ！」

ドビュッ！　ドビュッ！　ドビュルルルッ！

聖奈の妖艶な魅力に引き込まれ、少年たちも次々に発射した。噴き上がる白濁が次々と聖奈に命中し、灼熱感が堕落の焼き印となって少女天使を官能地獄に引きずり込む。

「あ、あぁぁ……熱いぃ……オチンポミルクいっぱいぃ……ンあぁぁ～～～～っ！」

プッシャアァァァァァッ！

牝潮を噴き上げ、さらには母乳までもが噴水のようにピュルピュルと噴き出した。

「はひぃぃっ！　オッパイまで……あぁぁ……ミルクで感じちゃうっ……あぁぁぁ、イっちゃう！　オッパイでイクゥッ！」

たわわなGカップを水風船のようにバウンドさせ、母乳をまき散らしながら、聖奈は露出オナニーの変態オルガスムスに呑み込まれていった。


「ククク。偽メシアもよくやりおる。あの生意気な守護天使が、淫乱な変態肉便器に堕とされるのも時間の問題じゃな」

「うぐ……ぷはぁ……ハアハア……聖奈……あぁぁ……」

顔面騎乗で奉仕させられていた優斗は大きく喘いだ。聖奈の痴態を見たベリアルも興奮しているらしく、淫裂はグッショリ濡れていた。それを大量に飲まされたせいで、優斗のペニスは勃起させられ、拘束貞操帯の中で窮屈そうに悶えていた。勃起して上向くはずの陰茎を無理矢理下方に向けられるのだから、かなりの苦痛である。

「外して欲しいか？　フフフ、寝取られマゾの坊や」

「う、うう……こんなのなんともないっ……聖奈も僕も、お前たち悪魔の思い通りには、ならないよ！」

痛みを怒りに変換して憎むべき悪魔少女を睨み付け、ペッと唾を吐いた。

「………」

唾は命中しなかったが、それまで笑っていたベリアルの表情が変わった。いや、目元は笑っている。しかしその奥にある瞳孔が笑っていないのだ。

「……劣等メシアのくせに生意気じゃな。仕方がない、コレを使うか。ククク、果たして堪えられるかのぉ？」

ベリアルが呪文を唱える。掌に召還されたのはゴカイのような細長い淫蟲だった。

「動くなよ。フフフ」

貞操帯の金属筒先端の穴にその淫蟲をヌプヌプッと差し込んできた。そこはちょうど亀頭の鈴口に当たる場所だ。

「何を……うあ……あぁぁ～～～～～～っ！」

異形の蟲がビチビチと暴れながら尿道に潜り込んでくる。恐怖と焼け付くような感覚に思わず悲鳴が上がる。だが責めはそれだけで終わらない。灼熱感は次第に猛烈な痒みを伴う快感へと変化したではないか。

「ううあぁっ！　か、痒い……うううぅっ……痒いぃっ！」

これまで触れたこともない所で痒みと快感を味わわされ、ガクガクと腰を上下させる優斗。しかし頑丈な貞操帯に包まれた陰茎に、刺激はほとんど伝わらない。

「ククッ。すごかろう。射精を封じられたままその痒み地獄を味わうがよい。やがて淫虫はそなたの精気を吸い尽くす。フフフ、寝取られマゾに相応しい役立たずの短小包茎種なしチンポに改造してくれるわ。オホホホッ」

「あが……そんな……くぅあぁぁぁぁっ！」

尿道責めの激感に絶叫する少年を見下ろしながら、ベリアルは再び顔面騎乗でマウントを取ると、サディスティックに濡れた秘園を押しつけて心底嬉しそうに嬌笑するのだった。


射精管理二週間目。

「はあっ、はあっ、あひゃぁン……も、もうひゃめてぇ……あぁん♥　アンタなんかに……負けたくないのにぃ……あああ……イクッ！　イクゥウ～～～～～～ッッ！」

男子トイレの個室で、聖奈は便座に腰掛けた州器に正対座位で犯されていた。学校でもアパートでも昼夜を問わずひたすら犯され続け、絶頂させられた回数は数え切れない。邪精を吸収した胎児は急成長して、聖奈のお腹は妊娠八ヶ月程度に膨らんでいるが、幸か不幸かいまだに聖奈はそのことに気付いていない……。

「フヒヒ。反抗的な聖奈たんもカワイイけど、あんまりワガママだと尻子玉を抜いちゃうぞぉ」

聖奈のアヌスには肛門拡張器が嵌められて、直径五センチほども開かれていた。そこに触手を潜り込ませ、『聖霊魂』をジュポンッと引きずり出す。

「はひぃぃっ！　そ、それはいやぁっ！　ぬ、抜かないれぇ！　ああ……おほぉぉぉっ！」

美貌を引き攣らせて絶叫する守護天使。聖霊魂を抜かれると精神力も体力も霊力も、何もかもが低下してまったく逆らえなくなってしまうのだ。だがそれ以上に恐ろしいのは、そのことに快感を感じ始めている聖奈自身だった。

「ハアハア……ンはぁあぁ……もう……や、やめて……あぁぁっ！」

脱力して動けない聖奈の身体を強引に引き起こし、便座の上に突っ伏す格好でバックから貫いていく。

「さあっ、今度はラブラブモードだよ」

州器がパチンと指を鳴らすと、聖奈はすぐに催眠状態に堕ちてしまった。

「あ、あ……はぁぁん♥　センセェ……イイ……ぶっといオチンポズンズンしてぇ……はひゃあぁン……オマンコ、すっごくイイのぉ……もっと、もっとぉ……ハメハメしてぇン……♥」

高貴な天使とは思えない舌足らずな口調で甘えながら、腰をしならせ、お尻を色っぽく振り立て始める。今の聖奈は州器の思い通りに操られるセックスドールだった。

「普通の時でも、催眠状態でも、聖奈たんはボクの奴隷なんだよ」

ズンズンと突き上げながら、触手を潜り込ませ聖霊魂の残滓《ざんし》も吸い出していく。清楚で高貴な守護天使の顔と、淫乱で変態な痴女の顔。この二つを何度も往復させつつイキ狂わせることで、二つの人格を融合し催眠なしでも愛欲の奴隷にしてしまうつもりなのだ。

「はあはあ……センセェ、好きぃ……あああ……大好きなのぉ……あああ、お尻もぉ……聖霊魂吸われてぇ……メチャクチャ感じるぅ……ああおぉぉ……イクイクイクゥッ♥♥」

深い催眠に堕ちた美貌には水飴のように蕩けた恍惚の笑みが浮かび、タプタプ揺れる乳房からはフレッシュな母乳が滴り、ボテ腹を濡らす。極太をくわえ込んだ媚肉はドロドロに溶けて、濃厚に泡立つ本気汁が太腿まで濡らしていた。ゼリー状の聖霊魂を引き抜かれているアヌスからも腸愛液がジワジワと滲み出してくる。

「ボクのことが好きかい？　聖奈たん」

下から乳房をこね回しながら州器が訊ねると、聖奈は嬉しそうに頷いた。

「あはぁん、あぁん……聖奈はぁ……センセェのことが好きぃ……あぁぁ……聖奈は……センセェのことを……愛してますわぁ♥　あぁぁっ、あぁぁんっ♥」

「じゃあ、こっちのマジメな聖奈たんはどうかな？」

子宮を突き上げながらパチンと指を鳴らし、催眠を緩める。

「はあ、はあ……うぅ……アンタなんか……す、好きじゃないわ……あぁあっ♥　きらい……あぁぁん……大きらいですわぁ♥　はぁん♥　絶対、殺してやるんだからぁ♥……あぁぁむ♥」

碧眼にハートの燐光を浮かべたまま、首を横に振り、譫言のように呟く聖奈。現実と淫夢、理性と淫欲とが相克して頭の中がグチャグチャにされていく。

「じゃあ、エッチな聖奈たんは、ボクのことどう思ってるの？」

パチンッ！

「あ、あぁぁん♥　聖奈は……淫乱ビッチな、ドスケベ天使だからぁ……♥　ハアハア…

…センセェのことがこの世で一番好き……♥　一生死ぬまで……センセェの愛の奴隷なのぉ……はあぁぁん♥」

パチンッ！

「あああ……ち、ちがうぅ……アンタなんか愛してませんわ♥　太くて逞しい、悪魔のオチンポなんか……大好きよぉ♥　はあぁん……イイっ♥　悪魔は、倒さなくちゃいけないのに……はあぁン……だんだん好きになっちゃう……あああ……もっとぉ……オマンコ抉ってぇ♥……あひいっ♥♥」

パチンッ！　パチンッ！

「あぁぉぉ……だめぇ……これ以上聖霊魂、吸っちゃだめなのぉ……あああ……アナルを開かれて……聖霊魂を……ああ……吸われながら、セックスするの……気持ちイイ……あぁん、最高ですわぁ♥」

「ボクは悪魔に魂を売った男なんだよ。そんな男のチンポで感じていいのかなぁ？」

パチンッ！　パチンッ！　パチンッ！　パチンッ！

「あぁぉぉ……悪魔はいやぁ、触らないで……いやいやぁ……お尻ぃ開かないでぇ……でも……もっと奥まで突いて……もっと、引っこ抜いて……あっぁん……もうワケわかんにゃいぃ……センセエ、好きぃ……イクイクッ……あああ……悪魔だけどセンセェが、好き、大好きなのぉ……ああ……オマンコ、イクゥゥッ♥♥♥」

切り替えられるたび聖奈は混乱と混沌の快楽地獄にはまり込んでいく。どっちが本当の自分なのか、だんだんわからなくなってきた。

「フヒヒ、カワイイよ」

パチンパチンと何度も指を鳴らして、ほくそ笑む変態教師。何度となく繰り返される催眠状態と通常状態。そのうち境界が曖昧になり、いつしか洗脳状態こそが本当の自分なのだと思い込むようになっていくだろう。洗脳での精神支配に加えて、妊娠で肉体を支配すれば、聖奈は州器のことを心の底から愛するようになるはずだ。そして美少女天使と結婚して嫁にするという野望は刻一刻と実現に近づいていた。

「グヒヒ、もうすぐ聖奈たんとラブラブ結婚エンドだぁ！　いっぱい愛し合おうね。ウオウオウオ〜〜〜ッ！」

興奮した州器の肉棒が聖奈の膣内で跳ね躍り、夥しい邪精液を吐き出す。

ドビュルルッ♥　ブビュルルッ♥　ビュルビュルビュルゥゥ〜〜〜ッ♥♥

蜜壺で渦巻いたザーメンが妊娠中の子宮内にも容赦なく流れ込んでいく。そして一際大きい聖霊魂が、拡張されたアナルからジュボォォッと引っこ抜かれた。

「あひゃあああぁンっ♥　子宮の中、濃くて熱い悪魔のオチンポミルクがいっぱいぃ……はあぁん……イクイクイクッ♥　悪魔のチンポ、嫌いなのにぃ♥　んほぉおっ……これ以上愛さないでぇ……ああっ……悪魔の愛情チンポで♥　あああ、オマンコ、イっちゃう〜〜〜ッ♥　ああ〜〜〜〜〜〜〜ンッ♥♥」

背筋を反らしビクンビクンッと総身を痙攣させた後、聖奈は便座の上にガクリと倒れ込んで、失神してしまった。

「便器が汚れちゃったから、ちゃんとお口で掃除するんだよ」

「はぁ……はぁ……はい……センセェ……はぁぁ……ン」

虚ろな表情のまま、聖奈は不潔な便器に頭を突っ込んでペロペロと舐め始めた。天使としての尊厳も矜持も投げ捨てた、牝豚の顔だった。

「フヒヒ、順調だねぇ……でもまだ、悪魔への抵抗感はちょっぴり残ってるみたいだ。まあ、天使だからね、悪魔は倒さなくちゃねぇ。フヒヒ」

何かを思いついたのか、州器がニンマリと嗤った。


「すっかりあの変態男の虜といった感じじゃのう」

「う、あうう……」

悪魔の居城に囚われている優斗が苦しげに呻いた。聖奈と州器の濃厚なセックスを何度も見せつけられながら、ベリアルにクンニ奉仕をさせられている。相手が悪魔とも知らずに、州器との狂った愛欲に溺れていく聖奈を見るのは辛かった。

さらに優斗を苦しめているのが悪魔の貞操帯と尿道内の淫蟲だ。淫蟲は尿を吸収するため排尿する必要がなく、ずっと挿入されたまま。二週間にわたって射精を封じ込みながら、猛烈な痒みを伴う媚毒を尿道内にはき続けていた。

（あぁあ……痒いっ……出したいっ……気が狂っちゃうよっ！）

生殺与奪の権利を握っている悪魔少女に奉仕しながら、カクカクと媚びるように腰を振ってしまう。貞操帯の中で勃起するとかなりの苦痛なのだが、それさえも快感に変わりつつあった。

「痒みと射精封じで、気が狂いそうじゃろう。外して欲しいか」

一旦奉仕を中断させ、伸ばした爪先が貞操帯をツンツンと突いてくる。

「はぁぁああっ！　貞操帯を……は、外して……くううう……蟲を抜いてください……べ、ベリアル……様……はあ、はあ……もっと……はううっ」

僅かな刺激でも、二週間の射精禁止と蟲責めされた少年にとっては、全身が震えるほどの快感に感じられる。陰嚢がキュンキュン疼いて、出したくて仕方がなくなり、我知らず貞操帯のペニスをベリアルの爪先に擦りつけてしまう。

「もっとどうして欲しいのじゃ」

「あ、ああ……もっとオチンチンを……ベリアル様の足で……ふ、踏んでください」

「フフフ。メシアともあろう者が、浅ましいことじゃ」

嗜虐の笑みを浮かべながら足に徐々に体重を掛ける。

「くあぁぁっ！」

感電したように仰け反る優斗。もちろん貞操帯に包まれている限り、外部からの刺激はほとんど伝わらない。隔靴掻痒に悶えながらも、期待感だけで先端の穴からは、夥しい先走り汁がトプトプと溢れ出し、金属筒の中でペニスがコチコチに勃起してしまう。

（そんな……これだけで……で、出ちゃう……っ）

イメージだけで淫欲が膨れ上がり、ペニスの付け根がカアッと熱くなった。だが……。

ギチュルルッ！　ジュルルッ！

射精の気配を感じ取った尿道内の淫蟲が身を震わせて、優斗が達する直前に精液と精気を吸収してしまった。

「ぅあ！　あ……ああっ……そ、そんなぁ……っ」

精液を直接睾丸から抜き取られ、ペニスは急速にヘナヘナと萎えさせられていく。掻痒感と射精欲求だけが、重く深く優斗の陰茎の中に滞留し、宿敵の前だというのに、腰をもどかしげにモジモジとくねらせてしまう。

「どうじゃ、どんなに射精したくても射精できない種なしチンポにされる気分は？」

「ううう……く、くやしい……はあ、はあ……」

自分より幼く見える少女の前に跪《ひざまず》いたまま、ガクリとうなだれる。男としての矜持を粉砕され、抵抗する気力も萎えていくのが自分でもわかる。

（このままじゃ……僕は……）

「ペットらしくなってきたではないか。ホホホッ、そなたは永久に満たされぬ射精欲だけを抱えて、惨めな寝取られマゾとして生きていくのじゃ」

聖奈の姿がスクリーンに映されると同時に、ストッキングに包まれた爪先が、鼻先に突きつけられる。

「うう……」

悔しさと惨めさに押し潰されそうになりながらも、優斗は野良犬のようにペロペロと舌を伸ばしていった。


優斗の射精管理三週間目。

聖奈は夜の公園らしきところで、浮浪者たちに囲まれていた。

はだけたシャツブラウスを胸の下で結び、スカートは腰骨を見せるほどのローライズの上に股下五センチの超ミニで、幅十センチの布きれを巻いているような状態だ。レースで飾られた黒のセクシーブラはカップが浅く、乳首がほとんど露出している。黒い見せパンティの紐らしきものが、ローライズミニスカートより上を走って腰に巻き付いている。大人びた黒の網タイツが生み出す妖艶な脚線の足元を飾るのは、ラメに飾られたピンクの厚底ハイヒールである。

変化は服装だけでなく、ツインテールを飾るリボンは大きくなり、耳にはハートのイヤリングが輝いている。手首や指は安っぽい原色プラスチックのアクセサリーで飾られ、メイクもさらに派手になり、長くエクステされた睫毛、パールピンクの口紅、水色のマニキュアなど、以前とは別人のような変わりようだった。

しかしそれらを上回るインパクトを与えているのが、丸々と膨らんだお腹である。臨月も近いのではないかと思われるボテ腹なのであった。

「可愛い姉ちゃんが一回十円でチンポの悪魔払いしてくれるって、聞いたんだけどよ」

ボサボサ頭の初老の男が舐めるような視線を送ってくる。

「ええ、もちろんですわ。さあ、穢らわしい悪魔共、逃がしませんわよ。そこに並んで、ズボンを下ろして、オチンチンを出しなさい」

ビシッと指を立てて命令する聖奈。常識を書き替えられ、売春行為を悪魔払いだと思い込んでいるのだ。

「へへへ……本当にやってくれるんだ……ラッキーだぜ」

「ところでそのボテ腹は……妊娠してんじゃねえか」

「相当なビッチっぽいからな。遊びまくって孕んだんだろ」

「失礼ね、天使であるわたくしが妊娠するわけないでしょう。つべこべ言わないで、オチンポをしゃぶらせなさいよ」

聖奈は汚れた段ボールの上に跪き、両手で浮浪者たちのペニスに手を伸ばす。

「ンンァ……臭いっ……何よコレ、お風呂に入ってませんの？」

「俺たちが風呂になんか入るわけないだろ」

「おらおら、十円払ったんだから、さっさとしゃぶってくれよ」

「仕方ありませんわね……ああ……すごい匂いですわ……」

真っ黒に汚れた肉棒を扱きながら、舌と唇をそよがせていく。アンモニア臭がツーンと鼻に突き刺さって、目眩を感じるほどだ。

「んふっ、むちゅ……あなたたちが悪魔に取り憑かれていることはわかってますのよ。ハアハア……まずは穢れたチンカスを舐め取って、清めてあげます……ちゅぱちゅぱぁっ……ほらぁ、悪魔たち……覚悟しなさい……はむ、くちゅ、じゅぱぁ」

派手なネイルアートを施された指先を滑らせて、陰茎の裏筋を扱き上げたり、剛毛に覆われた陰嚢を優しくモミモミしたりする。グロスで濡れた艶を持つ唇がガッポリと亀頭に被さって、チュウチュウと吸い立てる。その間も舌先は敏感な鈴口周囲をコチョコチョとくすぐっていた。

「ンあぁぁ……なんて臭いチンポなのぉ……じゅぱじゅぱぁ……でもチンカスが臭くて、とっても美味しいですわぁ……センセェほどじゃないけど……じゅぱじゅぱぁ」

味覚変態化された舌には穢れた恥垢が最高の美味に感じられるのだ。陰毛をくっつけた無様なフェラ顔を勢いよく前後させて、不潔な肉棒を磨き上げていく。

「ううぅ、あああ……き、気持ちイイっ……姉ちゃん、すごいぞ！　うあぁぁっ」

「隠そうとしても無駄ですわ。あぁぁん……この汚いキンタマの中に、悪魔が潜んでいるんでしょう？」

指のリングで肉棒を扱きながら舌を長く伸ばし、陰嚢までもペロペロと舐め回していく。牡臭がきつくなり、剛毛が顔を擦るが、まったく気にしていない。

「う、うおぉ……こんな美人のねえちゃんが……キンタマまで……舐めてくれるなんて……ふぅあぁぁっ！」

ドピュッ！　ドピュッ！　ドピュッ！　ビュルルルルゥッ！

濃厚なフェラチオサービスを受けて、浮浪者たちは同時に果てていた。溜まりに溜まった牡の濃厚白濁汁が左右から勢いよくぶっ掛けられる。

「ンはあぁんっ！　出ましたわね、この悪魔……はあぁん、一滴残らず飲み干してあげますわぁ……くちゅぱぁ」

ペロペロと舌を動かして顔に付いたザーメンを舐め取っていく。さらに鈴口に口づけして、チュウチュウと尿道内の残滓まで吸い出していくのだ。

「ま、まじかよ……あんな可愛い子が……」

「お、俺も悪魔払いとやらをやってもらおうっ！」

噂を聞きつけた浮浪者たちが殺到してきて、公園の一角は異様な興奮に包まれる。

「もう、悪魔がこんなに……仕方がありませんわね。さあ、ここでもお相手しますから、悪魔共、かかってきなさぁい♥」

聖奈自身も肉体に火が付いてしまい、淫らな欲求がどんどんエスカレートしていく。背中を向けてスカートを捲り上げ、お尻を突き出した。

「あれは……？」

そこに下着はなく、貞操帯が女性器を隠すように嵌められていた。膣部には使用禁止を意味するドクロマークが描かれているが、アヌスの部分は、丸く穴が開けられている。

「オマンコはセンセェ専用ですから、アナルで悪魔払いしてあげますわ。ウフフ、一回百

Fuck Ass

円ですわよ、払えるかしら」

尻タブに手を回して、プリンッと盛り上がった臀丘をくつろげる。もう一方の尻タブに「Ｆｕｃｋ　Ａｓｓ」と書かれた文字が、男たちを誘っていた。

「うおぉぉ、あんなに拡がって……ケツの穴が丸見えだ……」

「はあはあ……エ、エロイ……まるでオマンコみたいだぜ……」

女性器と見まごうほど熟れた縦割れアヌスを見せつけられ、浮浪者たちはフラフラと吸い寄せられていった。

「ウフフ、あなたからね。お金を払って、そこに座りなさい」

若い浮浪者がすぐにズボンを下ろして段ボール箱に腰掛けた。ペニスは当然のように勃起して、垂直に起立している。

「はあはあ……正義のアナルで……鉄槌を下してあげます……はぁ、あぁぁむっ」

肉勃起に手を添えて、貞操帯の開口部に誘導しながらゆっくりと腰を降ろしていく。愛液を分泌するまでに開発された媚肛が、くぱあっと拡がりながら肉棒を呑み込んでいく。

「はあ、あぁぁンっ！　悪魔のオチンポ入ってきましたわぁ……あふぅん……わたくしの縦割れケツマンコでぇ……あぁぁん……退治してあげますわよ……ハアハアン」

柔軟に拡がった肛門粘膜が驚くほどスムーズに不潔な男根をくわえ込んでいく。やがて根元までくわえ込むと、キュッと窄まって浮浪者の肉棒を食い締めた。

ヌプッ……ジュプッ……ヌプヌプッ……クチュルンッ！

「ううぅぉぉ……スケベねえちゃんの尻の穴……くあぁあ……すごく熱いっ……それにメチャクチャしまるっ」

若い浮浪者は両膝の裏から脚を抱え上げ、結合部を晒していく。貞操帯に隠されているが、ヴァギナが濡れそぼっているのは明らかだろう。

「あぁンっ、オチンポがお尻に食い込んでくるぅっ！　ああ……イイ……っ」

聖霊魂を抜かれるたび敏感になった肛門は、媚肉に負けない性感帯と化しており、聖奈は自らも腰を上下させ、肉棒を扱き上げた。

「待ちきれねえ、せめて手コキしてもらうぜ！」

他の男たちがハアハアと荒い呼吸をしながらにじり寄り、聖奈の腕をつかんで、自分のモノを握らせようとする。

「あぁん、あわてんぼうの悪魔ね。手コキも一回十円ですわよ」

両腕を高く上げて汗濡れた腋が晒され、フッサリと茂った金色腋毛がムンムンッと牝のフェロモンを放つ。

「おお、スゴイ……金色の腋毛まで生やしやがって……」

「た、たまんねえ……なんてビッチだよ」

「うおお……もうやっちまえ！」

誘引された浮浪者たちが次々に群がっていく。ある者は腋の下に挟み、ある者は手に握らせ、またある者は豊満な美乳の谷間にも挟み込む。

「お、俺は金髪ツインテールを使わせてもらうぜ」

そこにさらに二人が加わり、金髪に勃起を巻き付けて扱き始める。同時に八本を相手にするという荒技だ。いずれも恥垢にまみれた不潔な肉棒で、饐えた牡臭が立ちこめる。

「あぁん……こんなにいっぱい穢れた悪魔のオチンポ食べられるなんて……はぁむン……とっても幸せですわぁ……あぁ、チンカスだって全部清めてあげますわ。ピチャピチャ♥」

「うはぁ……唇がぁ……柔らけぇ」

唇がピンクのラメ入りルージュを輝かせながら、どす黒い亀頭の上を這い回る。

「はぁむ、ちゅぱっ……おっぱいで挟んで、チンポコ、モミモミしてあげるわ……はぁぁん……くっさいザーメン、出しなさぁい……全部飲んであげますわよ……うふぅん♥」

「はあぁ、おおお……チンポが……オッパイに……埋まっちまうぞ」

浅いブラから乳頭をはみ出させたマシュマロのような乳肉が、左右から男根を圧搾《あっさく》する。

「あぁん……わたくしの腋マンコでこんなに勃起するなんて、いやらしいですわね。天使の腋コキで、精液を溜めまくったキンタマを、空っぽになるまで搾り取ってあげますわぁ……あむ、くちゅ、じゅぱぁ♥」

「うおぉぉ……わ、腋なのに……すごい……気持ちよすぎるぅ」

肩と腕を巧みにくねらせ、熱い汗で濡れた腋下でペニスをクチュクチュ咀嚼する。柔らかな腋毛がくすぐってくるのも、快美な刺激だ。

「ハアハア……髪の毛も気持ちイイぞッ！」

　ツインテールを肉棒に巻き付けて擦りまくる男も限界が近いようで、もう顔が真っ赤だ。

「あぁん、天使のわたくしの身体で、興奮するなんて……あはぁん……なんて、いやらしい悪魔共かしらっ……はぁ、はぁン……♥」

　自分の肉体が多くの牡たちを欲情させていると思うと、聖奈の中で何か得体の知れない情動がドクンドクンッと蠢き出す。

「あぁぁん……臭いチンポをビクビクさせて、ガマン汁もいっぱい出しちゃって……ウフフ……そんなに、わたくしに悪魔払いされたいのね？　あぁん♥　悪魔に取り憑かれた変態さん、あなたたちなんかこうしてやるわッ♥　正義のオチンポ扱きをくらいなさい♥」

　これまで感じたことのないケダモノじみた淫欲に操られ、聖奈は全身を使って肉棒を揉み、扱き、男たちを圧倒していく。お尻を8の字にくねらせ、肛門括約筋で食いちぎらんばかりに締め付けて、男たちの精気を搾り取ろうとする。

「くわあぁっ！　もうダメだ！　出るっ！」

「こ、こっちもだ……あぁぁ～～～～っ！」

　ドビュルッ！　ビュルルッ！　ドバドバァッ！

　あっという間に八人の浮浪者たちは果てさせられ、精液を搾り取られていた。掌で、唇で、髪の毛で、腋の下で、直腸で、次々に白濁の噴水が噴き上がる。

「うあぁぁぁんっ！　ザーメンだけで、イっちゃうぅっ！　あぁぁぁぁっ！」

（こんなにいっぱい……すごいぃぃっ♥♥）

もはや全身性器といった感じで、異様な興奮に包み込まれた身体がビクンビクンと仰け反っていく。男たちから搾精するたび優越感で、ドキドキと心臓が高鳴った。

「ハアハア……ウフ……ウフフ……あぁぁン……こんなにいっぱい……うれしいですわ」

濃厚ザーメンで肌という肌をドロドロにされながら、妖艶に微笑む美少女天使。ムンムンと立ちこめる精臭に包まれて、陽炎が立ちそうなほどの熱気だ。

「でもぉ……まだまだ足りませんの……はぁぁん……精液も、お金も……っ」

キュインンンッ！

聖奈の頭上に光の輪が浮かび、背中からは神々しい白翼が生えてきた。それと同時に封印ヴァギナから甘酸っぱい、自堕落で扇情的な牝の匂いが放たれて、男たちの淫棒は精気を蘇らせムクムクと頭をもたげてしまう。

「おお……なんだぁ……そ、その姿は……？」

「うふ、うふふ……いきますわよ、天使の力で、お金も悪魔のオチンポも……徹底的に搾り取ってあげますわぁっ！　エンジェル・ストリングス！」

シュルシュルと翼から伸びた光り輝くリボンが、男たちの肉棒に巻き付き引き寄せる。

ポッカリ口を開けたアナルは、回復したばかりのペニスを捉えていた。

「あはぁ……あなたたちはわたくしの獲物よ……さあ、オチンポ出して……ちゅぱ……射精……射精……ちゅばぁ……射精ですわよぉ！　アハハ、アハァンッ♥」

手指も舌も肛門も、そして光の翼も搾精器と化して浮浪者たちに襲いかかる。悪魔に仕込まれたテクニックと天使の力を使った愛撫は、一流の娼婦を遥かに超えている。

「う、うあぁぁ……そんな……ちょっと……すごすぎぃ」

「なんかわからんが、き、気持ちよすぎるっ……くおぉおっ！　出ちまうっ！」

ドピュドピュッ！　ドピュルルルゥゥゥ～～～～～～ッッ！

僅か数秒で絶頂に追い込まれ、次々に白濁を噴き上げてしまう男たち。

「ウフフ。休ませませんわよぉ。ホーリーライト！」

だが聖奈は回復魔法を使って、勃起状態を無理矢理維持させ、さらに貪欲に搾取していくのだ。

「はあはあ……くうおぉ……す、少し休ませてくれ……」

「だぁめ♥　オチンポは全部聖奈のモノなんだからぁ……んちゅ、じゅぱ……ほらぁ、もっと出しなさい……もっと飲ませてぇ……ちゅっ、くちゅぱぁ」

もはや悪魔払いという目的も忘れた様子で、天使少女は浮浪者のペニスにむしゃぶりついていく。その姿はまるで本物の淫魔のようだった。

「おやおや、スゴイねぇ」

一時間後、州器が公園に姿を現した時、精気を吸い尽くされた男たちが折り重なるように倒れ、まるで戦場のようだった。

「はぁはあ……あぁん……これで千円ですわ……払ってもらいますわよ、ウフフ」

その中で聖奈だけが全身精液まみれになりながら、神々しい翼をはためかせ、騎乗位アナルセックスで気絶した浮浪者の男根を貪っていた。

「ああ、センセェ。ちゃんと全員キンタマ空っぽになるまで搾り取って、お金もたっぷり毟り取ってあげましたわ。ウフフ」

百円や十円が突っ込まれたバケツを見せて嬉しそうに微笑む。州器に貢ぐことに無上の達成感と幸福感を感じてしまう聖奈だった。

「こんなにいっぱい。最高だよ、聖奈たん」

ニンマリと嗤う州器。悪魔の力があれば金などあまり意味はないのだが、女が自分のために身体を使って稼いでくるというシチュエーションが、支配欲を満たしてくれるのだ。

「アナル売春婦デビューを祝って、後でまたご褒美をあげるからね」

「あぁん……これからもセンセェのために、お尻でいっぱい稼ぎますわぁ♥」

聖奈は州器に抱きついて、濃厚なディープキスを交わすのだった。


「ホホホッ。ついに聖なる天使の力を使って快楽を貪るようになったたか。あの様子なら堕天するのも時間の問題じゃな」

一部始終を見届けたベリアルが満足そうに嗤った。

「あ、ああ……だ、堕天……だって？」

「フフフ。そうじゃ天使が闇に堕ちた時、属性が反転して堕天使となる」

ベリアルが貞操帯を嵌められた股間に顔を近づけてくる。

「そこからさらに堕落すれば、我らと同じ悪魔の眷属となるじゃろう。あの小娘がどのような魔族になるのか、楽しみじゃわい」

「そ、そんな……聖奈を魔族にするなんて……」

「そなたも、見てみたいじゃろう？　恋人が魔族に堕ちるところを。フフフ」

可憐な唇を開いてペニスを包む金属筒をパクリとくわえ、レロレロと舐め回してきた。

「うあああぁぁ……っ！」

「フフフ、今日も元気に勃起しておるわい。気持ちイイか？　射精したいか？」

当然刺激は伝わらない。だが『貞操帯がなければ得られるであろう快感』を想像するだけでも、数週間射精を封じられている優斗にとっては、官能中枢を燃え上がらせるのに十分だった。ペニスがピクピクと戦慄いて今にも精を迸らせそうになる。だが……。

「うああ……ああぁ……またぁ……」

射精することは拷問淫蟲が絶対に許さない。こみ上げた精気を吸い取られてしまい、後には行き所のないもどかしさとジンジンと疼く猛烈な痒みだけが尿道に残された。

「ひっ、はひぃっ……だ、だせない……痒い……くあぁ……出させて、痒いぃぃっ！」

全身汗を噴き出して悶絶する優斗。理性の糸が今にも切れそうで、もはや発狂寸前だ。

「死にも勝る苦しみと悦楽を味わうがよい。ククク」

切れ長の赤瞳に冷たい光を浮かべ、貞操帯越しの甘美な拷問を続けるのだった。

最終話　堕天！　魔族に堕ちた天使

学園を暗雲が覆っていた。黒く渦巻き雷を光らせる様は、巨大な竜がとぐろを巻いているかのようだった。

学園の屋上に腕組みして起立するフォルネウス
「いよいよ始まるぞ、フォルネウス」

学園の屋上に腕組みして起立するベリアル。その横にはイカ頭の悪魔が並び立っている。

「これほど濃厚な魔素は三百年ぶりだね。やはり彼女が『古きリンネル』か……キミの勘が当たったってことかな。メチャクチャ痛かったけどね」

かつて心臓を抉られた傷を撫でながら飄々と嗤う。

「嬉しそうじゃな」

「サタン様のご寵愛のためなら、苦痛も死も甘美なる宝飾さ。孤高を気取るキミが古きリンネルを手土産に悪魔軍に復帰してくれるなら、歓迎だよ。でも、もしそうでないなら……」

「……………」

二人の間に流れる一瞬の静寂。

「フハハッ。おぬしはリンゴの食べ過ぎじゃな」

右手をスッと天に掲げ、銀髪の悪魔少女は童顔に屈託のない笑みを浮かべた。

ゴゴゴゴゴッ！　地鳴りと雷鳴と地震と嵐、あらゆる天変地異が同時に学園を襲う。

「うわあぁっ、なんだ、なんだ!?」

「きゃあ、地震？」「携帯もつながらないぞ」

教師も生徒たちも慌てふためき右往左往している。それもそのはず学園周囲の景色は一変し、荒涼とした砂漠と暗黒の空がどこまでも続いているのだ。災害マニュアルに沿って体育館に集まっているものの、どうしていいかわからない。

「フヒヒ……みなさん、静粛に」

その時、州器が落ち着いた様子で壇上に立った。場違いな白いタキシードを着ているのが滑稽を通り越して不気味だ。

「ようこそ、ボクと聖奈たんの結婚披露宴へ！　ぐひひひぃっ」

「な、何を言ってるんだよ……」

「冗談はともかく、外はどうなってるんだよ」

面食らって動揺する生徒を尻目に、州器は得意満面の笑みで進めていく。

「では、参列者の悪魔のみなさん、いらっしゃいませぇ」

ガシャアァンッ！

窓ガラスをぶち抜いて、異形の生物が侵入する。曲がりくねった角、コウモリのような黒い翼、鋭い牙と鉤爪。神話などに登場する悪魔の姿そのものだ。

「今この学園は地獄とつながっているんだよ。そしてキミたちは堕天の儀式に捧げられた

「生け贄なのさぁ。ああ、憑依できない大人は不要だから、捨てちゃっていいよ」

州器の言葉に合わせ、悪魔が教師たちを体育館の外へと放り出す。一体どうなってしまうのか。生徒たちは恐怖のあまり金縛りに掛かったように逃げられない。

「では、新婦の入場だよ。おいで、聖奈たん」

手招きされ花嫁姿の聖奈がしずしずと壇上に上がった。女性なら誰もが憧れる純白ウェディングドレスは、そのほとんどが極薄のレースで作られており、大胆に肌を晒す淫靡なデザインだった。

絹レースに飾られたカップは左右に分かれ、赤く充血した乳首が頭を覗かせている。丸々と膨らんだ臨月のお腹はほとんど露出し、スカートも極小ミニでノーパンのお尻もパイパンのワレメも丸見えだ。さらに洗濯ばさみのようなクリップが陰唇を左右に引っ張って、濡れた粘膜まで晒している。

白のガーターストッキングとロンググローブは花の刺繍《ししゅう》で飾られ、妖艶な演出となっている。足元は白の厚底ピンヒールで一見不安定だが、見事に履きこなしているのはさすがと言ったところだろう。ベールに隠された美貌は紫のアイシャドウや真っ赤なルージュという派手なメイクを施されているが、表情自体は蝋人形のように無表情で、瞳も光を失って、錆びた青銅のようだ。胸の痣が赤々と輝いており、悪魔による洗脳が完了したことを示していた。

「聖奈ちゃん……どうしたんだ、一体？」

「あ、あのお腹……やっぱり州器とできてたのか？」

学園のアイドル的存在だった美少女の変わり果てた姿を見て、生徒たちは大きくざわめき、どよめく。州器と付き合っているという噂は少しずつ広がっていたが、一月前はそこまでお腹も目立っていなかった。それが今はどう見ても臨月の妊婦なのだから、驚くなという方が無理だろう。

「もう一人、ゲストとして元彼を呼んであるんだ」

続けて優斗が、ベリアルを背中に乗せて首輪のリードを手綱のように操られながら、四つん這いで登場した。貞操帯以外は何も身に着けていない惨めすぎる格好だ。

「せ、聖奈……」

「……………」

「なんとか言ってよ……あぁぁ……聖奈、僕だよ……優斗だよ！」

「……………」

優斗が声を絞り出しても、聖奈はまったく反応しない。声はもちろん、視界にすら入っていない様子だ。

「フヒヒ。無駄だよ。聖奈たんはボクの催眠調教で潜在意識までパーフェクトに洗脳完了、ボクの言うことは何でも聞く完全な操り人形になったんだよ」

「そ、そんな……うぅぅ……」

「そこで見ていればいいさ。さあ、聖奈たん、ボクの妻となり、身も心も捧げることを誓うかい？」

「……ハイ。誓いますワ」

抑揚のない声で答え、コクリと従順に頷く聖奈。プログラムで決められているのかと思うほど、まったく躊躇がなかった。

「ではまず愛のフェラチオをしてもらうよ」

ズボンから異形の男根を握り出す。不気味なイボと粘液に覆われた肉棒は子供の腕ほどもある大きさで、威圧的に天を衝いている。そのくせ包皮が被っているのが、さらに不気味だった。

「ハイ。センセェ、ご命令通り、フェラチオ奉仕しまス……」

州器の前に跪き、シルクグローブの手指を絡ませていく。包皮を摘まんでグイッと捲り返らせると、黄ばんだ恥垢にまみれた亀頭が姿を現す。

「あふンっ、うふン……ぴちゃぴちゃあ……センセェのチンカスが……とっても美味しいでス……あむっ……くちゅん」

戸惑うことなく汚辱の肉棒に舌を這わせていく聖奈。州器のレベルに応じて恥垢の量も増えており、強烈な匂いは一ヶ月洗っていない公衆便所のようで、生徒たちの所へも匂ってくるほどだ。

「う、うえぇ……くせぇ……あんな汚いチンポを舐めてるぜ……」

「し、しかも美味しそうに……チンカスを……食べてるぞ……」

聖奈の変態的行為に顔をしかめる生徒たち。しかし聖奈は気にすることなく、ますます積極的にペニスを舐め回して、腐ったチーズのような恥垢を丁寧に舐め取っては、嬉しそうに微笑んだ。

「ガッポリくわえて、マンズリするんだよ」

「……ハイ……マンズリしまス」

口を思い切り開き、顎が外れそうな巨根を迎え入れる聖奈。そこからさらに深くくわえ込んでいき、食道まで迎え入れるディープスロートを披露する。イボだらけの不気味な肉棒を、花嫁姿の美少女がしゃぶる様は背徳的な美しさだ。

「ね、根元まで全部口に入ったぜ……」「す、すげえ……手品みたいだ……」

長大なイチモツを軸にして、唇を突き出し、頬をくぼませたフェラ顔が前後に往復する。さらに命令を受けた片手が無毛のワレメを擦り、中指を膣孔に潜り込ませてクチュクチュと攪拌し始めた。クリップで開ききった桃色粘膜が、キラキラ光を反射していく。

「あ……あむ……んふっ……はあはあ……くちゅぱぁ……あぁん」

「あの聖奈ちゃんが、州器のチンポをしゃぶりながらオナニーまでするなんて……」

「な、なんてスケベなんだ」

妖艶で淫蕩な美少女花嫁の姿に全校生徒の視線が集中した。

「あぁぁん……見られてますわ……あぁぁ♥」

「聖奈……そんなことしちゃ駄目だ……負けちゃいけないよ……うう」

激しい嫉妬に襲われ、優斗も懸命に声を掛けるのだが……。

「フヒヒ、みんなや元彼に見られてるよ、聖奈たん」

「あ……あぁぁん……優斗……見られたら……じゅぱじゅぱ……感じちゃうの……あぁぁ……聖奈はセンセェに洗脳されて、露出狂の変態マゾに調教済みなの……はぁむ……大勢に見られながらマンズリオナニーするのが大好きなのよ……あむぅ、くちゅん」

聖奈は頬を上気させ、ウットリと興奮と恍惚の笑みを浮かべていた。オナニー中毒、露出狂などの変態性欲が発露して、蟻地獄のような淫獄に聖奈を引きずり込んでいく。優斗の励ましの声さえも、今の聖奈には媚薬になってしまい、まったくの逆効果だった。かえって興奮した様子で根元まで勃起をくわえ込み、陰嚢をモミモミと刺激する。

「あああ……いいよぉ……フヒヒ、アイツに見せつけてやるよ……ハアァハアァ……ッ」

元恋人の前でしゃぶらせる優越感に浸りながら、聖奈の頭をガッシリと両手で挟み、腰をグイグイと振り立てていく。海綿体が真っ赤に充血して爆ぜてしまいそうだ。

「うう……やめてよ……聖奈をこれ以上いじめないで……」

「聖奈が悦んでおるのがわからんか」

ベリアルの言うとおり聖奈の蜜壺はグチョグチョに濡れて、陰核もしっかり勃起している。小鼻を思い切り広げた無様さも被虐美を醸し出していた。

「それにそなたも……惨めな寝取られマゾチンポが貞操帯の中でガマン汁を吐いてピクピクしておるわい。恋人の前だというのに、情けない男じゃ」

肛門に指を突っ込んでグリグリと前立腺を刺激してくる。

「うあぁ……どうしてこんな……あぁ……触らないで」

一ヶ月間のベリアルによる調教で、優斗もまた聖奈の寝取られ姿に極度の興奮を覚えるように馴致《じゅんち》されていた。どんなに悔しくても、倒錯した情動を抑えることができず、貞操帯の中でコチコチに勃起してしまうのだ。

「フフフ。あんな情けないヤツとは別れて正解だったでしょ。おらおらぁ」

「んむっ……あふっ……ふぁい……優斗は情けない寝取られマゾです……んむぅぅ……別れて正解でしたワ……ちゅぱ、くちゅん」

ガンガンッと後頭部に突き抜けそうな勢いで見せつけイラマされて、苦しげに呻く。それでも巨根をくわえ込んだ唇を決して放そうとはしない。懸命に舌を蠢かせ、チュパチュパとバキュームして、愛する肉棒への奉仕を情熱的に続ける。

「クヒヒッ。お口に出すけど、すぐに飲んじゃ駄目だからねぇ。ほれぇ」

元恋人の前で奉仕させ、精液を飲ませる征服感と達成感。甘く蕩けるような快美が鈴口から染み込んで、肉棒の中心を快美電流が走り抜けた！

ドビュルッ！　ドビュウウッ！　ドプドプドプゥッ！

「んっ、んむっ……オチンポミルクゥ……あふぅ……んぐぅ……むふぅっ」

相当な量なのだろう。聖奈の頬が餌を頬張るリスのように膨らんでいく。

「舌で掻き混ぜて、よぉく味わって」

「んちゅ……くちゅ……むちゅ……くちゅくちゅ……はぁう……ふむぅん」

「アイツに見せてやるんだ」

「ふぁい……ゆうとぉ……見へぇ……」

しっかりと攪拌した後、唇を優斗に向かって開いて見せる。たっぷり口腔に溜まった濃厚精液がブクブクと泡立ち、舌や歯茎に絡みついて、ネバネバの糸を引いていた。

「ほれ、見るのじゃ」

「ううう……あああ……聖奈ぁ……」

背けたい顔をベリアルに引き戻され、無理矢理見せつけられる。

「あの逞しさ、そして精液の量を見よ。そなたとは牡としての格が違うわい」

「あ、ああ……うっ……ううっ」

貞操帯を扱かれて、情けない声を上げてしまう優斗。淫蟲によって精気を吸われ続けた優斗とでは、まったく比べ物にならない射精量だ。州器との差を思い知らされ、惨めさと情けなさに打ちのめされていく。

「最後はオシッコしながら、ゴックンしてごらん」

まるで犬に芸をさせるように州器が命令をする。

「ふぁい……センセェ……オヒッコしまふぅ……あぁ……あふぅぅ〜〜〜んっ」

ジョロロッ！　ジョロロロォォ〜〜〜〜〜〜〜〜〜〜ッ！

ザーメンを飲み込むと同時に、観客に向かってＭ字開脚し、黄金水を迸らせる聖奈。

「うわああ、きたねえ！」

「きゃあ、こっちに掛けないでよ！」

生徒たちが悲鳴を上げるのも構わず、聖奈は放尿を続ける。オナニーも続行しているので、飛沫はそこら中に飛び散った。

「ハアハア……あ、ああ……気持ちイイ……見てぇ……聖奈のオシッコも……マンズリも見て下さイ……ごく、ごくん……あぁん」

羞恥心が完全に消えたわけではなく、美貌は耳まで赤くなっているのだが、州器の操り肉人形と化した聖奈に抵抗できるはずがなかった。ザーメン臭い息を吐きながら、恥辱の頂点へ登り詰めていく。

「あ、ああっ！　優斗も見てぇ……あああ、イクッ！　イっちゃうぅっ！」

「ククク、そなたも同時にイクのじゃ。寝取られマゾのドライアクメじゃ」

「聖奈ぁ……うあぁ……っ！」

優斗もビクビクと股間を痙攣させて同時に果てさせられていた。淫蟲に精気を根こそぎ吸い取られながら、射精できないままの屈辱アクメを極めてしまう。

「聖奈ちゃんがあんなことする娘だったなんて……憧れてたのにガッカリだな」

「それに優斗君も……情けないわよね」

生徒たちの中にも負の感情が徐々に広がり、侮蔑するような声がヒソヒソと囁かれて、優斗の心を苦しめるのだった。

「いよいよ本番だよ。さあ、元彼の前で自分からくわえ込むんだ」

「……ハイ、センセェ」

胡坐《あぐら》をかいた州器の膝の上に、正対座位で跨がっていく被虐のボテ腹花嫁。

「あっ、あぁん……センセェのオチンポが入ってくるぅ……はあはあ……太くて硬くて……逞しいの……はぁ……嬉しいですワ……♥」

濡れそぼった柔襞がくわえ込んでいくにつれ、秘奥に溜まっていた愛液がジュブジュブと溢れ出てくる。イボだらけの異形の男根がコーティングされて、ヌラヌラといやらしく輝き始めた。

「あ、あああぁんっ！　全部ぅ……はうん……入りましたぁ……あぁぁむ」

やがて腰が最後まで降りて、巨根が完全に聖奈の中に姿を消した。孕んだ子宮を押し上げられて臨月の妊婦腹がタプンッと揺れる。

「はあはあ……あぁっ……アンッ……イイ……気持ちイイ……んんっ……あぅんっ」

「うう……聖奈……ああ……もうやめてくれよ……」

優斗が呻くような声を絞り出すが、聖奈はまったく聞こえていないようで、至福の笑みを浮かべたまま気持ちよさそうに腰を振り始めた。

「早く赤ちゃんが産まれるように、オマンコを掻き混ぜてあげるよぉ」

それを受けて、州器は垂直にズンズンと突き上げ、さらに脂ぎった掌で乳房やお腹を撫で回した。

「こんなにお腹を膨らませて……オッパイからも母乳が溢れて……フヒヒ……腋毛もフサフサだねぇ」

掌に情念を滲ませて、自分が孕ませた女体の変わりっぷりを隅々まで堪能する。あの守護天使をここまで調教したことに、ペニスと胸がカアッと熱くなった。

「後はこのままボクの赤ちゃんを産ませれば、完璧だねぇ」

繋がったまま立ち上がると、そばにある分娩台へと移動して、そこに聖奈を仰向けに横たえた。両脚がV字型の台座に拘束され、両腕は頭の横に固定される。女のすべてを曝け出す大股開きは妊婦に相応しい格好と言えるだろうか。

「フヒヒ、さあ早く産んでおくれよぉ。ほらほら、子宮口を開いてあげるからねぇ」

ズブッ！　ジュブッ！　ズブッ！　グチュンッ！

妊娠中の蜜壺を串刺しにしながら、子宮口に亀頭を食い込ませ、グリグリと刺激してやる。執拗に子宮を刺激することで、出産を早めるつもりなのだ。

「あ、ああン……そこぉ……センセェ……お腹がぁ……ああむっ……イイ……もっと、ズンズンしてくださイィ……あはぁンっ」

張り詰めた乳房から母乳がピュルピュルと噴き出し、ボテ腹を濡らしていく。甘いミルクの匂いが州器を昂らせた。

「はあはあ……深いぃ……子宮が疼いて……あぁぁ……感じちゃいまス……ああ……オマ

ンコ、キュンキュンしますわぁ……あうっ、あうぅっ！」

陣痛に襲われ、聖奈は甘く切なげな声を上げて、ググッと背筋を反らせた。緩んだ唇から長く舌をはみ出させ、涎まで垂らしている。

「ああ……そんな、聖奈が……」

あまりの生々しさに、優斗は恋人が解剖されていくような錯覚に襲われた。

「ここまできたらもう、逃れられない。聖奈たんはボクのモノになるんだ」

「うう……そんなことはないよッ。僕と聖奈の想いは……こんなことじゃ消えないッ」

「ふぅん、じゃあ、試してみるかい？　キミたちの愛をさぁ」

自信たっぷりにうそぶいた州器が、一旦ピストンを中断した。

「さあ、聖奈たん……すべての術を解いてあげるから、目を覚ますんだ」

残虐な笑みを浮かべて、パチンと指を鳴らす。


「う……あ……あぁ……こ……ここは？　はあはぁ……あぁぁッ⁉」

胸の赤い紋様が消失し、碧眼に光が戻る。

「ヒィィッ⁉　な、何なんですのっ！　あなた、何をしてますのっ！　こ、こ……このお腹は一体ぃ⁉　うあぁ……わたくしに何をしましたのよぉっ⁉」

州器に囚われてからの記憶が一切ない聖奈は、激しく混乱し、驚きで見開いた瞳で臨月のボテ腹を見つめた。

「フヒヒ、聖奈たんはボクの赤ちゃんを妊娠したんだよ。そして今から出産するところなのさ、醜い悪魔の子をねぇ。フヒヒヒィッ！」

「そ、そんな馬鹿なことが……あるわけないでしょっ……うっくぅ……動くなぁ！」

ドスッドスッと突き上げられる圧迫感、そのたびにブルブルと震える大きなお腹。否定したくてもそれは逃れようのない現実だった。

「ウヒヒヒッ！　もう何もかも手遅れ、無駄なんだよぉ。ほおら、痛恨の一撃ぃ」

強烈な一撃が子宮口をくぐり抜け、妊娠中の胎内にズブリと達する。その直後……。

「あきゃあぁぁ～～～～～～～ッ！」

プシャアァァッ！　バシャバシャバシャッ！

極太に埋め尽くされた膣孔から、熱く透明な液体が堰を切ったように溢れ出してきた。

それは羊水だった。

「とうとう破水したようだねぇ。フヒヒ」

「はあ……はああ……あああ……は、破水ってぇ……ああぁん」

子宮口を抉られるたび羊水が溢れ出し、ギュウウッと搾られた乳房から母乳が勢いよく噴き出す。肉体のあらゆる反応が、聖奈の妊娠を示していた。

「ンはあ、ああっ……お乳まで……こんなことって……うそ、うそですわぁっ」

天使としてあり得ない妊娠、しかも結婚相手は悪魔に乗っ取られた醜悪な中年男。混乱しきった頭ではワケがわからず、突きつけられた恐怖に戦慄きながら首を横に振るばかりだ。

「フッヒッヒッ！　可愛い赤ちゃんを産んでもらうよぉ」

ジュボッ！　ズボッ！　ズプズプッ！　ジュブゥッ！

子宮内にねじ込んだ極太ペニスが神秘の扉をさらにこじ開けていく。目も眩むような快楽の中、胎児の頭がゆっくりと緩んだ子宮口を通過してきた。

「ソあぁぁ……あああ……なに……お腹の中で動いて……なんですの、これぇ……あああぁ……優斗ぉ！　こわいっ……こわいのぉっ……た、たすけてぇ」

自分の中にある別の命。しかもそれは邪悪なオーラを纏った悪魔の子なのだ。初めての出産に錯乱し大粒の涙をポロポロとこぼす。あの気丈な守護天使とは思えないほどの、弱々しい泣き顔だった。

「ククク、もうすぐ産まれるぞ。もっとよく見るのじゃ、寝取られメシアよ」

優斗の陰嚢をグリグリと踏みにじりながら、ベリアルは天使の血から作った真っ赤なワインを堪能している。数万年を生きる彼女でも天使の出産は滅多に見た事がなく、最高の見世物、酒の肴《さかな》であった。

「うああ……せ、聖奈……正気に戻ったんだね……あうう」

だがそれを喜べる状況ではない。聖奈の反応からみて、その時は刻一刻と迫っていたが、ベリアルの奴隷に堕とされた今の優斗には何もできないのだ。

「もう子宮口はしっかり開いてるよ。ヒヒヒ、元彼の前で、赤ちゃんを産みながら無様に気をやるんだ」

　両手で円を描くようにボテ腹をマッサージしながら、触手ペニスを操って産道を押し広げていく。聖奈を淫乱な母親に造り変えるべく、異常な愛情を込めて唇を奪った。

「あむ、んちゅ……いやぁ……そんなのいや……あぁぁ……悪魔なんか、産みたくないぃ……んむぅ、くちゅう…………死んでもいやなのに……ぁはうぅぅ……ど、どうすればいいの……ああンっ……も、もうキスしないれぇ……あぁぁぁ～～～～ンッ！」

「いやと言いながら、オマンコはグッショリだ。赤ちゃんを産みたくて仕方がないって顔に書いてあるよ……ああ、それにしても孕みマンコは最高に気持ちイイねぇ」

　肉棒にまとわりついてくる蜜肉の熱く蕩けるような感触に州器は舌を巻く。やはり催眠状態とは雲泥の差で、女体の神髄を味わっているような濃厚な味わいだ。

「聖奈たんはここも感じるんだったよね」

　分娩台のサイドから触手が伸びてきて、縦割れアヌスをズブリと串刺しにする。

「んはぁっ……はひぃっ……お尻……だめぇ……あひゃあぁん！」

「どうかな、感度百倍の触手責めは？　ほおれ、コチョコチョコチョォ！」

　さらには母乳を滴らせる乳房や、尖りきったクリトリスにも群がってきた。

「ンあああぁっ！　や、やめ……ひゃめてぇ……そんなにされたら……ンあぁぁぁぁんっ！　頭が変になりゅうっ！　はあ、はひぃぃっ！」

　全身を襲う快楽責めに、聖奈は拘束された手脚をガクガクと震わせ、分娩台の上でのたうち回った。だが拘束ベルトはまったく緩まず、妊婦天使への快楽拷問は延々と続く。その間も変態教師は剛直ピストンを続けて、膣肉を柔らかくほぐしていくのだ。

「はあぁあっ……はあぁあっ……ンあぁあぁ……セ、センセェ……やめて……はぁはひぃっ……いや、いや……あ、悪魔の赤ちゃんなんて、産みたくないぃっ……あひっ！」

「じゃあ、どうするの？　可愛い赤ちゃんを殺すつもりかい？」

「うぁあ……そ、それはぁ……」

悪魔の子でも自分の血の繋がった赤ん坊だ。潜在意識に母性を植え付けられた聖奈に、我が子に手を掛けるなど、やはりできない。

「フヒヒ、産みたくなくても産むしかないんだよ」

「あ、ああ……優斗……ゆるして……」

異常で執念深い責めを受けているうちに、青褪めていた頬に血色が戻ってきた。弱点の肛門を責められていては、力を込めることもできず、弛緩させられた括約筋が赤ん坊の頭でジワジワと押し拡げられていく。

「頭が出てきたよ、聖奈たん。もうすぐママになるんだ、嬉しいでしょう？」

「ハアハア……う、嬉しくなんかぁ……あひゃぁ……う、産ませないで……うあぁあぁン……産んだらもう……あふぅううっ……天使じゃなくなっちゃう……ああ……こわいのにぃ……うあぁぁ……お尻穿らないでぇ！」

いよいよ悪魔の出産が迫り、涙を溢れさせる臨月の天使。絶息しそうだった声はどことなく甘く響き、出産と官能が連動しているかのように息づかいも乱れて、切迫していく。

州器の打ち込みに合わせて腰が上下にカクカクと動き出す。

「あ、ああん……いや……はあはぁ……産みたくないのに……はあはあ……赤ちゃん……動いちゃ……だ、だめぇ」

媚肉もヒクヒク蠢いて、羊水と愛液をトプトプ溢れさせせながら我が子を抱擁し、自分を孕ませた憎く逞しい剛棒に擦り寄っていく。

「もうすぐ……産むのか……悪魔の子を……」

「でも、聖奈ちゃん……感じてるみたいだぞ……？」

悪魔の出産と聞いて引いていた生徒たちも、いつしか見入っていた。犯され追い詰められるほどに増していく花嫁の美しさが、生徒たちの眼を釘付けにするのだ。

「優斗、ゆるして……はぁぁぁンっ……も、もう出ちゃう……あぉううぅぅっ……赤ちゃん……産まれりゅう……あはぁひぃっ、あふぅぅんっ！」

「それおれ、出産祝いだぁ！」

ドピュルッ！　ドピュドピュッ！　ドバドバァァァァッ！

胎児の存在をペニス先端に感じながら、州器は灼熱の濃厚ザーメンを注ぎ込む！

「アアァァ〜〜〜〜〜〜〜〜〜〜〜〜〜〜〜ッ‼」

身を裂かれるような出産の苦しみ、赤児を押し返すような射精の勢い、全身の性感帯を襲う触手責め、母になる悦び……それらがすべて一つに溶け合い、灼熱の官能の激流とな

って聖奈を呑み込んでいく。

「あはあぁぁんっ！　もう……産まれちゃう……ああ、もう……らめぇ～～～～っ！」

拘束された爪先が丸まったり広がったりを繰り返し、犯される腰がググッと持ち上がって、ボテ腹の肌の上を夥しい汗が流れ落ちていく。割り裂かれた股間がさらに拡がって、牝肉のすべてを晒してしまう。天使の尊厳も品位も奪われ、後に残るのは剥き出しの牝の本能だった。

ブリュッ！　ブシャアァッ！　バシャバシャアァッ！

羊水と共に金髪を生やした頭部が押し出されてくる。極限まで拡張された膣肉にこの世のモノとは思えない快美感が湧き起こり、女の法悦と融合して爆発した。

「あ、あわわ……おぉ……ふはぁ……はぁ……おほおぉ……あ、ああ～～～っ！　イグッ！　イグゥ～～～～～～～ッ！」

強烈な出産アクメに襲われて、全身をガクガク痙攣させる聖奈。そのエクスタシーの痙攣に押し出され、赤児が全身を露わにする。

「わあ、産まれたぞ……すげえ！」

「見て……っ、角が生えてるわっ！」

放り出されてくる赤ん坊を見て生徒たちは騒然となった。あの御光聖奈が人外の子を産み落とし、絶頂までしてしまうとは。普通なら生々しすぎる出産シーンだが、聖奈の美しさが中和して、神々しい絵画のようにすら見えた。

「フヒヒ。おめでとう、可愛い男の子だよぉ。ウヒャヒャヒャヒャッ」

州器が嬉しそうに我が子を抱き上げて、勝ち誇ったように嗤う。

「ハア……ハア……ハア……あぁぁ……わ、わたくしの……赤ちゃん……」

額に生えた一本角、小さく鋭い牙、白と黒の羽翼、頭のリングと黒い尻尾……。まさに天使と悪魔のハーフと言った感じで、特に金髪と青い瞳は聖奈によく似ている気がした。おぞましいと思う反面、温かな母性が胸一杯に溢れてお乳が張ってくるのだ。

「あぁ……聖奈……」

ついに州器との子を産まされてしまった恋人を見て、優斗もガックリと頭を垂れる。すべてが終わったのだと、打ちのめされていた。

「フヒヒ……ギハハハッ！　これで聖奈たんは、完全にボクのモノだ。さぁ、観客はもういらないから、悪魔の依り代になってもらおうかな」

周囲を囲んでいた悪魔たちが一斉に動き出し、生徒に襲いかかる。

「そんな、うわぁぁ！　悪魔が！」

「誰か助けて！」

逃げ惑う生徒たちに悪魔が次々と憑依していく。その時。

「光戦フォームッ！」

ズバァァァァァァッッ！

聖奈の身体が目映い光に包まれ、次の瞬間花嫁衣装と共に手脚の拘束も引き千切られる。

光のリングと白い翼と聖衣を纏った、守護天使がそこにいた。

「聖奈たん⁉」

「気安く話し掛けないでッ！　ハアァァァッ！」

聖剣を一閃！　州器の頭をはね飛ばす。

「ハアハア……子供を産んで、精神支配が弱まるのを待っていたのよ」

まだお腹は膨れたままだが、激しい怒りが戦闘力を増大させていた。今ならどんな悪魔にも負ける気がしない。

「ムム、守護天使が復活しただと⁉」

「まさか、あの状態から……」

生徒に乗り移った悪魔たちが信じられないという風に動揺している。

「ああ……聖奈！　よかった！」

「ほほう、これはこれは……メシアまで」

元気を取り戻した優斗を見て、ベリアルは赤い瞳を細めて、フッと面白そうに嗤う。

「ぬぬぬ……メインカメラをやられたくらいでぇ……っ！」

頭部を失った州器がフラフラと立ち上がる。やはり完全に悪魔と一体化しているのだ。

「しつこいキモデブ悪魔！　二度と復活できないように魂まで消毒してあげますわっ！」

聖剣を振りかぶり、トドメを刺そうとする。しかし……。

ドクンッ！

（ッ!?）

強力な闇の気配を感じて聖奈は動きを止めた。

振り向いて敵を探るが、ベリアルは正面で薄笑いを浮かべたままだし、他の悪魔たちはそこまでの脅威とは思えない。

「フヒッ……フヒヒッ……どうしたのかな、聖奈たん」

「お黙りなさい！　今すぐあなたを地獄へ……はうっ！」

再び衝撃を感じて聖奈の身体が反る。今度はその位置を特定できた。

「まさか……わたくしのお腹の中に……」

「フヒヒ……その通り！　双子だったんだよぉぉ！　赤ん坊が一人だと、いつから錯覚していたのかなぁ？　フハハハァッ！　イッツア、ショウタ～～～～イムッ！」

ピカァァッとスポットライトのような強烈な光が聖奈に集中する。天井に張り付いた巨大な目玉悪魔から発せられる光はただの照明ではなく、聖衣がボロボロに劣化していく。

「ンああ～～～っ……あぁぁ……か、身体が……熱い……ああ……熱いですわ……っ」

「それは闇の力を活性化させる魔の光、悪魔化促進光線なのだぁ」

「はあ、ああ……ぅあああ～～～～～～ッ」

州器の言葉も耳に入らず、聖奈はお腹を抱えて床に膝をつく。胎内で暴れる闇のオーラが脈打ちながら増大し、臍帯を通じて聖奈の身体にも浸潤してきたのだ。

「聖奈、どうしたんだ、聖奈！」

優斗や生徒たちも声を掛けるが、聖奈の耳には届かない。脳内を駆け巡る黒い電流が、ガラスを引っ掻くようなおぞましいノイズをまき散らし、何も耳に入ってこないのだ。

「うあああぁぁぁ～～～～～～～～～んッ！」

キュバアアァァァァァアァッ！

身を包んでいた白銀の聖衣が吹き飛び、代わって再び花嫁衣装が身体を包んでいく。だがその色は漆黒。禍々しくも美しい闇のウェディングドレスだった。

「うああ……あああ……か、身体が……あああああああっ」

変化は衣装だけではない。頭上のリングも暗転し、背中の光翼も黒く染まってしまう。

「はあっ……はあっ……こ、これは……はぁ……この姿はまさか……ああ……」

あまりのことに全身がワナワナ震え出す。それは聖奈たち天使の敵、闇に染まった堕天使の姿に他ならない。

「ホッホッホッ！　肉体は一足先に堕天したようじゃな」

「黒い堕天使の花嫁さん、なかなか似合ってるよ」

「ハア、ハア……ち、ちがう……身体が変わっても……わたくしはまだ……心までは……」

首を弱々しく振る。しかしリングは光を失い、黒い翼まで生えてしまっては否定のしようがなかった。堕天しただけでなく、乳房もお尻も、二回りは大きく成長し、太腿にもムッチリと脂が乗っていた。

「オッパイもお尻も、ボク好みのいやらしい牝の身体になったねぇ。心もすぐに堕としてあげるよぉ。それぇ！」

ジャララッと鎖が四方から伸びて聖奈の手脚に絡みつき、両手両脚をピンと伸ばした屈辱的な四つん這いの体勢を取らされてしまった。Ｋカップはあろうかという爆乳が重そうにぶら下がり、九十センチを超えるであろうヒップが、大迫力でムチッと突き出された。

「ああ……放しなさい……うあぁぁっ！」

なんとか逃れようとするのだが、四方から悪魔の光を浴びせられていては力が出せない。

「聖奈たんはボクの奴隷なんだよ。たとえ催眠や洗脳が解けてもね。ジャジャ～ン！　悪魔の浣腸器～～～っ！」

頭部を復活させた州器が巨大な浣腸器を掲げてニンマリと嗤う。内容量は三千ＣＣはあるだろう。容器の中でドロリとした桃色の液体が生きているように波打っている。

「ハアハア……何を……する気なの！」

「コイツは聖気を吸収するスライムだよ。これで最後の聖霊魂を引っこ抜いてあげようと思ってねぇ。でもその前に……」

さらに取り出したのは大人の腕ほどもあろうかという超巨大なディルドウだった。

「これは水晶でできてて、見ての通りほぼ完全な透明なんだ」

楽しげに嗤いながら、その水晶張り形を出産間もないヴァギナにズブズブとねじ込んだ。

「ううあぁぁっ！　太いぃ……ううぅむ……裂けちゃうぅ……っ！」

「スライムがすべての聖霊魂を吸収するには、少し時間が掛かるんでね。それっ」

長さ三十センチ、直径十センチもある丸太の杭のような淫具が根元まで埋め込まれる。拳のような亀頭部は出産で緩んだ子宮口を貫通して巨大な栓となり、産道に降りかけていた二人目の胎児を押し返した。

「うあああ……だめ……お、大きすぎますわぁ……はひぃっ」

「赤ちゃんが通れるんだから、これくらい大丈夫さ」

嗤いながらパンパンに膨らんだお腹を撫で回す。超巨大張り形を子宮にまで挿入されて、臨月妊婦のボテ腹は破裂寸前の風船のようだった。お臍も浅くなり、妊娠線がこれまで以上に目立つ肌の上を玉のような汗が流れ落ちていく。

「フヒヒ。透明だから、子宮の中まで丸見えなんだよ。みんなによく見てもらおうね」

州器の言うとおりパックリと円形に口を開けた牝肉の内側が剥き出しにされていた。そこに魔光のスポットライトが当てられて、サーモンピンクの蜜襞がうねりながら絡みつく様や、子宮内で動く胎児の様子まで、何もかもが暴き出されてしまう。張り形の底面はレンズのようになっており、観客も拡大して見られるという優れものだ。

「おおお……すげえ、オマンコが全開だ」

「あれが天使の子宮の中か。さっきはハーフだったが、二人目はどんな悪魔か……楽しみだぜ」

生徒に乗り移った悪魔たちは身を乗り出して、ぎらつく視線で堕ちた守護天使の奥の奥まで観察し、ゲラゲラと嗤った。

「うあ……あぁぁ……魔光が……視線が……し、子宮の中にまでぇ……あああ……み、見るな……はぁぁ……見ないでぇ……っ」

何百人という視線が注ぎ込まれるのを感じて、子宮がカアッと燃え上がった。植え付けられた露出癖が開花し、おぞましい快感となって聖奈を狂わせる。

「フヒヒ、子宮の中まで見られるなんて、露出狂の聖奈たんにはたまらないでしょ。じゃあこっちも進めようかね」

ボリュームアップしたヒップラインを撫で回した後、野太い嘴管《しかん》を聖奈の縦割れアヌスにズプっと押し込む。

「んはあぁっ！　あああぁぁぁ～～～～ンっ！」

知らない間に調教された肛門はそれだけでも鋭い快美を伝えてきて、思わず甘い声が漏れてしまう。

「聖奈たんは、浣腸されて聖霊魂を抜かれるのが大好きだったからね。思い出したかな」

シリンダーをグッと押し込み、スライムを直腸注入してくる。重く冷たい感触が内臓に拡がってくるたび、えも言われぬ快感がこみ上げてきて聖奈を動揺させた。

「もう感じてるようだねぇ」

「ハアッハアッ……知らない……感じてなんか……いませんわ……うう……変なモノ入れないで……はぁううンっ……あ、あぁ……むぅっ！」

（どうして……こんなことされて……感じちゃうの……？）

触れられた記憶すらない肛門で、性器と変わらない快感を感じさせられてしまう。ワケがわからないまま、肉体はジリジリと体温を高めていき、媚肉にもしっとりと蜜が滲み始めた。

「ククク、こういう入れ方も好きだったよねぇ」

ビュッビュッとまるで射精するように小刻みにシリンダーを押して、スライム浣腸を送り込む。

「はぁ……はぁ……い、いやよ……ううう……あ、あぁ……はあはあ……あんっ」

ドクドクと注ぎ込まれるたび、何かがお腹の底からこみ上げてくる。お尻を振り立てても、その淫らな熱源から逃れることはできない。ブルブルと胴震いが起こるのを止められなかった。

「ほれっ、五百CCだっ」

ズンッと巨大浣腸器が押し込まれ、それまでと一転して大量のスライムが注入された。

「ンあぁあぁっ！　イ、イクッ！　あああっ……お尻、イクゥッ！」

ビクビクッと双臀を戦慄かせ、聖奈は仰け反るようにしてエクスタシーに登り詰めてしまう。極太張り形をキリキリと食い締め、ピーンと伸びた手脚が小刻みに痙攣した。

「おおっ、コイツは驚いたぜ。浣腸だけでイキやがったぞっ」

「なんて淫乱な天使……いや堕天使だぜ」

悪魔たちが眼をギラギラさせながら嘲笑を浴びせてくるが、続けざまに注ぎ込まれる浣腸液が聖奈に反論する余裕も与えない。

「ハアハア……ど、どうして……ですの……あ、ああ……もう、入れるなぁ……あううっ……い、入れないでぇっ」

「浣腸だけで気をやるアナルマゾに調教してあげたじゃないか。すぐに思い出すよ」

アヌスを嘴管でこねくり回した後、残りのスライムをドクドクと注入していく。

「ソあぁ……だめ……だめぇ……うぅ……あぁ……イっちゃうぅ～～～っ！」

キリキリと奥歯を噛みしめながら、黒花嫁衣装の身体を揉み絞る。括約筋が収縮して浣腸ノズルをキュウキュウと食い締めた。透明張り形に拡張された子宮内に視線が突き刺さり、燃えるように熱くなった媚粘膜も愛液を湧かせながらビクンビクンと痙攣している。

「うああ……み、見ないで……ああ……イクッ……入れないでぇ……あぁ～～～ッ！」

女の命の中心を襲う視姦の嵐と、休む間もなく送り込まれるスライム浣腸によって聖奈は連続絶頂に追い込まれた。一度達するとエクスタシーがいつまでも持続して、降りられなくなってしまう。注入されるままに、ヨガリ泣きさせられ、苦悶に呻き声を搾り取られる。その合間にも何度となく汗濡れたお尻をくねらせて、蜜壺の最奥を見せつけてしまう。

「あぁぁ……うぅむ……見られて、くるう……浣腸で……狂っちゃうぅ……はぁぁ……イ、イク！　イっちゃうぅ～～～～～ッ！」

「すげえ、もうイキっ放しだな。なんて淫乱な露出狂のアナルマゾだ」

「な、なんて敏感なアナルなんだ。あの男、なかなかやるじゃねぇか」

天使の拷問ショーは何度も見てきた悪魔たちだが、これほど美しい少女天使が視姦と浣腸だけでイク姿を見るのは初めてで、全員が息を呑んで見つめている。

「ちがうぅ……わたくしは……アナルマゾなんかじゃ……あぁ、ああ……露出狂じゃないわ……も、もう……やめて……あむぅ……うあぁン……イ、イイ……あぁン……イっちゃうぅッ！」

苦しげな呻き声の中にも、明らかな快美の牝声が混ざり始め、全身を引き攣らせながら、何度も屈辱の肛門絶頂に登り詰めていく聖奈。気をやるたびにボテ腹が震えて、出産途中の媚穴から羊水混じりの愛液がポタポタと滴った。だがそれも二千ＣＣくらいで様子が変わる。

「う、ううぅ……く、くるしいのに……あああぁ……イっちゃうッ！　はあはあ……これ以上は……ううう、無理ですわ……ああ……イキたくないのに、イクゥッ！」

ボテ腹をさらに膨らませる便意の苦しみの中でも、聖奈の肉体は被虐の愉悦に燃え上がり、貪欲に絶頂し続ける。

「聖奈たんの中で、苦痛と快楽がせめぎ合う姿は最高だよ。フヒヒ、記憶になくても、身体は覚えているもんだねぇ。ヒヒヒ」

楽しげに嗤いながら、太いピストンをグイグイと押し込んでいく。二千五百ＣＣを超えるとさすがに便意がすべてを呑み込んで、聖奈は汗まみれの身体を震わせながら、肥大化された乳房と臀丘をブルブルと揺すった。

「うああ……も、もう入れないでください……うぅぅむ……お、お腹が……くるしいの……センセェ……お、お願いしますぅっ」

襲いかかる猛烈な便意ともう一人の赤ん坊の陣痛とが混ざり合って、さすがの聖奈も堪えきれず、悪魔の男に懇願してしまう。肌という肌から脂汗が噴き出し、膣孔からは羊水がポタポタと漏れ続け、爆乳Kカップからも母乳が溢れ続けていた。

「甘えるんじゃねえ、牝豚め！　もっと入れろ」

「お腹が破裂するくらいぶち込んでやればいいのよ！」

悪魔に憑依された生徒たちが、辛辣な罵声を浴びせ始める。美しい守護天使が、無様なボテ腹を晒しながら堕落していく姿は、悪魔にとって最高のショーなのだ。

「フヒヒ、一人分空いたんだから、三千CCくらい楽勝だよね」

うそぶいた州器がシリンダーを最後まで押し切り、残り五百CCのスライムを一気に注入した。

「アヒイィィッ！　だめぇ……イクゥッ！」

ギクンッと背中を反らし、またしても絶頂に追い込まれる花嫁堕天使。便意も出産も限界寸前で、何度も喉を絞っては、ヒイヒイと啼き呻いた。

「赤ちゃんもウンチもまだ出させないよ」

巨大浣腸器を引き抜いた直後、アナルプラグを挿入して肛門を塞いでしまう。そしてウィィ～～～～ン、ウィィ～～～～～～ンッと超巨大バイブが振動を開始した。

「うあぁぁ～～～～んっ！」

限界を超えて膨らまされたボテ腹を震わせて、汗まみれの花嫁姿を痙攣させる。衝撃がお腹にも響いて、今にも爆ぜてしまいそうなほどの圧迫感だ。

「ヒヒヒッ、ほらほら、子宮も感じるでしょ？　マゾ妊婦の聖奈たん」

「ンあぁぁ……センセェ、もう許して……あ、ああん……子宮が……赤ちゃんが……あううぅンっ！　これ以上責められたら……頭がおかしくなっちゃううぅ……あぁぁんっ！」

出産間際の子宮内を掻き混ぜられて、聖奈は牝の啼き声を搾り取られる。

「もうやめてあげて……聖奈が……ああ……聖奈が……死んじゃうよ！」

たまらず優斗が叫ぶのだが、もはや地獄に繋がった学園に味方はいない。

「よく見るのじゃ。聖奈が感じているのがわからぬか？　フフフ」

「…………ッ」

「はあぁ、はあぁ……こ、こんなぁ……どうしてぇ……あぁ……優斗に……子宮の中まで……見られてるぅ……あうぅン……たまんない……あう、あぅんっ」

無意識の奥底に刻まれた快感は消せないのか。恋人に子宮の中の赤児まで見られるという異常な羞恥と背徳感が、かつてないほどの興奮を呼び起こすのだ。ゾクゾクと背筋が震え、脳幹が魔薬を浴びたように痺れてくる。目の前には桃色のカーテンが下りてきて、意識はマゾの官能迷宮へ迷い込んでいく。

「フヒヒ、だいぶ気分が出てきたねぇ。ではこっちもそろそろかな」

肛門に突っ込んでいたアナルプラグをゆっくりと引き抜いていく。

ジュルッ……ジュルッ……ズルズルッ！

「あ、あ、あぁぁ……ああぁぁぁ～～～～～っ」

プラグに引きずられるようにして、開ききった肛門からゼリー状に固まった桃色スライムがムリムリとヒリ出されてきた。

「これが最後の聖霊魂かな。フヒヒ」

スライムはピンポン玉サイズの聖霊魂を数珠つなぎに取り込んでおり、まるでゼリーに包まれたアナルビーズのよう。それを一つずつ引きずり出されるたび、肛門を捲り返される快感で伸びきった脚線がガクガク震えた。

「うあっ……あぁっ……ヒッ……ヒッ……引っ張らないでぇ……あぁおぉぉぉうっ！」

「どう聖奈たん、最後の聖霊魂を抜かれるのは？　気持ちイイでしょ。フヒヒ。これからどんどんヨガリ狂わせて、元彼の前で完全な魔族に堕天させてあげるね」

引き出したスライムの端を、横倒しされた円筒に引っ掛ける。円筒から突き出たハンドルをゆっくり回転させて、リールのようにキリキリと巻き取っていくのだ。

ズルッ……ズルッ……ズルルッ……ズルズルズルゥ～～～ッ。

「あぉっ、ぁあぁっ……そ、そんな魔族になんて……あぁあ……抜いちゃだめぇ……ああっ、あはぁぁ～～～～～ンっ！」

これまで感じたことのない壮絶な排泄快感におとがいを裏返らせる聖奈。直腸を引きずり出され、魂を引っこ抜かれ、身体を裏返されるような、言語に絶する狂おしい肛悦だった。バイブの振動も容赦なく子宮を揺さぶって、出産欲求を高めていく。

「ンあああっ！　ヒィィンッ！　赤ちゃんまで……動いてぇ……イ、イイ……イクッ！　ああぁおぉおっ！　イクッ！　おおおおぉぅうっ！」

一珠ごとに聖気をゴッソリと抜き取られて、抵抗しようという気力も萎えていく。腰に力が入らなくなり、ショボショボとオシッコまで漏らし始めた。

「くるぅッ……イクイクイクゥッ！　おっ、おぉっ、おほぉおうっ！　はあはあ……も、もう……止まらない……ンあぁ……イクの止まんないのぉ……あああぁ……イクゥ！」

獣のように呻き、逆らうこともできず、連続アナル絶頂に追い込まれてしまう。聖霊魂が一個、また一個と抜き取られるたびに強烈すぎる排泄エクスタシーに襲われ、それが子宮責めの快感と溶け合って延々と続くのだ。

「嬉ションまでして……フヒヒッ。元彼の前でもイイ声で啼くね。それでこそボクの可愛い聖奈たんだよ。ほらほら、途中で切らないように自分からも息んで、ゼリーウンチをヒリ出してごらん」

「ンあぁ……そんなことしたくないのに……イクイクッ！　あぁ、むうっ……も、もうイかせないで……優斗……見ないで……あぎぃ～～～～ッ！　オシッコ漏れてぇ……ウ、ウンチ、イグゥ～～～～～～～～～ッ！」

情け容赦なく拷問リールが回転し、スライム数珠玉を次々に巻き取っていく。縦割れアナルが産卵するかのように捲れ返って愛腸液に濡れたゼリーがヘビのようにウネウネ這い出してくる。

「フヒヒ。それにしても立派な一本糞だねぇ。もう三メートル以上は出てるよ。これは切らないように冷凍保存しなくちゃね」

楽しそうにリールを巻き続ける州器。聖奈ほどの美少女が汗でヌラヌラ光る尻タブを息ませながら桃色のゼリーを延々とひり出す様子は、アナルマニアにはたまらない光景だ。

「ヒャヒャヒャッ……小便とクソを垂れ流しながらイキまくってるぜ」

「なんて長い一本糞だよ。まるでカエルの産卵だぜ。ギャハハッ。もっと息め」

「はあ、ああ……ライトを当てないで……あひゃあぁっ……見ないでぇ……あへぁあ……ウンチ穴でぇ……感じちゃうのぉ……ぅあぁぁ～～～ん！」

肛門アクメに登り詰めるたび、白目を剥いて仰け反る。超極太クリスタル男根をくわえ込まされた膣襞がグニグニと妖しく蠢き、粘っこい本気汁を滴らせてしまう。その間にも州器はお尻にビシバシとビンタを飛ばして、休む間を与えない。

「ああ……聖奈が……あんな風になるなんて……」

恋人が過酷な調教に晒されていたのは知っていたが、聖奈の堕ちっぷりは予想を遥かに超えていた。ショックのあまり震えながらも、股間は熱く疼いて少しずつ充血していく。

「浣腸されてイキまくり、ヒリ出してイキまくり、それを見られて興奮する。洗脳を解かれているのに、浅ましいことじゃな。そしてそれを見て興奮しているそなたも立派な寝取

られマゾの変態じゃ。ほれ、射精してみるか？」

ベリアルが貞操帯の先端の穴から淫蟲を少しずつ引き出しながら嗤う。聖奈への責めとリンクさせる巧みな調教だ。

「う、ううぁ……あああぁ……引っ張らないでぇ……あああぁ～～～～ッ」

尿道から蟲を引き出される時の凄まじい快感、さらに射精させてもらえるのではないかという期待感とで、ペニスは否が応でも熱く海綿体を充血させられてしまう。

「あまいのぉ」

しかし精気に反応して蟲は再び尿道深くに潜り込み、精液をジュルジュルと吸い尽くして、優斗に射精を絶対許さない。

「うあぁ……出せないぃ……あぁ……痒いぃっ！　ハアハア……せなぁ……あああ」

「ゆ、ゆうとぉ……見ないれ……うあぁぁんっ！　もう、しぇいれいこん……ぬかないれぇ……イクイク……ウンチ穴、イクイクゥゥッ！」

悲哀に満ちた声をデュエットさせる二人の姿はしかし、悪魔たちの嗜虐欲をそそってしまう。

「聖奈たんはボクのモノなんだよ。フヒヒ！　これで最後だぁ！　ほりゃあぁっ！」

執念を込めてハンドルを回し、最後の一珠を巻き取る州器。

ジュッポォォンッ！

一際大きな音がして鶏卵サイズの聖霊魂が抜き取られてしまう。限界まで拡がった肛径が火の輪と化して、灼熱の炎を噴き上げた。

「あきゃあぁぁぁ～～～～～～～～～～～っ！」

魂消《たまげ》る絶叫を上げて仰け反る聖奈。強張る爪先が床を引っ掻き、爆乳房がブルンブルンと揺れる。すべての聖気を失った肌の色が見る見る紫がかったピンクに変化して、お尻には黒い尻尾まで生えてきた。頭のリングと背中の黒翼は消失し、代わりに二本の角と腰にコウモリのような翼が生え伸びる。

「オオッ！　また変身するぞ！」

「ついに魔族化完了だね！　それ、こっちもだぁ」

産道を塞いでいた極太水晶バイブがズルンッと引き抜かれた。天使として、女として大事なモノがすべて、自分の身体から失われていく……。

「はひぃぃっ！　もうだめぇ……う、産まれるっ！　あぁぉ……産まれちゃう～～ッ！」

ブリュンッ！　バシャバシャッ！　ズルズルズルゥッ！

滝のような羊水と共に、十分すぎるほど拡張された子宮口と膣孔をくぐり抜け、二人目の胎児が押し出されてきた。紫色の肌に黒い翼と角を持つ、母親にそっくりのまさに悪魔の子だった。

「ンあぁぁぁ～～～～～～ッ！　イクイクッ！　出産アクメ、イクゥ～～～～～～～～ッ！　あああぁぁぁぁあっ！」

プシャアアァァアッ！　ジョロジョロジョロジョロォオオ～～～～～～ッ！

前も後ろも、もうどこでイってるのかもわからない。派手に潮を吹き、オシッコまで漏らしながら、際限なく登り詰める。白目を剥いてガクガクと全身を痙攣させた後、聖奈はガクリと頭を垂れて失神してしまう。頭の中は真っ白で、涙も鼻水も垂れ流し、口から泡まで吹いた美貌には知性のかけらも見られなかった。

「フフフ。ついに我が眷属となったか、守護天使。どのような高貴な魔族になるかと思っていたが……低俗な淫魔サキュバスに転生するとは。少々期待外れじゃが、まあよい……淫乱なおぬしに相応しい衣をくれてやろう。オホホホッ！」

ベリアルが指を鳴らすと、黒い霧が淫らな闇の衣となって聖奈の身体に張り付いた。細い紐のようなインナーはハート形にくり貫かれて、Kカップの巨乳も、無毛のワレメも完全に露出している。革のロンググローブとブーツが黒光りして、美しくも禍々しい。金色の腋毛もこれまで以上にフッサリと茂り、牡を誘引する強烈なフェロモンを放っていた。

「ンああ、あ、あぁぁんっ！　この服……淫魔の……あぁぁンっ……気持ちイイ！」

紫肌に吸い付く黒衣の密着感に、熱い吐息が漏れる。素肌を晒す解放感と、キュッと股間に食い込む拘束感、それだけで達してしまいそうな心地よさだった。

（わたくし……とうとう堕天させられて……魔族にされてしまったんだわ……ああ……お父様、お母様……ごめんなさい……わたくし、もう戻れない……）

魔族に堕天した天使は二度と元に戻ることはできないという摂理が、聖奈の最後の意志を粉々に砕いた。復学することはもちろん、両親のような織天使になることも、もう絶対にないのだ。

「皆に祝ってもらうがよい。淫魔らしく輪姦パーティでな、ククク」

聖奈の足元の空間が丸く抉られ、中から濡れた触手がウネウネと這い出してきて、手脚に絡みついてきた。肉でできたベッドといった感じで、聖奈の動きを封じつつ、催淫粘液を塗りつけて愛撫してくる。強力な媚薬で桃色の肌が妖しくヌメ光り始めた。

「うあぁンっ……か、身体が……あぁぁ……」

全身を愛撫されて悶える聖奈に、悪魔に憑依された生徒たちが迫っていた。生徒たちは肉体も精神も同化され、異形の魔人へと変貌《へんぼう》している。

「へへへ。これはこれは、美しいサキュバスの誕生だぁ」

「なんて色っぽいんだ。こんなエロい淫魔は初めてだぜ」

悪魔たちは口々に聖奈を褒め称えながら、肉棒を扱いて襲いかかろうとしている。禍々しい悪魔の男根にはトゲや瘤が飛び出して、凶悪な性能を誇示していた。

「あああン……そ、そんな……悪魔の子を産ませて……淫魔に堕として……まだ足りませんの……はあはあ……」

「淫魔にしただけで満足するかよ。精液処理用の便女淫魔に堕としてやるから覚悟しろ」

「一生俺たち悪魔の精液と小便を啜って生きていくのさ。ヒヒヒ」

悪魔たちのいやらしい視線と言葉が、聖奈のマゾ性に火を付ける。おぞましい未来が待っているというのに、ドキドキと胸が高鳴ってくるのだ。まるでそうなることを望んでいるかのように。これが淫魔の本能なのだろうか。

「おっと、これを使ってもらうよ。聖奈たんを孕ませるのはボクだけだからねぇ」

州器が悪魔たちに渡したのはコンドームだった。

「一応、元彼の前でもあるしのぉ。慎みは必要じゃろう」

「ぬう……ベリアル様が仰るなら……」

悪魔たちは不満そうだが、ベリアルが認めているのだから、従わないワケにはいかなかった。渋々と避妊具を装着していく。

「さて、それじゃあ楽しませてもらうぜ」

「あ、ああ……ン」

腰をつかまれ簡単に組み敷かれてしまう。本気で抵抗すればなんとかなったかも知れないが、子宮内に渦巻く渇きにも似た淫欲がそれを許さない。

(欲しがってる……オマンコが……あぁぁ……)

牡棒の匂いと体温を感じただけで力が抜け、だらしなく股が広がってしまうのだ。

「へへへ、もうぐしょ濡れだな。いくぜぇ！」

ジュブジュブジュブッ！

「ああ……オチンポが入って……ぅあああぁ～～～～～～～～ンっ」

正常位で犯され、官能的な牝声が迸ってしまう。

（あぁぁっ！　すごいぃっ！　これが淫魔の身体なのぉ……？）

淫魔にされた肉体は、悪魔族との相性が抜群にいいのだ。出産直後と言うこともあって、媚肉はあっさりと太いゴム付き魔根を呑み込んでいた。だが一旦根元まで繋がると括約筋が緊縮して、キュウキュウと締め付ける。

「おおおっ……こいつはすげえ……もうしゃぶりついてきやがる。さすが淫魔だ、たいした名器だぜっ」

悪魔は上から覆い被さり、ズンズンと突き上げてきた。鋭角のカリに擦られる柔襞が、背徳の快美に燃え上がった。

「へへへ、悪魔のチンポは気持ちイイかよ」

ぐっぐっと腰を突き出しながら悪魔が嗤う。

「うあ、あぁっ……はぁぁんっ……イ……イイ……あはぁ……悪魔様のオチンポ……とっても……気持ちが、イイですわ……あぁぁ……すごいのぉ♥」

相手はザコ悪魔だというのに、逆らう事もできず、聖奈は従順に応え、腰をうねらせ始めた。天使だった時とは比べ物にならない深く濃厚な快感。セックスに特化した淫魔の肉体は、予想を遥かに超えた肉悦を聖奈に与えてくるのだ。さらに全身に絡みつく触手は乳房を揉みしだき、うなじを舐め上げ、あらゆる性感帯を同時に責めてくる。

「はあっ、はあっ……も、もう……きちゃう……ンあぁぁ……イクゥッ！」

身体を戦慄かせたかと思ったら、聖奈はあっという間に登り詰めてしまっていた。淫魔になったことでここまで快楽に弱くなっているとは。下級の悪魔に対して、堪える暇すらない、あまりにも呆気ない敗北だ。

「もうイキやがった。スケべな淫魔だぜ。それそれっ！」

毒々しい紫色のゴム付きの淫棒を抜き差し、悪魔がラストスパートに入る。ズブッズブッと愛液の飛沫を飛ばして邪悪な肉棒ピストンが蜜壺を抉った。

「あうっ……あうぅっ……ま、またぁ……」

絶頂に余韻が引くより早く次のエクスタシーの波が押し寄せてくる。血も肉も、身体の輪郭さえも溶けて、ドロドロの粘膜の塊にされていくような気がした。

「おらぁっ！　まずは一発目だ」

ドプッ！　ドプッ！　ドプドプゥゥッ！

「ンアアアッ！　イ、イクッ！　イクゥッ！」

コンドーム内に吐き出されるザーメンの熱さだけでも、聖奈は絶頂してしまう。精液に対する反応は、これまでとは別次元の激しさだ。

「ふう、すげえマンコだ。ゴム付きとは思えないくらい気持ちよかったぜ」

精を放った悪魔たちは使用済みのコンドームを、聖奈の紐状コスチュームに括り付けていった。たっぷり精液を溜め込んだ避妊具は水風船のように膨らんで、美少女淫魔のウェストを飾った。

「よぉし、次は俺の上に乗れ」

聖奈は波打つ触手に運ばれて、仰向けになった悪魔の上に乗せられ、そのまま騎乗位で繋がされた。

「あああぁっ！　ふ、深いぃ……ンあああ……イク、イクゥッ！」

派手なピンクのゴムに包まれた淫棒を押し込まれて、胃が突き上げられるような感覚に背筋をピーンと伸ばし金髪ツインテールを振り乱す。瞬間的にアクメに達してしまい、恐ろしいほど敏感になった淫魔の肉体に翻弄されていく。

「挿入《い》れただけでイクとはな。いいザマだぜ、元守護天使様よぉ！」

別の悪魔が背後から肛門に青いコンドームの肉勃起を押し当て、そのまま一気に貫いた。

「ンあああぁぁ～～～～～～ん！　お尻まで……同時になんてぇっ！」

俯せでサンドイッチに挟まれた身体をビクビク痙攣させる聖奈。前後の穴を二本差しにされる圧迫感、薄膜越しに擦れ合う異常な快感が混ざり合い、聖奈を肉悦の渦に巻き込んでいく。押し寄せる快感に黒い翼がパタパタはためいた。

「まだまだいくぞ」

正面から三人目の悪魔が真っ赤なゴム付きペニスで唇を犯してくる。情け容赦ないピストンが舌を巻き込んで食道にまで達する。

「グフフ。俺はお前に腕をぶった切られたんだぜ！」

「俺は脚をやられた。覚えてるかぁ」「復讐だぁ。おらぁ、参ったかぁ！」

三本の魔根が唇を穢し、子宮を押し上げ、アナルをこねくり回す。かつて自分たちを成敗した天使が淫魔に成り果てて、腰を振りまくってヨガリ狂っている。これまで苦汁を飲まされた悪魔にとって最高に痛快な気分であった。

「ンぐ、ああっ……ぷはあああっ……ま、参りました……あ、悪魔様に逆らって……ああ、申し訳ありませんでした……あぁん……もう二度と逆らいませんから……どうか、お許し下さいませ……んぐ……むぐ、ふぅあぁぁ！」

二度の出産で身体はクタクタのはずなのに、発情した子宮は浅ましく肉棒に擦り寄って、別の生き物のように精液を搾り取ろうとしている。グチュグチュと淫靡な音が鳴り響き、牡と牝の匂いがムンムンと立ち上る。赤紫の肌がさらに赤みを増してピンク色に染まり、妖艶さを増していく。大量の汗をかいた腋からも甘酸っぱい催淫フェロモンが出て牡たちをさらに興奮させた。

「おらおら、イイかよ！」

「んむちゅぱぁっ……ハアハア……あ、悪魔様のオチンポ、最高にイイです……ハアハア……も、もう……イクッ！　イっちゃうぅっ！　あああぁぁぁンっ！」

生まれて初めての三穴責めで、何度も何度も絶え間なく絶頂が襲いかかってくる。仰け反るたびに、牡に挟まれ押し潰された巨乳から、母乳がピュウピュウと噴き出した。

「淫乱淫魔め。おら、ちゃんとしゃぶってろ」

両側のツインテールを手綱のようにつかんで股間に頭を引きずり込む。もはや抵抗を忘れた聖奈は、ゴム臭い勃起を嬉々として頬張っていく。

「んはぁ……オチンポ……んふっ……むちゅっ……じゅぱぁ……あぁぁン……とっても美味しいですわぁ……くちゅ、ちゅぱぁっ」

ゴム越しに感じる形、大きさ、熱さや硬さが、淫魔の本能を刺激してくる。青瞳にハートの燐光を浮かべ、小さな牙を輝かせながら、伸ばした舌が灼熱の肉棒を情熱的に磨き上げていった。

「チュパッ……キュパッ……あぁぁ……ジュパッ……くちゅぱぁ……あふぅん♥」

（あぁ……このままじゃ、お便女淫魔になっちゃうぅ♥　うあぁん……でも、止められませんのぉ♥）

唾液をたっぷり乗せた舌を螺旋状に絡みつかせ、唇でギュウギュウ締め付けながら、頬を窄めてチュパチュパと吸引する。コンドームのせいでやたら派手な吸着音を響かせながら、一匹の牝サキュバスへと成り果てる。

「んふっむふっ……あぁん……早く飲ませて……ジュボッ……ジュボッ……ジュボォォッ……悪魔様のオチンポミルク、飲ませてくださいぃ……クチュクチュ……あはぁうん♥」

口いっぱいに広がる牡の匂いと味が聖奈を狂わせ、夢中にさせていく。上目遣いに見つめるハート目線が悪魔の劣情をそそってくる。

「ぬおぉっ……元天使とは思えないくらいエロエロだぜ！」

ドビュッ！　ドプドプッ！　ビュルルルゥ〜〜〜〜〜ッ！

「んぐぐっ！　むぐぅっ！」

口腔内でプクウッと膨らむゴムに舌を這わせて、熱く粘っこく生臭いザーメンを感じようとするのだが、それは叶わない。しかし熱い精液がドロドロと食道を通過して胃に落ちる、その過程を想像するだけで十分すぎる快感を感じてしまう。

「ぷはぁぁっ！　あああぁ、お口でイクッ！　イクイクイクゥッ！　あぁぁぁっ♥」

使用済み避妊具を吐き出しながら、聖奈は胸を反らして気をやってしまう。

「フェラだけでイキやがって。このドスケベ淫魔めっ！　おおお……出産して、開きっぱなしの子宮にぶち込んでやるぜ。おらぁ！」

ドビュルルルルッ！　ドプドプドプゥ～～～～～～ッ！

媚肉を犯していた悪魔も子宮口に吸い込まれるように射精していた。コンドームが子宮内でぷっくり膨らんでいく感覚が、妊娠したような錯覚を聖奈に与え、それが淫魔の母性を昂らせる。

「うあぁンっ！　子宮が熱いですわ……あぁっ……イク……子宮がイっちゃうぅっ！」

触手に拘束された手脚をガクガク痙攣させ、子宮姦の肉悦の感極まる。連続絶頂に脳がオーバーヒートして、ワケがわからなくなっていく。

「おらあ、俺も出してやるぜ！」

ドビュッ！　ドビュッ！　ドビュウウッ！

「ハヒィィッ！　イクイクイクゥッ！　あぁぁぁ～～～～～～～ッ！」

肛門内にゴム付き射精を決められて、聖奈は黒翼の生えた腰をギクンと反らせて、アナル絶頂に登り詰めていった。

「聖奈が……ああ……聖奈が……」

恋人が悪魔たちの餌食にされるのを見せつけられて優斗は震えるばかり。目の前にいるのは淫魔であり、もう自分の知っている守護天使は消えてしまったのだ。悲しみと絶望に涙が溢れた。

「フフフ。悔し涙か。いや、嬉し涙の間違いじゃったのぉ」

悪魔の貞操帯の上からペニスを撫でさするベリアル。もはやまともに精を放つこともできないが、先走り汁だけは壊れた蛇口のように溢れっぱなしで、優斗がこれまでになく興奮していることを表していた。

「ああ……はあぁ……べ、ベリアル……様……っ」

「そなたは無力じゃ。そなたの短小包茎ではもう聖奈を満足させることはできんのじゃからな。やがてあの男たちに感謝するようになるじゃろう。ククク」

生殖能力を失った陰嚢を揉み転がしながらベリアルは微笑む。

「ハアハア……す、少し……ああぁ……休ませてください……ハアハア……あぁん♥」

身体は疲れ切っているのに、淫欲はずっと燃え続けている。連続絶頂の中にも感じるもどかしさ、物足りなさの正体は一体何なのか。

「心にもないことを言うなよ。ドスケベマゾ淫魔め。こんないい匂いをさせてるくせによ」

次の悪魔はゴムを装着していなかった。四つん這いの姿勢を取らされながら、期待でドキドキと胸が高鳴り、思わずコクッと生唾を飲み込んでしまう。

「俺はコッチをもらうぜ」

だが悪魔はサッとコンドームを装着し、白濁に濡れた媚肛門を犯してきた。

「くらえよ、おらぁ！　これが俺の復讐だぁ！」

「あ、ああン……またゴム付きですの……ンあひゃあああぁ～～～～～～んッ！」

バックスタイルで排泄器官を抉られて、拡張される悦びに牝の咆哮を迸らせてしまう。

直腸を太く逞しいモノで掻き混ぜられると、便意と混ざった爛れるような快美に脳髄まで痺れて、何もかもどうでもよくなってくるのだ。

「うへへへ、イイだろ。このゴムはイボ付きだから、グンと感じるはずだぜ」

腰に生えた翼をグリップして、高速ピストンを叩き込んできた。

パンッ！　パンッ！　パンッ！　パンッ！　パンッ！　パンッ！

「こんなにガッポリくわえ込みやがって。もうガバガバじゃねえのか」

「んくっ、うああぁンっ！　感じますっ……はあぁ……聖奈は……ガバガバのケツマンコで……あ、悪魔様のぶっといオチンポをくわえ込んで……あぁンっ……感じてますわぁ……ああぁ……アナル……イイ……太いのがイイの……あっ、あっ、ああぁンっ♥」

出産を経験した双臀は完熟した桃のように盛り上がり、聖奈が喘ぐたび、気球のように膨らんだり縮んだりしているように見えた。肌が赤紫に変わっているせいで、さらにセクシーに感じられる。

「だいぶ素直になってきたな」

そのまま腰を抱いて仰向けの体勢に移行する。ズンッと深まる結合に聖奈は切なげに「アアン」と顎を反らせた。

「おら、しゃぶれよ、エロエロ淫魔ちゃん」

胴体に跨がった別の悪魔が、パイズリしながらフェラチオ奉仕を要求してくる。

「おふぅ……ハイ……むふっ……んむむぅ……じゅぱ、くちゅぱぁ……っ」

口とアヌスを長大な杭で串刺しにされたような錯覚に襲われながら、聖奈は緑のゴム皮膜に覆われた亀頭をソフトクリームを舐めるように舐め回し、肛門をキュッキュッと断続的に締め付ける。牡たちの玩具にされ、悦ばせていることが、とても誇らしく嬉しく感じられた。

「三穴輪姦されるのが気に入ったようだな。おりゃ」

上から悪魔が襲いかかり、桃色のコンドームの剛棒を蜜壺にズブリと突き立てた。焼けるほど熱くなった粘膜が押し広げられ、焼け付く快美に脳が痺れる。

「ンああひぃぃ……はあはあ……三本もオチンポ頂けて……うあぁ……う、嬉しいですわ……ンあぁ……中で擦れて……あああ……ちゅぱちゅぱっ……聖奈の身体で……もっと、気持ちよくなってくださいぃ」

穴という穴を使って牡たちに淫虐奉仕する聖奈。いくら犯されても、いくら絶頂を極めても満足できない。むしろ犯されれば犯されるほど、淫欲は強くなっていくのだ。

「くちゅむちゅっ……聖奈も全部の穴を輪姦《まわ》されて、嬉しいですぅ……あああ、オチンポがいっぱいで……幸せなのぉ……あはぁん♥」

喉も媚肉も肛門も燃え盛る官能の槍に貫かれ、お尻と尻尾を同時にくねらせる。完全な性器と化したアヌスは緋色の粘膜を晒して剛直に絡みつき、食いちぎらんばかりに締め付けた。その間もしなやかな手指が乳房を寄せて、肉棒を挟んでギュウギュウと扱き上げる。

「くうぉっ、スゲエ……チンポが……と、溶けそうだぁ！」

「おおお、俺もだぁ……ガマンできねえ！」

ドビュッ！　ドビュッ！　ドビュウウウゥゥッ！

魂まで引き抜かれるような快感に射精中枢を直撃され、唇とアナルを犯していた悪魔は同時に果ててしまった。

「あああぁ～～～～～～～～～ッ！　おひり、熱いの出てるぅ……あぁおぉぉ……お口イクッ……お尻もイっちゃうぅ～～～っ！　あひぃぃっ！」

喉奥と直腸に、ゴム膜越しに射精の気配を感じただけで、聖奈は続けざまに気をやらされていた。白い歯並びを噛みしめて、汗まみれの総身を痙攣させた。

「ハア……ハア……ハア……ハア……」

だが同時に満たされない欲求がずっと身体の奥底に燻《くすぶ》っているのを感じる。

（あああ……こんなに……イってるのに……まだ……疼いて……）

淫魔として牡の精を吸えないことが、強烈な焦らしとなって聖奈を淫獄に抑留し続ける。

（ああ……オチンポ……ザーメン……欲しいの……あぁぁ……）

高熱でのぼせた頭には、太い男根が精液を噴き上げるイメージが繰り返し浮かんでくる。

ペニスをしゃぶり尽くし精を搾り取る以外のことを考えられなくなっていく。

「自分が便女淫魔だとわかってきたようだな」

悪魔たちが聖奈を取り囲み、男根をシュッシュッと扱きながら嗤っている。それを見せつけられては、もう逆らえなかった。

「ハアハア……はい……聖奈は……悪魔様専用の肉便器……便女淫魔ですわ……ああン……どうか、お口でもオマンコでもアナルでも……お好きなように犯して……ください……あぁん……もっとメチャクチャに輪姦してぇ……ハアハア……あぁん♥」

「ヒヒヒ。早速便所として役に立ってもらおうか。おら、口を開けろ」

ジョロロロロォォ～～～～～～ッ！

だが悪魔たちが一斉に迸らせたのは小便だった。

「んはぁ……悪魔様のおひっこぉ……んむぅ……ごく……ごく……ごくんっ」

妖艶な美貌に小便を浴びながら、聖奈はウットリと恍惚の笑みを浮かべるのだった。

それから数時間にわたって輪姦され、聖奈は触肉のベッドの上で息も絶え絶えの状態だった。だが数え切れない絶頂地獄の間、聖奈は一滴の精液も与えられていない。その証拠にコスチュームには使用済みのコンドームが数十個も鈴なりに括り付けられている。

「満足いったかい、聖奈たん？　フヒヒ」

「ハアハア……ああ……センセェ……もっと欲しい……欲しいんです……」

子宮が飢餓感と寂寥感を訴えて痛いほど疼いていた。膣内射精されないことが、淫魔にとってこれほど辛い事とは……。熱い迸りを子宮に受けたい、受胎して身籠もりたいという淫魔の本能が頭を埋め尽くしていく。どんなに疲れていても、肉体は牡精を求めてしまうのだ。

「何が欲しいのかな？」

州器はとぼけた様子で意地悪く聞いてくる。優斗の前で完全に堕ちた姿を見せつけたいのだ。

「うぅあぁん……わかってるくせにぃ……オ、オマンコに……生でハメて……欲しいのっ……ハアハア……センセェのザーメンを……ああ……子宮に飲ませて、イカせて欲しいのぉ……はあっ……はあっ……オチンポ、はやくぅ……はぁああン♥」

両脚を破廉恥に広げると逆V字の指先が濡れた花唇をくつろげた。ピチッと音がして濡れたサーモンピンクが爆ぜ広がる。さらに片腕を頭の後ろに回して腋毛を晒し、催淫フェロモンと妖艶な流し目で州器を誘う。長い睫毛に囲まれた碧眼が媚を浮かべて潤み、トロンと目尻を下げていく。かつての守護天使の精悍な眼差しはもうそこにはない。優斗が見ていることもう頭から消えていた。

「フヒヒ。どうやら完全にボクのチンポの虜だねぇ」

一ヶ月前、自分をぶった切った生意気天使の心をへし折ってやったという感動にも似た達成感が、股間と胸を熱くする。

「またボクの赤ちゃんを妊娠したいのかい？」

「ハアハア……はい。悪魔様の赤ちゃんを妊娠したいです……あぁん、孕ませてぇ♥」

舌をはみ出させた空腹時の犬のような表情で、クネクネと腰を振る。双子を出産した直後だというのに、ふしだらな子宮は早くも、邪悪な命を種付けされることを求めている。

「では、孕ませる相手を選ばせてやろう」

「うぅぅ……聖奈……」

そこへベリアルが優斗の首輪の鎖を引きながら現れた。

「ハアハア……ああ……ゆ、優斗……」

優斗のことはもちろん覚えていたが、もう随百分会っていない気がする。一つ屋根の下で過ごした日々も楽しかった学園生活も、何年も前のことのように色褪せて感じられた。

「感激の対面じゃな。ではこっちの方もご対面といくかのぉ。ホッホッホッ」

ベリアルが残忍な笑みを浮かべながら、優斗の股間を覆っていた貞操帯の鍵を外した。

「うあぁ……ああ……あああっ」

続けて尿道に潜り込んでいた淫蟲もズルズルと引き抜かれて、優斗は安堵とも快感とも羞恥ともつかない声を漏らした。

「ああ……優斗……そ、それは……ッ」

想い人のペニスを見て、聖奈は切れ長の碧眼を見開いた。男性器が小さく縮小され、ペニスは親指の先程度、陰嚢もサクランボを二つ並べたほどしかない。勃起しているのかどうかすらわからない、まるで幼児のペニスのようで、思わず絶句してしまった。

「自分で説明してやるのじゃ。ホホホ」

ベリアルがピシャッと優斗のお尻を打った。

「ああ、聖奈……僕は……ベリアル……様に……一ヶ月間射精管理して頂き……魔界の蟲に……せ、精気を……全部吸われて……ああ……寝取られマゾに相応しい……た、短小包茎で勃起係数1の……種なしチンポに……して頂きました……」

男として最大級の屈辱に、顔を歪めながら告白させられるメシアの少年。

「役立たずのくせに射精欲だけはしっかり残してあるからのぉ。ククク、どんなに射精したくても永久に射精できない、できそこないの女々しい牝チンポじゃよ」

ベリアルの言葉通り極小ペニスは皮を被ったまま精一杯勃起して、ガマン汁をポタポタッとみすぼらしく漏らし続けていた。

「勃起係数1だって？　グハハ、勃起しても全然変わらないってことかよ」

「オマケに種なしじゃ、ついてる意味がないぜ。ヒャヒャヒャヒャ」

悪魔たちもメシアに罵声を浴びせ、ゲラゲラ嗤った。

「ゆ……優斗……」

だがそんな恋人の姿を見ても、怒りも悲しみもあまり湧いてこない。ただ『残念』な気持ちだけが胸に広がってくる。牡の機能を失った少年に、まったく魅力を感じないのだ。

「どっちを選ぶかなんて、もう答えはわかりきっているけどねぇ。ヒヒヒ」

隣に並んだ州器がどうだと言わんばかりに、どす黒い巨根を見せつける。太さ逞しさは優斗の数十倍。精子の生産能力に関しては、まったく勝負にならない。

「少年を選ぶなら、彼は解放してやってもいいぞ。ククク」

「……優斗を……解放……自由に……あぁぁ……」

自分のために犠牲になった哀れな少年を救う最後のチャンス。迷う理由などない。

ドキッ♥　ドキッ♥　ドキッ♥　ドキッ♥　ドキッ♥　ドキッ♥

「そんなの当たり前ですわ！　もちろん……わたくしは……」

ラメ入りの赤いルージュの唇が開かれる……。

「センセェ、センセェのオチンポがいいに決まってますわ♥　あぁぁん……優斗には悪いけど……そんなお粗末なオチンチンじゃ、満足できませんのっ♥」

州器に抱きついて濃厚に舌を絡め、ラブラブなディープキスを見せつける。

「ああ……聖奈……そんなぁ……」

「フフフ。これでそなたは生涯マゾ奴隷決定じゃな。そこで見ておれ」

悪魔少女は鎖を引いて優斗を聖奈の前に正座させた。

「フヒヒ、ざまぁ！　じゃあ聖奈たん、ラブラブ種付けセックスだよ」

肉ベッドの端に腰掛け、幼児のオシッコスタイルで聖奈を抱き上げた。凄まじい淫臭を放つ肉槍が真下から秘奥を狙っている。

「はあはあ……早くぅ、センセェ♥　入れて、入れてぇ♥」

「生がいいんだよね」

先端を少しずつ膣孔に分け入らせていく。待ちわびた愛液がトロリと滴って、亀頭を濡らした。

「ああっ、ハイ。生がイイ、絶対生がイイのっ！　生でチンポハメハメしてぇ。いっぱい聖奈のオマンコに中出しして欲しいのぉ♥」

「また妊娠しちゃうけどいいのかい？　元彼が見ているよ」

「ああンっ……構いませんわ。だって優斗は短小包茎の種なしですもの。可哀想ですけど、文句を言える立場ではありませんわ」

淫魔の本能に支配され、優斗の前だというのに、聖奈は黒い尻尾を振っておねだりしてしまう。

「フヒヒ、じゃあ種付けしてあげるよぉ」

腕の力が抜かれ、聖奈の身体が落ちていく。異形の巨肉棒がズブズブと埋め込まれ、最奥にある子宮口も貫いて、神秘の胎内に入ってきた。ボコリとお腹の一部が膨らむ。

「ンはあぁっ♥　イイッ！　やっぱり生のオチンポが……最高ですわぁ！」

牡の精気、熱さ、逞しさを直接子宮で感じ取り、聖奈は鳥肌が立つほどの快感に痺れた。脳内を熱い血流が駆け巡り、幸福感で視界が七色に染められていく。

「はひぃっ！　気持ちッ、イイッ！　このオチンポがあれば……あぁぁ……もう何も要りませんわぁ……センセェ、大好きぃ……あぁぁぉぉん♥」

ガニ股を屈伸させるたび、タプンタプンと爆乳が千切れんばかりに弾み、赤い乳首が残像を引いて上下に揺れる。巨根をくわえ込んだ媚肉は左右に開ききって、夥しい愛液を溢れ返らせる。クリトリスも包皮を押し上げて、いやらしく尖り立っていた。

「はあはあ……聖奈……はあ……ああ……」

壊れていく恋人を見ながら、優斗自身も壊れていく。不能のペニスを扱き始めた。

「フフフ、オナニーを始めたか。いよいよ寝取れマゾらしくなってきたわい」

「あ、ああ……ああ……」

ベリアルに囁かれながら、優斗はひたすら擦り続けた。自分で自分を止められない。

「聖奈たん、見てごらんよ。ボクたちのラブラブセックスを見ながら、センズリしているよ。惨めだねぇ。フヒヒヒッ」

「あぁん、なんて未練がましいのかしら。はあはあ、あんなフニャチン扱いても何も出ませんのに。ウフフ」

二人に見下されながらも、優斗の手は止まらず、ハアハア喘ぎながら自虐のオナニーを続けてしまう。

「もっと扱くのじゃ。射精を封じる以前の、一ヶ月前の古い腐りかけのザーメンが残っているかも知れんぞ」

「まあ、それじゃあ優斗の最後の射精ですのね。あぁぁぁん……いいわ、優斗、わたくしたちの愛の種付けセックスを見ながら……ぁはぁん……負け犬オナニーで射精しなさい。はあはあ、見ていてあげますわ、優斗。その役立たずのチンポから、腐りかけの弱々しい精子をまき散らすのよ……あぁぁん♥　たまんない。センセェ……キスして♥」

聖奈は首を反らして州器と濃厚な口づけを交わす。優斗の惨めな姿を見ていると、なぜかえも言われぬ興奮が聖奈の中に湧き起こり、州器とのセックスの快感を何倍にも高めてくれるのだ。子宮も卵巣もキュンキュン疼き出し、妊娠したくてたまらなくなる。

「あぁぁん♥　センセェ、きてぇ……ハアハア……優斗の前で……あぁぁ……いっぱい中出ししてぇ♥」

「ハアハアッ！　そろそろいくよ、聖奈たん」

州器もこれまでにないほど興奮していた。美しい天使少女を略奪し、元彼の前で孕ませるのは、最高の征服感を与えてくれるのだ。肉棒は聖奈の中で最大限に勃起し、血管がビクビク脈打つ。亀頭を包み込む子宮口、陰茎を食い締める膣肉の味わい、その極上名器をこれからも独占できるのだと思うと陰嚢がせり上がり魂が震えるような快感に襲われた。

「あっ、あぁんっ……ハアハア……センセェ……オチンポミルク注ぎ込んで……ああ、お便女淫魔の聖奈を孕ませてぇ♥」

「くぉぉおっ！　いくよぉ！」

子宮内にズンッと一際深く打ち込んだ後、州器は渾身の精を送り込む！

ドビュルッ！　ドビュドビュッ！　ドバドバドバァァアッ！

「ンあああぁっ！　いっぱい出てるっ！　あぁぉぉ……熱いの、子宮にきてるぅっ！　あああっ、絶対に妊娠しちゃうぅっ！　あぁぁぁ～～～～ッ♥」

子宮内でマグマのように渦巻く白濁流。州器特有の超濃厚ザーメンの何百億という精子の群れ。それを淫魔になった今、ハッキリ感じ取れる。卵子はそのすべての精子と受精させられ、確実に妊娠するのだ。

「うあああぁんっ！　優斗……見てぇ、聖奈が妊娠するところを……あぁぁッ！　イクイクイクゥ～～～～ッ！」

「ほれ、そなたもイけ。未練たらしい腐った精液を噴き出すのじゃ」

優斗のアヌスに中指をスッと挿入し、前立腺をグイグイとマッサージするベリアル。

「聖奈っ……聖奈っ！　うあぁぁ～～～～～～ッ！」

絶望の叫びと共に、勃起不全の包茎ペニスから黄ばんだ少量の精液がピュッと飛んで床に散った。その後からは、透明な牡汁が涙のように放たれた……。

一ヶ月後、悪魔城地下牢。優斗はハアハアと喘ぎながら小さな不能ペニスを扱いていた。

目の前にはモニターが置かれ、聖奈が屈強な三人の悪魔に輪姦される妖艶な姿が映ってい

る。州器のアイデアで聖奈は『ＡＶ淫魔』となり、そのＡＶは魔界のみならず、天界や人間界にも流出し、莫大な富を生み出しているという。

「ハアハア……助けられなくて、ごめん……ごめんよ……聖奈……あああっ」

涙をこぼしながらも、自慰の手を止められない。そこへ……。

「久しぶりね、バカ優斗」

「せ、聖奈⁉　こ、これは……」

突然の再会よりも、自慰を見られてしまった気まずさで狼狽《うろた》える。

「優斗ったらわたくしのＡＶを観ながらシコってたのね？　あぁぁん……イイですわよ、その情けない顔……興奮しちゃう♥」

元恋人を押し倒し、豊満なお尻で顔面騎乗して押し潰していく。セックスの直後らしくキスマークや白濁精液で、パープルピンクの魔肌はドロドロだ。

「ほら、手をどけて。赤ちゃんみたいなオチンチンを見せなさい」

パシッと手を払いのけて、嘲りの視線を落とす。

「ぷっ。本当に小っちゃいわ。そのうえインポで種なしなんて最低よ♥」

「はああっ……そ、それは……⁉」

優斗は目を見開いて戦慄する。聖奈が手にしているのは悪魔の貞操帯だった。

「こんな情けない男は、一生童貞のまま、射精管理してあげますわ」

「あ、ああ……やめて……それだけは……っ」

「うるさいわね、短小包茎の寝取られマゾの分際で」

何度も出産して色素沈着したラビアをはみ出させた完熟マンコを、ベチャッと顔に押しつける。

「あはぁン、全部舐めて綺麗にするのよ優斗。センセェとわたくしのラブラブミックスジュースなんですからね。はい、お口を開けて……アーン。ウフフ」

「あ、ああ……うぅ……」

恋人を寝取った男のザーメンの跡を掃除させられる屈辱を噛みしめながら、舌をそよがせていく。死にたいほどの恥辱の中で、ペニスは小さいままピョコンと勃起してしまう。

「やっぱり、優斗は寝取られマゾの変態ね」

サディスティックな笑みを浮かべながら、聖奈は貞操帯の金属ケースを被せていく。

「うあ、ああ……せ、聖奈……そ、それだけは……」

「可愛いわよ、バカ優斗♥　これからもずっとわたくしが飼育してあげますわ、奴隷としてね♥」

耳孔に蜂蜜を注ぐように甘く囁き、カチンと無慈悲に鍵を掛けてしまう。

「うむぅぅ〜〜〜〜〜っ」

口を塞がれた優斗の叫びにならない叫びが響く。見開かれた瞳には、しかしこれまでで最高に美しく女神のような聖奈の姿が映っていた。

あとがき

筑摩です。拙作にお目通し頂きありがとうございます。今作品のテーマは寝取り、寝取られとなってまして、寝取る男、奪われるヒロイン、寝取られる男の三つの視点の書き分けに挑戦しました。カレーとご飯と福神漬けのようなもので、三つの視点すべてを楽しめる方には最高の味わいになるかと思います。そうでない方にも美味しく召し上がれるようにはなっていると思います。

ちうね先生にはエロカワイイ聖奈を描いて頂いてありがとうございました。ちょっと明るい雰囲気の作品にしたかったので、まさにピッタリだったと思います。

さて、ストーリーとしては押しかけヒロインの王道ですが、妙な伏線のようなものが残ってしまいました。回収されることはあるのでしょうか？　多分ないんじゃないかな？

聖守護天使《ガーディアン》 御光聖奈
催眠 NTR 地獄

2019年8月9日　初版発行

【著者】
筑摩十幸

【発行人】
岡田英健

【編集】
野澤真
木下利章

【装丁】
マイクロハウス

【印刷所】
図書印刷株式会社

【発行】
株式会社キルタイムコミュニケーション
〒104-0041　東京都中央区新富1-3-7ヨドコウビル
編集部　TEL03-3551-6147／FAX03-3551-6146
販売部　TEL03-3555-3431／FAX03-3551-1208

禁無断転載 ISBN978-4-7992-1261-5　C0293